U0909617

沉睡在森林里的鱼

[日] 角田光代◦著

陈娴若◦译

湖南文艺出版社
HUNAN LITERATURE AND ART PUBLISHING HOUSE

引子

本书描写一九九九年十一月二十二日，发生于日本文京区的真实案件“音羽杀人事件”。一名幼儿园学生的母亲（山田光子）杀害了长子的同学（若山春奈，两岁），引发全国哗然。

山田光子为临济宗副住持之妻，育有一子和一女，长子与被害者的哥哥同岁，因在同一所幼儿园就读而与被害者的母亲结识。山田光子因为长女和被害者一同报考当时的名门幼儿园御茶水女子大学附属幼儿园，长女未考上，而被害者考上了，因而产生嫉恨之意。继而某天见被害者独自在公园玩耍，便将她带到公厕，用围巾勒死，并装进黑色垃圾袋带回静冈乡下老家的院子里掩埋。之后打电话向母亲坦承此事，才由母亲与丈夫陪同前往自首。

第一章 一九九六年八月——

沉睡在森林里的鱼

公园的绿意渐渐转浓，隐身其中的夏蝉竞相争鸣。繁田茧子把电风扇开到最强，躺在榻榻米上翻着女性杂志。她用红笔在打折促销“每天限定二十位、魅惑牛奶布丁”的代官山蛋糕店上画了个圈，拿起脖子上的毛巾拭去额头的汗，接着抬头看了一眼拔去插头的空调，跟“插上它、开空调”的冲动搏斗了几秒钟。唉——茧子起身走到厨房，棉质洋装因汗湿而黏在身上。她从冰箱拿出冰淇淋，一屁股坐在厨房地板上开始吃起来。

是茧子自己宣布要彻底节省的，从今年一开春就不开空调了。她禁止丈夫佑辅喝啤酒，叫他拿大瓶装烧酒将就喝。零用钱每个月只给三千，洗澡水拿来洗衣服，化妆就拿试用品凑合着用。房子里的家电全都拔了插头，不淋浴，拿浴缸储的水冲洗身体和头发。最后一次在外面吃饭是前一年茧子的生日。唉——茧子刻意放大声音哀叹着。

她没打算一直住在这种居民楼，故乡的朋友不是住在别墅就是公寓。虽然东京和茨城的地价和房价有差距，但她实在很难不羡慕。朋友们有了房子，还是照例策划家庭派对，打电话邀茧子去。当然，她谁家也没去。干吗非得舟车劳顿，只为了去参观别人的家呢？

茧子想，忍过寒暑，晚餐省着吃，十点一到就关掉所有电器睡觉，这种日子过久了，终究能存到房子的首付款吧？从今年年初开始，她已经努力存了八个月定存，存款约有日币五十万。如果首付款需要五百万的话，只要再忍六年。一想到这就浑身没力。茧子把空杯子放在梳理台，回到窗户敞开的和室躺下。听着长驱直入的蝉声，又拿起女性杂志翻页，把银座某餐厅那页折起来，它们可是使用一头只取数百克的珍贵松阪牛做成的鞑靼牛肉哩。堆在墙角的女性杂志，是美容师朋友每次买完当月刊后送给她的过期版，几乎每一本都折上了标记，好几家店还用红笔圈起来。别墅应该是买不起了，所以她把目标放在公寓。等买了房子，就可以好好奢侈一下，到时候茧子打算把这些标记过的店家全部走一轮。买下魅惑的布丁，吃一顿鞑靼牛排，再去排队买松饼，接着到寿司店吃沾盐海胆，拿比利时进口的巧克力当早餐。对，就这么决定！

“不过，还真重啊。”捧着杂志的手有点麻，茧子翻身俯卧下来，蝉声习习，外面传来孩子嬉戏的声音。

繁田茧子趴在房间里看杂志涂鸦的同一时间，久野容子正带着三岁的儿子逛低价超市。住在这个区快四年了，容子还是不习惯生活设施上的不便利。这里没有商业街，洗衣店也只有马路旁的那一家。书店或影音出租店，甚至文具店，都不在步行可及的范围。低价商店虽名为“超市”，但跟西友、东急等大超市完全不可同日而语，只能算是多了一些蔬菜、肉和鱼类的便利店罢了。

虽然容子从小长大的长野市区也跟这里很像，但这里不是乡下。摩天大楼栉比鳞次的市中心，怎么会这么缺乏便利性？

刚才，一直黏在自己身边的一俊突然不见踪影，容子惊慌地在狭窄的店内来回寻找。一俊蹲在点心陈列柜前，看见容子的身影，他开心地笑了。

“小俊，想买什么吗？”容子弯下身问。

“没啊，妈妈，我没想买。”一俊笑着回答。

“是吗，小俊真了不起。”听到容子的赞美，一俊两手捂住脸，发出清脆的笑声。

容子右手拿着超市袋子，左手牵着一俊的小手走上马路。宽宽的马路上车辆络绎不绝，两侧是成排的高楼建筑，宛如巨大的城墙。

四年前，容子和久野真一结婚后，才第一次来到这个街区。对于在东京上大学的容子来说，这是她第二次到东京长住。看到宽阔的大马路和沿街的高楼大厦，容子十分兴奋，“就要住东京了耶”！二十岁前后那段时期，虽然在东京待过，但一直住在宿舍里，自己一直没有实际生活在东京的感受，就这样带着浮光掠影回到了故乡。所以当她结婚、搬家，来到这个街区时，她才第一次感觉身在东京，仿佛已将美好的未来握在手中。当时，一俊还不知道在哪儿呢。

稍微走几步路就出了一身汗。容子住的大楼，位于马路巷子的坡道上。从意大利餐厅的转角走进去，爬上坡道，容子注意到一俊的头发湿了。她蹲下来取出手帕，使劲地把一俊的脸擦了一圈。

“回到家里，妈妈做冰沙给你吃。”容子说。

“好棒啊！”一俊雀跃地叫道。

他们手牵手走上坡，坡道前端如在热气蒸腾中燃烧般晃动起来。

久野容子带着孩子走上坡道时，高原千花正待在运动俱乐部的更衣室里。她坐在镜前的椅子上，把头发吹干。今天，在完成往常的训练项目之前做了检测，上半身的肌肉量增加，身体脂肪减少了百分之零点二。因为之前上半身的肌肉量数字一直没什么改变，所以千花心情大好。

“高原太太，今天的有氧运动你不参加吗？”一个梳马尾的女子朝着镜子里的千花喊道。那个女孩常在有氧课里遇到，但千花想不起她的名字。

“今天我跑了五公里，已经够多了。你看我，怎么样？”

千花弓起右手臂，用力挤出肌肉。

“哎，这怎么回事？”女子走近，摸摸千花的上臂。

“肌肉量增加了耶，好不容易才长出来的呢。”

“哦，真棒！手臂的肌肉很难练。不过，高原太太，脂肪也没像你担心的那样增加嘛。”

“如果没脂肪，我就不用到这儿来了。”

哈哈哈，女子笑了。“那，我先走了。”她离开镜子前。

千花到俱乐部的柜台取回会员证，在入口旁的沙发坐下，用手机打给母亲。

“妈，小雄在干吗？”

孩子寄在母亲那里，千花询问他的情形，母亲说，刚刚睡下。

“这样啊，那我去买个东西再回家没问题吧。想买什么跟我说，我一起买好了。嗯，嗯，我知道了。好啊，反正有车，重也无所谓。好——四点左右会过去。三点半帮我叫小雄起来。别忘了哦。”

千花再三强调三点半，然后走出运动俱乐部，绕到后面的停车场。她打开车门，车里虽然放了遮阳板，还是像洗桑拿一样热。打开空调和所有车窗，启动引擎，按下CD开关，千花把方向盘往旁边一打，驶出了停车场。播放的U2专辑是丈夫贤的爱好。

“鸡肝、酱油、西瓜，还有烤肉的材料。”

千花反复念诵母亲托买的东西，以防自己忘了。车里终于凉快了一点，千花关上所有窗子。父母爱吃鱼多过吃肉，要她买烤肉的材料，大概是想留她和雄太在家吃晚饭吧，千花思忖着。买西瓜，是因为雄太爱吃。待会儿打电话给贤，叫他如果早下班就到娘家去接她吧。这样一来，连晚餐都省了。

千花在红灯下停下车子，从CD匣里取出U2，放进恩雅。水一般的音乐在凉爽的车里扩散开来。太阳正在斜前方，仍旧放射出如同正午时那般强烈的光线，马路旁的树木和大楼全都映射成白色。千花想起雄太熟睡的脸，那个会像大人一样皱起眉心、微张着嘴的两岁儿子。

千花在目白路等红绿灯的时候，小林瞳坐在缝纫机前，在刚缝好的窗帘上打开信展读；脚边盖着毛巾被沉睡的是儿子光太郎。驶过高速公路的车流噪声，如同雨声般穿堂入室。

信是“气球会”的马场好惠写来的。瞳今年秋天就要过三十三岁生日了，加入“气球会”大约十年，但最近已很少参与了，连两个月才寄来一次的会刊，她都是连封套也没拆就丢进垃圾桶，不过她和好惠还是有联系。住在札幌的好惠比瞳大两岁，从事看护福利的工作。好惠和瞳都不喜欢打电话，所以一直都以书信往返。

好惠的信跟两个月前那封几乎没有什么不同。说的都是她在“气球会”对一位住在横滨的男士颇有好感，但因为多年没与男人交往，不知该如何缩短距离云云。两个月前的信中，好惠还说她想请个假，一个人到欧洲去旅行，让瞳大为震惊。但今天上午送到的信中却写着，最后还是没休成假，决定放弃旅行。瞳心里暗忖，应该不是休不成吧。恐怕是虽然想去，但真正要出发前，却又胆怯起来才是。

瞳觉得好惠跟自己很像，所以才会在“气球会”里成为好友，并且一直保持联系。两个人都胆小、谨慎、笨拙和太敏感。如果好惠真的一个人去异国旅行的话，她会觉得自己被抛下了。这个夏天，好惠放弃旅行这件事，令瞳深深放下心中的大石。但同时，她也厌恶自己这种心情。

“嗯”的一声，光太郎醒了，但仍旧躺在地上“嗯啊”哼着。瞳把信塞进信封，连忙把光太郎抱起。

“醒了吗？小光醒了啊。”她抱在怀里哄着。快满三岁的光太郎，趴在瞳的颈边哭起来。“没事没事。小光早啊，不哭不哭。等下凉快一点，我们去买东西了。今天吃什么好呢？”

瞳一边拍着光太郎小小的背，一边用唱歌的调子说。搬来这栋大楼三年了，却连窗帘也没装，瞳从窗口往外看，恰似雨声的车流噪声源源不断地涌进房屋中。

当瞳哄着光太郎的时候，江田佳织坐的计程车走在明治路上，在后座看着表。三点四十分，约定的时间是五点，她会提前一小时抵达。佳织望向花园广场[①]的三越，心中决定如果时间还早，就去喝个茶吧。

四点左右，佳织下了计程车，边走边欣赏花园广场里的设计，但是今天她的物欲完全没被刺激起来，直接往楼上的书店走去。

看看新书区，瞥过花车陈列的口袋书，又去瞧瞧外国文学的书柜，然后走到儿童图书区去。女儿衿香去年开始会读写平假名，虽然还在幼儿园中班，但只要平假名较多的书，就算不是绘本，她也能读。像《艾

① 译注：GARDEN PLACE，位于惠比寿的综合购物商场，楼上是三越百货。

玛与飞龙》、《不不幼儿园》、《森林的怪兽海那索吾尔》，以及《回家的艾尔达》，佳织近来着迷于让衿香读自己小时候读过的书。待她回过神，手上已经抱着好几本了。但是，她有点犹豫要不要把这些书带到约定地点。不但重，而且看起来就像个孩子的妈。要不要请快递送呢？犹豫了半天，佳织还是把书一本一本地归回原位。又不是非到这里才买得到这些书。

佳织离开儿童图书区，再次瞄了一眼新书区，然后走出书店。她留心避开女性杂志区，走进洗手间补妆。时间虽然还早，佳织还是走出花园广场，往威斯汀饭店走去。

一楼的咖啡座当然还不见田山大介的身影。佳织对服务生说，等会儿还有一个人，坐吸烟区。然后就座，点了冰咖啡。

今天一定要成功，佳织环视着空无一人的咖啡厅对自己说。今天绝不能失败，她要对大介说：今天是最后一次跟你见面。

佳织以前在出版社工作，田山大介是她的上司。佳织六年前辞去工作时，已经是生产前两个月。那家公司主要出版的是女性的流行、资讯杂志和漫画杂志。经过几次调职之后，佳织被分配到出版以二十世纪女性为标的室内设计杂志编辑部，田山大介就是当时的总编辑。而且，在佳织认识现在的老公江田护之前，曾经秘密与大介交往。刚开始和江田护交往时，也仍然与大介见面。婚后，肚子里怀着衿香的时候，他们还有联系。事实上，她就是决心忘了大介，才与江田护交往、结婚及怀孕的。不，正确地说，她是为了让大介担心才作下这个决定的。虽然佳织不想承认，但她早就意识到了。她以为跟另一个男人交往，大介会感到惊慌。如果告诉他，她要跟另一个男人结婚，大介会阻止；如果向他宣告自己怀孕，大介会紧张地让事态有所发展。但最后，他什么也没做。所以，佳织只好真的交往、结婚、生子。

“没那回事！”当然，佳织的内心也提出辩解。我是真的爱着江田，也认为跟他结婚，一定可以建立安乐的家庭。生产的时候，她甚至感动得哭了。她在心底坚定地说，我要用一辈子保护这个孩子。就算是今天，她也无法想象没有衿香的日子是什么模样。难道不是吗？大介不应该左右我的人生，我的人生早就跟他一刀两断，属于我自己了。

佳织蓦地抬头，她不用看到大介的身影也知道他来了。果然，推开饭店大门，朝着咖啡厅走来的，正是大介。他笔直往前走，对服务生说了些什么，同时向四方张望，最后，与佳织四目交接。大介正色地举起一只手，朝她走去。虽然她已经认识这个男人许多年，仍感觉心脏怦怦直跳，抓起吸管的手正微微颤抖着。

这是临阵上场前的紧张吧，佳织宁愿这么认为。今天我们就要分手，就是这次，我要把这个男人赶出我的人生。因为是最后一次，如果他开口，那就再陪他睡一次也行，这点小事无伤大雅。佳织这么想着，对在她面前坐下的大介嫣然一笑。

“等很久了？”大介问。

“我刚好想去买东西，所以先来。”佳织笑着说。

第二章 一九九六年十月——

沉睡在森林里的鱼

校舍和教堂在草地上围成“冂”字形。走进幼儿园门口，是一排迷你鞋柜，放在柜里的鞋也是超迷你的。鞋柜后面，较宽敞的空间放了一张桌子，几个女人正在排队。容子带着一俊排到队伍最后面，人龙渐渐缩短，容子肆无忌惮地望着前面女人的背影。那女子穿着红色短袖针织衫，搭配黑色窄管裤，头发剪得短而齐，露出白皙的颈。就算只看背影，也展现出高雅的气质。容子觉得，她就像在图书馆偶一翻到的、锁定年轻妈妈的流行杂志上出现的模特儿。

“妈咪——”一俊尖锐的声音在周遭响起，前面的女人回过头，容子慌乱地避开视线。

“妈咪，这里是哪里？我们要做什么？”一俊好像故意加大了音量，容子手指抵在嘴唇，用气音“嘘”了一声。转过头来的女子冲着一俊笑，接着抬高视线也给了容子一个微笑。容子大大松了一口气，原来流行杂志上出现的女子，意外地有一张亲切的脸。

不久，轮到前面的女子。她把信封交给桌前的女人，并收下那女人给的文件后，点了一下头离开队伍。容子从皮包里取出跟那女子同样的信封，也接到同样的文件。那张文件最上方写着入园考试日通知，左上方用订书针固定。离开队伍，回到小鞋柜包围的玄关，容子先帮一俊穿鞋。

“其他家也去报名了吗？”

容子听到话声抬起头，刚才那个女子正朝她微笑。

“有啊，那个……”

“哪一家？”

跟好友聊天的率直口气，令容子有点难以招架。一俊目瞪口呆，仰望那个女子。

“我报了这里，之后还有樱桃幼儿园。因为日程没有重复嘛，不过这里还是首选。”

她毫不忌讳地说着。容子帮一俊穿完鞋，自己也穿好，然后站起身，拉住一俊的小手。她一往前走，那女子也并肩同行。容子自忖，静默不语，有些尴尬，便努力寻找话题。但是，她实在不知道该说什么好。

“不过，我先生说，大学附属的幼儿园比较好。他根本什么都不知道，只有那张嘴会说，气死人了。”她边说边把挂在手上的风衣拿起来披着。“啊，对了，我姓高原。”像是突然记起般，她说完点了一下头。

对了，名字。

“我姓久野。”容子也点头回礼。她继续想话题，但脑袋里好像有个黑洞，把所有词句都吸进去了，什么也想不出来。

“如果你还有点时间，我们去喝个茶吧？前面有家意式餐厅，这个时间过去，应该只喝茶就行。”

“啊？哦，呃——好啊，如果只待一会儿的话。”容子手足无措地回答。

意大利餐厅面对马路，门口有国旗飘荡。这家店容子也很熟，因为从这个转角往上走，就是容子住的大楼。但是她从来没有踏进来过。

“只喝茶可以吗？”那女子拉开玻璃门，像来到亲戚家般大声问道。

“他们说没问题。”女子回头笑说。真美的人，容子仿佛现在才察觉似的暗忖着。

店里一个客人也没有，但可能是午餐营业时间刚过，几张桌上还留着用过的餐盘，店里弥漫着大蒜的味道。那女子脱掉风衣，直接走到干净的桌子旁。容子环顾整家店，没看到儿童坐椅。

“你叫什么名字呀？”女子在容子对面坐下后，身子俯到桌前问一俊。

一俊憋着一张脸，仰头看容子。

“你叫一俊呀，自己说嘛。”

听容子一说，一俊两手捂起自己的脸。女子开朗地笑了。

“我叫高原千花，阿姨也有个跟一俊一样大的小朋友啊，他叫雄太，不过今天没来。你们要做好朋友哦。”

“对不起，我叫久野容子，请多指教。”

容子觉得对方都报上姓名了，自己也应该说。服务生走过来点餐，是个个子高大的欧美人士。容子心中一凛。

“我要卡布奇诺，容子呢？”

“那，咖啡就好。”

“一俊弟弟呢？”

一俊再次抬头看容子。可能是陌生的外国人把一俊吓到了，他紧抓着容子毛线衣的一角，又露出快哭的表情。

“这孩子啊，给他水就好了。”

“我们也有柳橙汁哦。”外国服务生说。

“那——那就柳橙汁好了。”容子对他流利的日语有些吃惊。

“你去参观了几家？我已经可以写本书了呢，最后选定的就是圣荣。樱桃幼儿园也不错，不过他们的方针有点太过抽象。”

“我只是担心园里的庭院会不会太小。”容子讷讷地说，她发现只要开始说话，自己的紧张就会逐渐消散。

“嗯，我也这么觉得。不过圣荣园长说的话，一下子就击中我。用‘击中’好像有点怪就是了。”

“你说的是‘不想让他们成为只有一种价值观的大人’……那句吗？”容子也笑了。

“那句也是，还有像‘培养他们感受无形事物的感性’，其他的，还有那个什么……分班。我家那孩子，现在还是独生子，所以我希望尽可能让他跟大一点的孩子，或是以后跟晚一届的小朋友一起玩。”

“那个做法的确很好，这附近其他幼儿园都没作过这种尝试。”

咖啡、卡布奇诺和柳橙汁送上来了。容子在果汁杯里插进吸管，递给一俊。一俊一边喝，一边目不转睛地看着千花。

“容子，你要让他去才艺班吗？”千花嗫嚅着，好像说了什么难以启齿的事。

“怎么可能！我们哪有那么多钱？而且他这么小就要学才艺的话……”

“有道理。”千花露出灿烂的笑。容子暗忖，她真是个表情丰富的人，“总觉得这附近才艺班特别多呢。不过我也想过了，以后不管他愿不愿意都得拼命念书，如果现在就让他去，实在太可怜了。”

“要顾虑的事还很多呢。”容子说。

“说得没错。”千花说着，啜了一口卡布奇诺。杯子离开嘴边时，唇上沾了白白一层泡沫。

“高原太太，这里。”容子笑着指指自己鼻子下方。

“哎呀，真不好意思。”千花连忙用纸巾擦擦鼻下，两人面面相觑，一起笑出声。

考试的时候你要怎么穿？你先生怎么穿？作了哪些准备？为了问千花问题，容子在脑海中不断组装该说的字句。她不想说些追根究底的话题，但才开口说“请问”，一俊在椅子上就不老实起来。妈妈——一俊绞拧般地叫着，同时不断扭动身体。

“考试那天，你们夫妻当然都会去吧？”容子不理会一俊问道。千花正要回答，却“啊”了一声，两手扶住快要翻倒的果汁杯。一俊扭动身体撞到桌子，差点把杯子弄翻了。

“你可不可以乖一点？”

容子轻拍着一俊桌下晃动的脚，这个动作却把一俊惹哭了。他并没有哭出来，而是假哭。假哭是一俊最近学会的“伎俩”。

“一俊，对不起啊，阿姨太多话了。”

容子不禁厌烦起来，连忙向千花道歉。

“一俊是个乖巧的好孩子。我们家那个才恐怖咧。……啊，我得去接孩子了。没带他去，人家会抱怨，带他去了，又嫌我把孩子丢着不管。”

“是你先生的父母吗？”容子把假哭又手脚乱挥的一俊压住，才问千花。

“不是，是我的父母。今天突然请你出来，真不好意思。但是我很高兴，希望我们都能中选。”千花站起来，所以容子急忙从皮包内掏出钱包，也让一俊站起来。

“我请你来的，所以我付。”

“不用啦，不用，我的自己付。”

“真的没关系啦，下次再由你来付。”千花抽起账单走到收银台。结完账后，她挥挥手：“注册那天再见。”然后推开玻璃门出去。

哇——哇啊啊啊——容子抱起大哭不止的一俊，抱着真想钻进洞里的心情走出店外。一俊开始挣扎，于是容子把他放下来。

“好了，别哭了，小俊。”

哇——啊，一俊继续哭叫着，但已经没有眼泪了。“好啦，回家吧。”容子拉着一俊的手，转过餐厅的转角，开始往坡上走。一俊还在扭动，但已经镇定多了。

杂志上的人的生活样貌，果然就像登在杂志上的感觉吧，容子一边走在坡道上一边想。精致的料理放在精致的餐具上，开启家庭派对，周末全家人到餐厅吃饭，偶尔把孩子寄在娘家，夫妻来个双人约会。容子仿佛从她的容貌、动作和言谈中，窥见与自己全然不同的生活样貌。事实上，就算她真的过着杂志上呈现的生活方式，容子也不觉得羡慕。她早就在学校时学到，这世间就是有与自己相隔遥远的人，而且这世间就是由那种人构成的，也知道羡慕那种人是多么愚蠢无聊。所以，只要单纯与那种人认识就很开心了。

那天晚上，把特地为丈夫真一做的菜摆上桌时，容子说起申请幼儿园的经过。但是，当她回过神来，才发现自己说的不是幼儿园，而是今天才认识的那位母亲。她如何美丽，如何像女明星一样时髦、开朗、慷慨……

“真有你的，已经交上朋友啦？”

真一笑容满面地说，容子也随之高兴起来。性情温和，很少扯开嗓门说话的真一，一年前告诉她“你的事我不想再听了”。那时候容子在儿童馆、儿童图书馆和公园，全都交不到朋友。她会特意等待真一回家，对她认识的母亲们、她们的育儿方式，以至这个区的儿童设施，提出批评或感叹。交不到意气相投的朋友，容子感到焦虑，甚至写信到报纸上的人生咨询专栏。

“你不是跟我说过吗？别那么焦虑，只要孩子去上幼儿园或学校，朋友自然就会多到我应付不来。真是这样呢，还好听你的。”

她把味噌汤和白饭放在托盘送到桌上。真一不喝酒，拿起饭碗就开始吃。

“可是还没确定会上哪家幼儿园吧？”

“是啊。不过，在选幼儿园的阶段，价值观相近的人都会走到一起吧。今天遇到高原太太的时候，就印证了这个想法。所以，就算到第二志愿或第三志愿的幼儿园，一定也会遇到那种谈话投机的人。”

“也是啦，如果能上第一志愿当然最好。说到这里，连我也开始紧张了。”真一说完，又扒了好几口饭，“喂，小俊啊，等下我们洗澡来练习考试那天要做的事。”

一俊在电视前面玩积木，听到爸爸的叫声，立刻站起来跑到爸爸的脚边去。“还没啦，等我把饭吃完嘛。”容子听着丈夫的话声，走去洗浴室。希望他能录取啊。希望能与高原太太一起到圣荣。一定要录取呀。容子在心里再三祈祷，开始刷起浴缸来。

等待搬家货车到达前，繁田茧子百无聊赖地在大楼内踱着步子。走着走着，不觉换成了跳舞的姿势。她张开两手踏着步子。“这是真的。”茧子在心里低语。但还不够！“这是真的！”茧子大声叫了出来。

整个房间从头到尾都是全新的。不论是地板、家具、浴室或厕所，还有每个房间的壁纸。她不断在这两室两厅的房子里跳来跳去，然后拿着烟走到阳台。风很冷，但这种冷令心情舒畅。

四楼阳台的景观说不上好，只能看见马路对面的灰色大楼。那栋大楼的窗子映照出蓝色的天空，但是，就算从窗口看到的是大楼，都会令茧子的心情雀跃起来。

她本以为非得过六年的节约生活，才能买得起公寓大厦，尤其是市中心的公寓大楼，除非中了彩票，否则根本不可能。偶尔想到她可能一辈子都离不开那个坐十分钟公车，再坐四十分钟电车才能到池袋的郊区房子，就不禁郁闷起来。但是，现在自己却待在这么宽敞的房子里。浴室有自动加热功能，系统厨房有内藏的烤箱；玄关是自动锁，厕所有免冲洗马桶。而且这些不是租的，全都属于自己。茧子好想趴在阳台上向外大声尖叫。但她没那么做，而是不断吸着烟，把烟灰弹进咖啡空罐里。

今年夏天，佑辅的父亲过世。他脑溢血倒下，两天后就撒手归西了。佑辅的老家在川崎，两人一起回去奔丧，度过混乱浑噩的几天。四十九日住在川崎家的那晚，婆婆把佑辅和大伯康平叫去，关在放置全新佛坛的和室里密谈。想回家回不去的茧子与嫂嫂翔子一起收拾四十九日餐会过后的餐盘。翔子怀孕八个月了，所以几乎都是茧子在做。

“不知道他们在谈什么呢。”茧子擦着刚洗好的寿司桶时，翔子说。

“把我们两个排除在外，总觉得有种不祥的预感。”茧子说。她对翔子既不喜欢也不讨厌，对婆婆或大伯也是同样的感觉，不过在繁田家族的亲戚中，翔子是最说得上话的。

“说不定是分配遗产之类的。”翔子说完就笑了。

“遗产应该也没多少可分吧。就算有，我们家一定也分不到，因为是老二嘛。”茧子喃喃说着，手心用力挤向菜瓜布。

是的，母子三人的谈话，的确与遗产分配有关。那天深夜，佑辅在回家的电车上，把母亲的话转告给茧子听。土地的部分，因为父亲退休那一年，就在母亲的同意下，将它转为共同持有人，所以不需要付遗产税。父亲留下的存款和死亡保险金，加起来总共有五千多万。佑辅说，母亲有意把房子改建为亲子双户住宅，希望兄弟俩其中一个回家住。父亲的遗产金扣除给律师的费用、改建房屋的费用后，剩下的由母子三人均分。

“唉，那么佑辅也分得到喽？”她不觉脱口而出，但又担心话听起来太势利，于是补了一句，“我是无所谓啦。”然后又说，“突然说什么亲子双户建筑，又叫人搬家，太那个了吧。”等于绕个圈子表示不想搬回去同住的意思。

“听说，如果搬回去的话，还有大奖咧，这么说有点怪，不过，就是那个意思啦。我妈说，搬回去的人她会多分一点。所以我哥好像在考虑要不要搬，翔子嫂不是要生了吗？不过，反正我们多少也能分到一点，好歹我们也算是正式的继承人。”

“是哦！”茧子悄声回应着，但心里想，还是不要太过期待才好，因为实际上也只是“分到一点”罢了。

最后，妻子身怀六甲的康平，同意回去与母亲同住，而佑辅则得到一千万左右。听到佑辅报告这件事，是在做完四十九日的一星期后。茧子对这一大笔钱大为吃惊，简单算了一下，她得花十年以上才存得到这笔钱。虽然听说等改建估价正式决定后，才会把钱汇到佑辅的账户里，但佑辅和茧子商量后，决定用这笔钱去买一个商品房。尽管两人说好等钱进来再去找房子，但茧子无聊之余，随手翻看房屋情报杂志，终于按捺不住兴奋期待的心情，和市中心的不动产业者联系，看了好几间房子。茧子无论如何都想住在市中心，所以除了新房，也将中古屋纳入选择范围。

十月之后，她接到业者电话，说是出现了绝佳的选择。茧子只身去看那个房子，从地下铁车站徒步只要两分钟，从该车站转乘的话，不论到新宿、涩谷、池袋都用不了三十分钟。虽然是中古屋，但才盖五年，房子还很新，目前已经清空，而且重新装修了。一走进屋内，茧子决定"就是这里了"。不管怎么说，全新的房子看起来就是干净许多，新颖的设备还散放出明亮的光。没有老旧商业街、餐厅和风化场所的街区，营造出光洁清爽的生活感，这也是茧子中意的原因。她之前住的街区，车站前商业街和酒店交杂林立，坐上公车，就会看到一片辽阔的田野，国道沿线还附属有家庭餐厅和廉价鞋店的超级市场，这一切都让茧子觉得很老旧。

可是钱还没有汇进来哩，面对裹足不前的佑辅，茧子想尽办法游说。隔一星期，茧子便带着佑辅第二次去看屋，她带着煽动的语气说："就决定这里吧！"连推销员的台词也搬出来压阵，"请想想看，以这种条件，根本买不到这样的地段、房龄、隔间"云云，在这种态势下，最后佑辅当天就签下订屋契约。

佑辅的母亲先支付了部分佑辅的遗产分配金三百万。这笔钱之外，茧子向父母借了一百万，再从佑辅和自己的储蓄中领出五十万，全部加起来作为首付款。佑辅母亲表示，既然先付了一部分，其他的，就等房子改建好再给。"小气老太婆！"茧子在心里咒骂，计算在拿到钱的时候，提前还清贷款。

然后，茧子选在三天连假的第一天，也就是今天搬家。

过了下午两点，搬家公司抵达，工人遵从佑辅的指示，将纸箱和家具搬进屋内。佑辅叫茧子“买些冷饮回来”，于是她走出家门。大楼前方数十米处就有便利商店，这一点也让她十分开心。

茧子提着装了运动饮料和凉茶的塑料袋回到大楼时，另一名住户正用钥匙打开自动门锁。那是个身材姣好的女人，旁边站着一个穿着窄腰宽摆大衣的小女孩。女孩回头直盯盯地仰看茧子。母亲也回头时，茧子用加重的开朗口气问候：“你好！”同时钻进共同玄关的大门。为避免被当成可疑人士，她从牛仔裤口袋取出钥匙，说：

“我姓繁田，今天才搬来，就是——四楼的401号。先跟您打一下招呼。”

她赔着笑一边说，一边与母女两人一起走进电梯。

“是吗？我是601的江田，请多指教。”

身材姣好的女子说完，轻轻点头。“夫人。”茧子心中蓦然想到这两个字。杂志上经常可以看到这种住在市中心的时尚人妻，但她以为那些贵妇都住在世田谷区或港区，是个遥不可及的异国。然而，跟她一起搭电梯的母女，不折不扣就是杂志里的夫人与大小姐。完全看不出年纪的母亲穿着纯白大衣，襟口可见里面的藏青色套头衫与小颗珍珠项链；五官秀丽的小女孩，则是藏青色大衣搭配深咖啡色长靴。“夫人”原来真的存在啊，茧子暗暗思忖。

“等一下我们再上去拜访。”

茧子说完后，才觉得自己说话的方式似乎不太对，但她也不确定是哪里有问题，管他的，反正有用敬语就是了。

“请不用这么客气。”自称江田的女子微笑着回答。与她手牵手的小女孩迎着茧子的目光，恭敬地说：

“您好，我叫江田衿香。”态度宛如大人，令茧子傻住了。

“我是繁田茧子。”她连忙跟女孩说。哎，怎么自己变得跟她同龄似的？这么一想，更觉得怪怪的。

电梯到达四楼。“那就再会了。”茧子道别之后出了电梯，然后看着关上门的电梯，呆呆地望着楼数灯号。橙色的光经过“5”，到“6”时戛然而止，茧子望着“6”这个数字好一会儿，才回到自己的屋子。

搬进来还没三十分钟，物品已经都在屋内就定位了。茧子到时，佑辅正要付钱。她向站在走廊上无所事事的年轻搬运工说：

“饮料来了，请用。”

顺手将饮料袋交给对方。

搬家公司回去后，茧子和佑辅开始拆箱。头期款和其他花费使存款几乎告罄，所有的家具都是从旧家搬来的。灯罩、餐具架和白木圆桌，在茧子看来跟崭新的房子格调完全不搭。更讨厌的是，这些家具放进来之后，原本闪着光辉的新家瞬间失去光彩，成了穷酸的草窝。等待搬家公司时那种昂扬的兴奋，已在茧子心中蒸发消失了。

下午五点多，所有纸箱都清空了。两人一边合力把箱子捆扎起来，一边讨论晚餐。虽然纸箱都摊平放置，但整间屋子都还没整理，所以决定到便利商店买便当吃。

“我还是想把家具都换掉。”走向几十米外的便利商店时，茧子说。

“我也想啊，可是现在不可能马上换。下个月会发奖金，我们再慢慢买齐吧。”

“也对。我们可以慢慢看，等看到喜欢的再买齐就好了，没必要急。”

两人在便利商店买了啤酒、便当、明天早餐吃的面包、牛奶和零食。茧子拉着丈夫没提东西的另一只手，漫步走着。

佑辅打开自动锁的时候，茧子注意到玻璃门另一侧有一家人正要出来，而且她一下子就发现是中午遇到的夫人。门开了，茧子两人先一步跨进大门。

“哎呀，你好。”夫人亲切地朝她点头，随即对旁边的丈夫说，“他们是刚搬来的。”那声音真温柔呀，茧子想。

“敝姓繁田，请多指教。”佑辅说，茧子也深深一鞠躬。

茧子回头望着走出门口的那家人。先生个子高挺，气质与妻子相似，无可挑剔的帅气与自信的笑容。刚才穿着白大衣的夫人，换了黑色毛衣的裤装，穿着藏青大衣的小女孩则换了格纹洋装。她没穿大衣，所以应该是搭车外出吧，茧子想。

“我们生个孩子吧。”

“什么？”茧子不自觉地吐出这句话，因为实在太唐突了。

“没什么。我想房子也有了，可以开始考虑了吧。”

佑辅凝视着楼数灯号，自言自语地说。

这人也真是的，买栋屋子就生出些感慨来，茧子自顾自想着。

与教堂坐落在一起的庭园，在柔和的阳光下洋溢着明亮的氛围。带着大都同龄的孩子的母亲们，或是围成一圈聊天，或是几个好友一道往幼儿园里走。瞳带着光太郎，也想找个人谈谈话，但不知该找谁说好，只好漫无目的往门口走去。

一对母子靠在门边。这个入园注册的日子，有些母亲穿着套装或洋装，但站在那里的母亲却穿着牛仔裤，上身随意搭配男性的大衣。正抬头看母亲的男孩，则穿着露出膝头的短裤和厚重的大衣。那位母亲也和自己一样，一副不知道该怎么找人攀谈的模样，瞳见她那样，虽然有些踌躇，还是提起勇气向她打招呼。

一直走到面前，她还没看见瞳。

“你是来注册的吧？”

瞳带着点惶恐出声问道。但瞳想，她或许在等人吧？因为那个女子看到瞳，似乎有些失望。不过，她还是展开笑脸问：

“是，我们已经办完了。您也是吗？”

“是的，我叫小林瞳，这孩子叫光太郎。哎，快打招呼呀！”

光太郎躲到瞳的后面，但还是小声地说“你好”。

“你好。”那女子弯下身对光太郎说，“我叫久野容子。说呀，你叫什么名字。”随即拍拍一旁男孩的背。男孩不知是不是羞怯，倏地把背转过来。瞳笑了，容子也笑了。“这孩子非常怕生，他叫一俊。”

“可能跟我们同班呢，以后请多指教。”

“彼此彼此。”

互相低头敬礼之后，接下来该说什么呢？瞳不知道，但她还是想说点什么。

“您住在附近吗？”瞳问。

“是的，从马路走上坡就是了。”

“您打算让一俊学别的才艺吗？”

瞳会这么问纯粹只是因为她正考虑补习的事。以前在附近儿童公园认识的母亲们都说，上了幼儿园后，最好让孩子学点什么比较好。虽然她们说的，其实是“在进幼儿园前就应该让他们学习”。现在虽然不期然跟她们见到面，也会站着聊一会儿，但并不是特别熟。她们对儿女的教育，抱着近似野心的意图，让瞳感到些许害怕，所以有意地跟她们保持距离。瞳希望用轻松一点的态度教育孩子，除非光太郎亲口说他想学什么，否则她没打算勉强他去学。但是，与那些母亲减少见面的机会后，她又开始担心学才艺会不会是必要的常态，所以才问这个问题的。

“为什么？”

容子一脸认真地反问，似乎有些不解。

“没有。是这样的，因为经常听到别人在说，所以……”

“我们家是不补习主义。如果这个孩子说他想学什么，我会让他去学，但是在他还没有这种兴趣之前，每天过得快乐一点比较重要吧。”

哦，我也是！我也是这么想！瞳好想大声地说。但如果她真这么做，应该会把对方吓到吧。

“其实，我也是这么想……”她说。但她没继续往下说，因为容子的脸上突然露出了光彩，看着瞳的后方。她一回头，一位熟悉的女子朝她走过来。从容子的表情看来，她找的好像就是这个女子。

“高原太太。”瞳说。

“咦，你们认识？”容子问。

“瞳小姐！太好了，你们家也上了？啊，你是上一次……”

“我是久野，久野容子。”

“对对！容子。容子你们家也过关了吧？那么，我们都上了。太棒了！这样我就放心了。”高原千花两手交叠在胸口说。

“我就想说不定会再遇到你。”

“真的太好了。对了，可不可以把你的联系方式告诉我？入园典礼的时候该怎么准备，我都想问问你。”

千花从皮包里拿出记事本，连同笔一起交给瞳。瞳把自己的电话号码写进去，再交给容子。光太郎和一俊分别躲在自己母亲的身后，睁着骨碌的眼睛互相打量。

“儿子又放在你母亲那里？”瞳问千花。

“是啊，因为待会要去健身中心，所以麻烦她照顾了。小光，好久不见，你长大了耶，看起来比雄太还大呢。”

容子把记事本和笔还给千花，千花接着收进皮包，招招手说：

“我有急事，先走了，下次再跟你们联系哟。”

一边说着，千花一边小跑出了大门。瞳虽然还想跟容子说点话，但容子说：

“那我也告辞了，小俊，我们回家喽。”

容子说完，便拉起一俊的手。

“以后还请多照顾。”

瞳向她点点头，目送她们从大门出去。一直看到容子在转角转了弯，才拉起蹲在地上画画的光太郎，一起离开。

瞳是在光太郎两岁的时候，在儿童馆认识高原千花的。千花的儿子雄太跟光太郎同岁，而且生日只差一星期，所以两人才交谈起来。

应该不会有人认为千花那种人很难相处吧，瞳想。爽朗、乐天、为人着想，而且很小心不让人发现她的用心。当然，瞳自己也没把千花归类为难相处的人，甚至算得上喜欢。可是，跟她在一起的时候，老实说有些累。可能是自己有点怕她吧，瞳自认。

在瞳看来，千花就像其他认识的母亲那样，对儿女教育野心很强。她曾说，为了让两岁的儿子学习味道，而带他到正式的餐厅去，而且当时也让他学游泳和英文。她还听到千花跟其他母亲说，未来要上的小学非大学附属私立学校莫属。

瞳不想卷入这些话题，所以尽可能小心不与千花走得太近。但千花好像特别喜欢瞳，有时会给她自己去的健身中心优惠券，还会邀她到家里坐。

她婉拒了健身中心，但去她家玩过。因为千花再三邀她，她实在不好意思再拒绝。千花住在面对马路的全新的十四层大楼，她的家在十二楼。一个楼层只有两户，房间宽敞极了。从瞳的眼光来看，千花的住处就像漫画或连续剧女主角住的地方，缺乏真实感。瞳对家具和装修一无所知，但她可以理解沙发、照明、一只咖啡杯，都是高档品。所以，不管是坐是站，或是喝茶、上厕所，都让瞳感到紧张。当光太郎跟雄太一起玩，把装了柳橙汁的玻璃杯弄倒打破时，她几乎昏了过去，一点也不夸张。同时，她也很生气，为什么千花要给孩子用玻璃器皿。“没关系，这是常有的事。”千花这么说。不过她还是到百货公司买了类似的玻璃杯，几天后给她送去。之后，她就不再去儿童馆了。由于没有交换联系方式，只要不碰面就不用再来往，不过偶尔还是会在路上相遇。只站个几分钟聊天，瞳还不至于胆怯。

瞳骑上停放在教堂和幼儿园共用停车场的自行车，把光太郎抱上龙头前的儿童坐椅，没等自行车开始走，他就已伸出双手，摩擦嘴唇发出“噗——噗——”的声音。最近他爱上玩飞机的游戏。

“明年起，小光就要来这里上学喽。”瞳踩着踏板对光太郎说，“一定会交到很多朋友的，好期待啊。”

“我哪里都不去！”光太郎叫嚷着，又再次“噗——噗——”起来。

原来跟高原千花的儿子同校啊，瞳一面踩着自行车一面想。不过，两人不一定同班，而且她已经不会主动寒暄了不是？不，那种事不重要。瞳用力摇一下头。又不是我去上幼儿园，现在只要为光太郎上榜高兴就够了。

准备晚餐的时候，电话响了，拿起话筒一听，就听到向日葵计划的砂原铃子说：

“瞳，小光怎么样？”

瞳忍不住露出笑意。向日葵计划是瞳刚搬来这街区时参加的义工团体。

“亏你还记得，真是感激。”瞳不自觉地低头行礼，“录取了啊，就是很想上的那家。”

“恭喜啊！那不是太棒了吗！虽然我知道小光一定没问题，真的太好了。我明天要赶快告诉大家。金村太太一定会说，帮你们开个庆祝会什么的，到时候我们再约时间。”

“啊，对了，明天你们有聚会吧。真好，我也想去。”

原本在看录影带的光太郎走近瞳，抱住她的脚：“妈妈，是谁？”她抚着光太郎的头，露出要他安静一下的表情。

“来嘛来嘛，下午三点到六点。如果你想来的话，直接来就行了，不用再电话联系。”

“幼儿园开园以后，我就比较有时间了，很想到时候再归队。”

“是啊，快归队吧，我们这里永远人手不足。”

“但是，我也有点担心，会不会都是生面孔了。”

“不—— 会，没有那种事。虽然也有新人进来，但是金村太太和野田小姐都在。大家都在谈你，小瞳最近不知道好不好呀。哎哟，太好了，录取了。真的恭喜你！”

瞳的眼前浮出她们每个人的身影，不觉眼眶一热。她为刚才跟高原千花的儿子同一个幼儿园的不安，感到深深的罪恶感。

“谢谢你们，下次我一定去拜访。”

瞳再次低头行礼，然后挂断电话。

“跟谁说谢谢呢？”光太郎抱住她的脚，仰着头看她。瞳蹲下来，抱住光太郎摩蹭他的小脸。

“真好呀，真好，光太郎，人家跟我们说恭喜呢，真是太好了。”

“什么？恭喜什么？”光太郎一边笑一边挣扎地逃出瞳的拥抱，瞳也开怀地笑了，两人没来由地同声笑着。

在邻区的私立大学区域内，有个由该校校长担任会长的义工团体。它是由多种团体集合形成的，大至国外环保、地区协助等大规模任务，小到学生参与的看护体验和儿童养护单位访问等都有参与。当初，因为丈夫工作需要，瞳随同搬到这个街区来，本想找个地方打工，但丈夫反对她工作，就在这个节骨眼上，得知了这个义工团体的存在。瞳还没怀上光太郎之前，就去登记成为义工。向日葵计划的工作是有时帮独居老人做盒饭送到府上，或是每星期去一两次帮忙跑腿，一年当中也会为高龄老人规划几次健行或活动。虽然会员中也有学生，但大部分是以不用再照顾孩子，或是没有小孩的主妇为主。从外县搬来的瞳，别说是在区内，就算整个市中心，也没有一个朋友。定期见面、交谈的，就只有这里的会员。其中，有母鸡风格的砂原铃子、与她同时代的野田美智子和中年女性金村治美最是照顾她。她们都一样大而化之，不拘小节，总是气氛欢乐得让人很想叫她们一声“妈”。

丈夫荣吉工作忙碌，生产那天也到外地出差。瞳是一个人计算阵痛时间，叫计程车到医院的。虽然光太郎的名字是荣吉取的，但孩子生了之后，他还是一成不变地忙碌，也不帮忙照顾孩子。住在山形的公婆跟瞳的关系不太好，光太郎发高烧或从椅子上摔下来时，她好几次打电话回家求援，但婆婆却责备她“都是你没好好照顾”。事情结束后，她也不想再打电话了。直到今天，瞳一直都是和这三位商量照顾孩子的事。她半认真地认为，如果没有她们在，搞不好自己会虐待这个孩子。

于是，回想起刚才铃子的“恭喜”声时，瞳内心充满了无限喜悦，几乎可以感觉铃子拍着她的背说，不可能不担心的，四月之后再去聚会吧。再跟大家一起七嘴八舌地讨论活动计划，或者做盒饭吧。她觉得自己好像一直在原地踏步，盼不来四月的崭新日子哩。

瞳哼着曲子，再回到晚餐的准备上。她一边搅着煤气灶上的锅，一边思索等一下要写的信。是要给好惠的信——

光太郎被我们梦想中的幼儿园录取了。幼儿园虽然位于都心，但庭园宽敞、教育理念扎实，是一家非常优秀的幼儿园。私立的学费虽然高得令人心疼，但是我觉得最重要的是教育。我的朋友得知他被录取，说要大家一起开个庆祝会呢……

妇产科大厅漫溢着淡淡的粉红色，柜台、窗帘、拖鞋、沙发全是粉红色的，连落地窗的窗帘也是一片粉红，让窗外一大片冬日景色都带着些许暖意。瞳坐在沙发上，把读给光太郎听的绘本摊开在膝上，环视了一下坐在现场的其他女性。一名女子肚子大如西瓜，另一个肚子则大如排球，还有肚子尚未凸起的女子。肚子的大小各有千秋，但是大家都同样在粉红色的笼罩下，脸上洋溢着幸福。我一定也是一样吧，瞳想。

瞳注意到在座的有个年轻女子，完全异于周边的开朗气氛。瞳小声地念书给光太郎听，眼角余光却偷偷在打量她。头发染成近金黄色，穿着男性化的体育服，交叠的两脚穿着牛仔裤，却细瘦得不像脚。她专注地读着可能是自己带来的八卦杂志。不管是散发出荧光的体育服、接近金黄的发色、涂成蓝色的指甲油，还是八卦杂志的封面，整个房间里只有她周围的色泽特别强烈，显得心浮气躁。瞳暗地里想，说不定那个女孩是来堕胎的。

由于瞳一直没翻到下一页，光太郎便从瞳的托特包中拿出布制的球玩，“砰”地将它丢出去。瞳还没来得及叫“小光，别这样”，球已经滚出去了。偏偏球滚到运动服女子的脚边。那女子反应灵敏地用穿拖鞋的脚踏住固定，然后弯身捡起。她睁大眼睛四下张望，发现了光太郎和瞳之后，站起来。瞳小小声地提醒："小光，不是跟你说不行吗？"

"给你，这个是小朋友的吧。"运动服女子把球交给光太郎。

"真对不起，谢谢。"瞳向她行了个礼后，对方便一屁股坐在瞳的身边。

"第几周啦？"女子问。瞳没料到她会向自己搭话，有点慌，但还是答道：

"第二十一周。"

"哦？那已经是安定期了。预产期是什么时候？"

"七月，七月十七日。"

"哦？那是巨蟹座耶。"

"什么？"

"我是说，这孩子会在巨蟹座月份出生。我的是十月，天秤座，现在刚好害喜，难受死了。"

"啊……"瞳呆呆地张开嘴，原来这女孩也是个孕妇呀。

"妈妈，书……"光太郎可能感觉被冷落，于是用手压住书，小声地插话。

"几岁了？好可爱呀。"女子装出小孩的语调，把脸凑近光太郎。

"人家不是小宝宝！"遇到外人，一向马上躲到母亲身后的光太郎，很难得地向陌生女子说话，"因为我已经是哥哥了。"

"哎哟，好可爱耶，他说'人家'。说得也是，你是哥哥了呢。"

是呀，我是哥哥，光太郎自言自语地说。瞳跟女子相视而笑。坐在粉红色中的几个人，也带着慈祥的笑容看着光太郎。

护士一直没叫瞳的名字，似乎也没叫那女子的名字。于是两人坐在沙发上闲聊起来。

"到了第二十一周，就不会再孕吐了吧？我今天一口饭也吃不下，零食倒是吃了不少。人家说那样不好，当然我也知道啦，可是真的受不了了。而且既不能抽烟，也不能喝啤酒。”女子若无其事地说。

“如果不多摄取养分，胎儿会长不大哟。而且，我听说，很多人怀孕之后，就自动不想抽烟或喝酒了……”瞳对自己仿如大姐般的口气，感到不可思议。

“哎，你今年几岁？”她问。

“二十七，今年夏天就二十八了，狮子座。”连星座都一起回答。

“好年轻啊。”瞳不自觉地说。她笑了。

“不年轻啦，你——怎么称呼？”

“小林，我叫小林瞳。”

“小姨几岁了呢？”

“小姨？”听到这个突如其来的昵称，瞳苦笑了一下。

“三十三，下一个十月就三十四了。”瞳答道。

“那就一样了耶！十月的话是天秤座？还是天蝎座？”

“天蝎……吧，我猜。”瞳觉得有些滑稽，不禁笑了。

这时，从诊疗室出来的护士叫“繁田女士”。

“有！”女子像小学生点名一样，声音洪亮地答完后站起来，“终于到我了，我是繁田，繁田茧子。”她对瞳说过后，就趿着拖鞋“啪啦啪啦”地往诊疗室走去。

结束诊疗的瞳看看四周，寻找“繁田茧子”的身影。因为叫号的顺序很近，她想说不定她还在，但到处都看不见她。瞳在玄关处帮光太郎穿鞋，自己也穿好，走出大门外。入口旁的角落有一排自动售货机，那个茧子就站在那里。

“哎！”

她发现瞳之后，挥挥手。

“你在等我吗？”瞳吃惊地说。

“也不算是啦，果汁喝着喝着就发起怔来。坐公车吗？我们一起走到公车站吧？”

于是，她和茧子让光太郎走中间，开始往前走。互相说起住处，才发现两人住得相当近。两人一起在公车站等公车，坐上同班公车，一起坐在双人座位上，茧子看着窗外说：

“我去年秋天才刚搬来，因为一直很想住在市中心，所以就这么决定了。可是一个认识的人也没有。我想，去找个工作好了，这样就能交到朋友，才这么打算的时候就怀孕了。一直待在家里，害喜又严重，而且这附近又没有超市，连商业街都没有，真的快闷死了。”

“你有带记事本吗？”瞳让光太郎在腿上坐好后，对茧子说。

“什么？”

“记事本。我把我的联系方式告诉你，如果有什么困难，打电话给我。像是饮食啦、购物啦。别看我这样，也算是个怀孕老手了，在这个街区又住得比你久，就算没什么事，想聊天的时候也可以打电话给我。”

瞳对自己这番话感到诧异。但是在说的时候，她察觉到，这些就是自己三年前很想听到的话。刚搬到这条街上时，连左右都分不清楚，求助无门之下才去志愿中心的，当时自己想听到的就是这样的话。

“真的吗？谢谢。”

茧子从皮包里拿出一本小小的行事历，把瞳说的电话和地址写下来，然后翻页写了什么，随即撕下来交给瞳。

“这是我的。”

那张纸上写着繁田茧子的名字，还有电话号码及地址，纸边印着孩子气的玩偶图案。光太郎一看，马上得意地说：“啊，那只猫，人家也认识。”

“笔画太多了，真受不了。哎，小姨，下次你来我家玩嘛。我们家啊，只有我先生的妈妈来住过，谁也没进来过。我又不能出来，无聊死了。来玩嘛，好不好？小光也一起来呀。”茧子把脸凑近光太郎，又转头说。

快到站时，光太郎大叫：“人家要按。”于是坐窗边的茧子把光太郎抱起来，帮忙他按下停车铃。瞳看着这一幕，觉得仿佛在欣赏一幅宗教画。

那个女人是同栋大楼的夫人，虽然隔得很远，但茧子马上就注意到了。她正在新宿某百货公司的童装卖场，整个楼层都是各品牌的柜位，但其中一角是特设的绘本专柜。夫人正在那里物色绘本。茧子在意大利品牌的柜位中浏览童装，她拿着一件洋装，眼睛却在夫人四周探看，寻找她女儿的行踪。不在。她似乎是一个人出来购物。夫人把一册一册的绘本拿起来，抱在胸前。夫人果然是夫人，茧子想。因为她抱了那么多书呀，她一定是个知识分子吧。

“送人吗？还是自己的孩子要穿……”

店员过来询问，茧子才发现自己一直握着那件洋装。她暧昧地笑了一下，把衣服挂回架上。

“您的女儿大约几岁呢？”店员满脸笑容问道。

“我只是看看而已。”茧子撇下一句。

孩子还没生，连性别都还不确定，只是想看看而已。“那您慢慢看。”店员微笑离开。茧子把排列在层板上的小衬衫展开，心想，如果生女儿就好了，可以让她穿这种荷叶滚边的服装一起散步。茧子越过展开的衬衫，眺望着儿童图书专柜。夫人还在那里，抱在胸口的书增加了。夫人的孩子是女儿，总是让她穿着可爱的大衣。自己也能像那样给孩子穿可爱的衣服吗？也能给孩子买那么多书吗？可是，她根本不懂该选什么书给孩子。可以跟夫人商量吗？虽然都住同栋大楼，但她不可能跟自己那么熟的。

茧子把衬衫放回架上，出了专柜，来到特设的读书区。陈列架上铺着红色或绿色的布，把色彩斑斓的绘本装点得更美。有几位女性跟夫人一样，正专注地看着绘本，还有母亲带着孩子来。也有些很小的孩子不知母亲到哪儿去了，径自把书放在地上摊开，蹲着看得入神。茧子观察夫人的样子，同时把手边的一本绘本拿起来打开。眼光正要投到书上时，正好与抬头的夫人四目相接。但夫人似乎没有认出她来。在茧子还没露出微笑前，就转开头，似乎在确认她抱在胸前的书。果然不认识我。茧子有点失望，犹豫着要不要离开算了，但还是把手上展开的绘本归回原位，走近夫人。

“你好。”她鼓起勇气开口，有种很想与夫人接近的心情，“真巧呀！”

夫人抬起头看到茧子看到那种表情，茧子即刻便后悔自己主动招呼了。因为夫人好像扒窃被抓到一般，露出混杂了惊讶、恐惧和焦虑的表情。

“请问……”不过，这位夫人中的夫人不会真的是扒手吧？……茧子不知道该说什么好，不过还是露出笑脸，让她知道自己没有敌意。

“您是哪位？”夫人依旧绷着脸问。

“啊，我吗？我是繁田，那个，四楼，同一栋大楼的。上回有一次……”搞什么！连我是谁都不知道吗？

“啊，啊啊、啊啊、啊啊，繁田太太。”夫人不自然地应和着，终于挤出一个笑容。

“真是巧呢，我是来看童装的。虽然这么说，但还有几个月才生。

结果就发现，咦，那个人好面熟啊。”茧子交互看着夫人和她手上抱着的书，“对不起，我太唐突了。”

“没有，不会啦，我吓了一跳。”夫人笑了，扬起女学生般的高音，连周围的人都转过头来。

“这里绘本好多哦。我根本不看书，所以这个世界我完全不懂，也不知道哪一本比较好看。”

“是、是啊，书很多。”夫人似乎兴味索然地环视了一下整个儿童图书专柜。

“要不要去喝杯茶？我记得楼上好像有咖啡馆……”夫人的笑声让茧子开心起来，便试着邀约看看。她想看看夫人买了什么样的书。

“啊？喝茶？哦，茶，对下起，我接下来还有别的事。真对不起，时间有点赶……真抱歉。”

早就预料到一定会被拒绝的，所以茧子并没有太沮丧，但夫人好像觉得自己做了什么坏事一般，不断地道歉。

“没事，是我的邀请太突然了嘛，我才应该道歉。那么，再见。”

茧子轻轻挥挥手，就离开了。夫人胸口抱着的书，第一本叫做《好脏的哈利》。茧子很好奇那是一本什么样的书，于是在陈列的绘本中寻找，但一直找不下到。封面上是狗的图案，她一边找，一边悄悄回头，夫人站在特设专柜的收银台处，用信用卡付款。那本书放在哪儿？她很想上前去问，不过夫人看起来很急，还是算了。《好脏的哈利》，《好脏的哈利》，茧子一边叨念着一边找书，虽然没找到那本，但拿起一本封面有色彩艳丽的毛毛虫的书。翻了几页，目光又回到收银台。夫人正弯着腰在写东西，一看就知道是快递的联系单。就那么一点书，自己拿回家就好了，却特地请货运送，真不愧是夫人呀。提物重量不得超过筷子吗？茧子在心里嘲弄地笑了。就在这时，夫人抬起头，再次与她目光相对。茧子笑着行了个礼，但夫人避开目光，将快递单交给店员。收下店员交给她的收据后，立刻小跑出了专柜。茧子的目光追随她的身影，又回到自己手上的书。虽然看起来没什么意思，但小孩读的话可能会很喜欢吧。茧子把书放回原位，在书柜间随意走着。终于，她发现了《好脏的哈利》，啊！找到了。一千元外加消费税。小孩看的书还这么贵！茧子想。不过，算了，有什么关系？新生活不适合节衣缩食。现在不买的话，回头书名就会给忘了。

茧子把书拿到收银台，把钱付给穿着素面围裙的店员，接过放了书的袋子。走出特设儿童图书专柜，又在童装部绕了一圈。像这样轻轻松松在新宿买东西，简直就像做梦一样。搬家真好。在缀满荷叶边或蝴蝶结的服装间漫步时，茧子自然而然地咧开嘴笑起来。去二楼看看女装吧。肚子很快就要变大了，反正也不买。看看就好，她咧着嘴朝电扶梯走去，没想到又撞见从楼上下来的夫人。心想，还真是有缘啊，茧子越想越妙，忍不住笑了出来。

“哎，又碰到了。”

从电扶梯上下来的夫人霎时红了脸，她的脸涨得通红，越来越不自然。后面下来的人也被一时站定的夫人挡住。

“啊，后面有人。”茧子连忙跨进下降的电扶梯，夫人也跨进来。

“有时候就是这么巧，遇到一次之后，又不断地遇到，然后越来越不好意思。”

茧子转头对着距离很近的夫人说道，这时她才注意到，夫人后面的男人似乎与夫人一起。哦，原来在等这个人呀，所以才那么急。夫人脸那么红，应该是觉得又遇到我不知怎么应付吧，茧子领悟地想。如果像刚才那样东拉西扯地说话，那就头疼了。

“我有点工作。”夫人对茧子说。

“哦——你们在工作，对不起，刚才打扰了。”

“没什么。”

从四楼下三楼的电梯，两人并肩站在一起。夫人的男伴也从后面跟上来。她往后瞥了一眼，那人比先前看到的夫人丈夫个子矮，而且瘦。

“那么，我就到这里，还要去买别的东西。”电梯到二楼时，茧子说道。夫人脸上非常明显地露出松一口气的表情。

“今天真抱歉，啰里啰唆地一直烦你。”茧子说。

“不会，下次有空再来玩。”夫人神色安定下来，像平常那样悠然地笑笑，再跨进往下的电扶梯。茧子站着目送时，夫人的瘦长男伴回过头，向茧子行了个礼。他是个有酒窝、年龄不详的男人。“比起那个稳重的丈夫，这个男的比较合我胃口”，茧子自顾自想着，走到年轻美眉交错的流行女装楼层，夫人是个职业女性吗？茧子满是佩服，如果是我，一定做不到吧。就算肚子里这孩子进了幼儿园，我也绝对没办法工作。不管是牛井屋的兼职，还是电话呼叫的工作都做不长，我还是想一直待在家里，帮孩子做点心，或是缝体操袋。并不是说她想当那样的母亲，而是她，只能做这个。

第三章 一九九七年五月——

沉睡在森林里的鱼

看到野餐垫上一个接一个端出来的保鲜盒，千花大为吃惊。她本以为让孩子在公园里玩一玩后，一定是到哪个餐厅去用餐的。

“对不起，我什么也没带。”

千花把托特包打开来让大家看，里面只放了雄太的饼干和装了红茶的水壶。

“那有什么关系嘛，是我带太多了。”瞳笑着说。瞳的保鲜盒里放了炸鸡和绿花椰菜，接下来拿出来用锡箔纸包的，应该是饭团。

“我带的都是现成的。”茧子拿出在熟食店买的包装盒，里面是马铃薯煮肉丸子。

“不知道合不合你们口味。”容子的保鲜盒里放的是萝卜干丝和羊栖菜、煮南瓜，全都一丝不苟地区分开来。

“妈妈，我也要一块。”

雄太跑过来，朝保鲜盒一伸手就把一块煎蛋拿起来放进嘴里。

“小雄，别那么贪嘴啦。”千花笑着说，大家也都笑了。像水彩涂满的天空，一朵云也没有。公园里各处栽种的樱树，花已经落光，染成一片淡绿。

“尽管如此，交到这么多妈妈友，我太放心了。刚搬来这个地方的时候，一个朋友都没有，也没有资讯，想到只有自己一个人生小孩，真是够了。不过，现在可以放心了，我就在这里生吧。”茧子躺在塑胶垫上说。

“什么叫妈妈友？”容子问瞳。

“哎哟，就是妈妈级的朋友嘛。”茧子翻过身来回答。

“可是，茧子，你在这里生的话，你妈会来帮忙吗？如果不行，你还是回娘家去生比较轻松吧？”

“我妈可没有千花铃的妈那么好呢，她会不会做饭给我吃都很难说。我回到娘家，别说所有的事都要自理，而且她还爱插手管我。母女对决的结果只会积累一堆压力。”

瞳、容子和千花听了茧子的话都笑了，千花暗忖，瞳带来的这个年轻女孩好可爱。大大咧咧的，一点也不做作，还替她们几个年长的姐姐们取了绝妙的绰号——瞳是小姨，容子是容太，千花是千花铃——说起话来口无遮拦，只要有她在，大家就好像回到高中时代，一点芝麻小事也可以笑半天的天真岁月。

“妈妈，我可以去那边玩吗？”

雄太抱着带来的足球问千花。

“别去太远，在我们看得到的地方玩。”

“好，走吧。”雄太找了光太郎跑开了。上个月，雄太、一俊和光太郎进入同一家幼儿园，只有一俊被分到别班。也许是因为这样，雄太看到一俊不会直接叫他，一俊也不跟随，只是呆呆地看着两个人的背影离去。千花很想叫雄太也找一俊玩，可是她读了一堆育儿书后，决定当一个不骂孩子，也不命令孩子的母亲，只好略带尴尬地低头在保鲜盒里寻找吃的。

“容太再生一个嘛。”茧子扶着不太明显的小腹坐起身，好像想到什么好主意似的说。

“啊？”容子露出困惑的表情笑着。

“你看嘛，小姨七月生，千花铃不是八月吗？我是十月，所以容太如果加把劲，再提早生的话，大家就可以在同一学年了。这样不是很好吗？”

“她说加把劲！”千花笑倒在地，容子和瞳也面面相觑地大笑起来。“不过，她说得有道理啊，大家一起生！”千花笑得太用力，一边擦着流出的眼泪一边说。她真是这么想的。如果明年三月以前，四个人都生了孩子的话，照顾孩子应该会成为一件轻松又愉快的事吧。四个人互相帮忙，互相分担烦恼，互相打气。

“喂，等我们把孩子生下来，大家一起去照相馆拍写真好不好？我在杂志上看过，表参道有一家照相馆，可以给小宝宝换上各种可爱的造型拍照。比如兔子装、天使装，都是超可爱的。他们有拍宝宝的专业摄影师，一定会拍出宝宝笑呵呵的照片。”

茧子好像已经忘记她要容子生宝宝的事，开始热衷地向千花和瞳游说。

“真厉害，茧子知道的事好多呀。”瞳钦佩地说。

“那就是年轻的证明呀。”千花说。事实上，茧子知道的事情包罗万象，多得令她们惊叹。像是谷中某家蛋糕店的年轮蛋糕是绝品，吉祥寺有一家法国童装名店，目白有间美容院在护发方面做得很棒。“哪里的蛋糕好吃，哪里的餐厅人气高，我现在完全不知道，表示我已经是欧巴桑了。”

“因为千花铃是东京人嘛，对东京了若指掌的都是乡下人啦。而且，我知道的这些情报，都是从杂志上现学现卖的。那些杂志买了太浪费，我都是在超市翻完的啊。”茧子不以为忤地说。

“茧子，你只在超市看，就能全部记下来呀，真强啊！茧子果然是年轻人。”千花若有所思地望着茧子说，茧子像被赞美的小孩一样，皱皱鼻头笑了。

一阵哭声传来，众人都往雄太和光太郎所在处看去。光太郎四脚朝天地躺在地上哭。瞳赶紧跑过去，把光太郎扶起来。雄太跑回千花身边，嗲声说道：“小光，摔倒了。”

“骗人，是你把人家推倒的吧。”茧子笑着说。千花有点吃惊，问道：

“雄太，是你推的人家吗？”

“才没有呢，是他自己跌倒的。”

“好啦，小光，不要动不动就哭嘛，你快当哥哥了耶。”瞳拉着光太郎的手走回来。

“他说他自己摔倒的。我们聊得太专心了，没注意看他们。”

“我也是。幼儿园老师还叫我们不论发生什么事，眼光都不能离开孩子呢。”瞳内疚地笑笑。

虽然知道茧子是在开玩笑，但千花担心若是她再语出惊人，不知道该怎么回应。就在这时容子开口：“我们该回去了。”众人开始收拾餐盒，千花才定下心来。

回去的路上，千花正好与瞳并肩而行，瞳说：“千花，下次我们一起去拜拜好吗？保佑我们顺产。”

千花愕然地看着瞳。她与瞳是在雄太两岁时，在儿童馆认识的。知道两个孩子同年之后，她很高兴，便常邀瞳去吃饭或是健身中心。瞳虽然到她家玩过一次，但之后就有意无意避着自己，让她不太敢再主动邀请她。而且，后来到儿童馆时也不再遇见瞳。千花想，大概是不喜欢我吧？还是不想因为孩子同年，就事事黏在一起？所以瞳会主动邀约，让千花好惊讶。

“咦，瞳，你对这种事很熟吗？好啊，我要去！反正有车，再远也不怕。”

千花说，语调出乎意料的兴奋，接着又朝走在前面的两个人说：“喂，下次我们去庙里祈福顺产好不好？大家一起去！”

“我去我去！”茧子大声回答，容子略带尴尬的表情笑着。容子没有怀孕，这个邀请可能不太好吧，这想法一时掠过千花心头。但随即转念想，没关系吧，总比三个人偷偷去好，那样容子肯定会不开心的。而且大家一起去，一定很好玩的。

茧子说的“妈妈友”，以前千花也交过。有五六个母亲，有的是在儿童馆结识的，有的是在检诊的医院认识的，后来渐渐熟了，便也互相联系起来。但是想进一步交往时，总是遇到难以突破的高墙，那座墙或许是不同的价值观吧。比方说，某位母亲的女儿跟雄太一样大，她说只给女儿穿名牌的服装。每次见到那女孩，身上不是Burberry就是Sonia Rykiel，千花并不是讨厌名牌服装，只是那位母亲非常讨厌女儿弄脏衣服，有次雄太邀她女儿到沙坑去玩，那母亲大为惊慌，连忙阻止。另一位母亲对千花不打骂、不命令的教育方针很有意见，经常像个婆婆似的对她的做法指指点点。还有一位互相造访过对方家里，也有同龄孩子的母亲，对于新朋友的出现，千花总是单纯地感到高兴。但几次去对方家时，千花发现了一件事，那就是她特意买了许多跟千花家里一模一样的东西。从孩子用的餐具、玩具、手帕、拖鞋等杂货，甚至还问千花身上的衣服上哪儿买的，然后自己也去买了同款衣饰。那种交往方式让千花感到窒息，当对方说，她要让孩子跟雄太上同一所幼儿园时，千花的窒息转为不快。所以知道她儿子没被录取时，千花真是额手称庆得连自己都觉得丢脸。开园后，那位母亲不再与千花联系，千花也彻底松了口气。她想，那位母亲一定又会找到新的模仿对象吧。

就因为如此，当认识瞳、容子和瞳带来的茧子时，千花格外开心。茧子生冷不忌的说话方式令人愉悦，容子虽然看起来沉静，但思虑周详。而瞳，应该从心底了解她在其他那些妈妈那里感受到的不对劲吧。跟她们在一起，不再是“雄太妈、小光妈”那种客套的交际，也不是“妈妈友”那种暂时性的来往，而应该可以不用当谁的妈妈，或是谁的太太，而是以自己的身份，彼此成为更长久的朋友吧。

千花猛然想起侵袭过自己的那种焦躁感，平凡地结婚、生子，小时候梦想成为钢琴家或设计师的愿望，一个也没有达成，就这样成为随处可见的全职主妇，过着平淡的日子。对此，她有一种类似失败的焦躁感，仿佛自己被薄纱覆盖住一般。与这三个人在一起，或许可以把这种感觉抛开吧。千花早就察觉到这点了。不管是容子、瞳或茧子，她们都勇于正面迎向这种平凡的生活，跟她们说话，会感觉自己永远是对的，这么走下去就是对的，千花体尝到一种从未有过的自信。

在大众餐厅门口，大家挥手道别，容子直接回家，茧子要去便利店，瞳则说要去超市。千花也挥挥手，与雄太一起走了几步，又回头望。而各奔东西的三个人竟也同时回头，于是四人大笑着再度用力挥手。

神社的广场意外的宽敞，让原以为只是个僻静小庙的容子十分惊讶。这间神社以顺产祈福闻名，因此星期六的上午，神社广场上聚集了很多像瞳一样的孕妇，和貌似夫妻的男女。走上阶梯、穿过鸟居之后，光太郎大叫：“啊，汪汪。”并且跑了出去。一俊抬头朝容子看了一眼，也怯怯地跟在光太郎后面。两个孩子跑到圆形台座上的灵犬雕像前看得入神，瞳立即从托特包里拿出傻瓜相机对准他们。

“瞳，你想得真周到。”

“我想可以寄给朋友。”瞳回答，弯低身子，按下快门。

两人一起到净手池洗了手，又帮孩子们洒水，然后到神札所请求顺产祈福。不一会儿，庙方呼叫两人的名字，在本殿进行仪式，并为她们诵念祷词。刚才还很兴奋的一俊和光太郎，不知有没有看到罕见的神主衣裳和道具，心里害怕起来，两人撇着嘴僵硬地坐在椅子上。容子见一俊露出快哭了的表情，一边心里默念着“别哭、别哭”，一边念着祷词。

“哎，要不要买个签呀。”祈祷结束，走出本殿时，容子发现福签的字样问道。

“那种东西，我看还是免了吧。”

容子只是随口建议，没想到瞳却皱起眉头，像煞有介事地回答。“因为，如果抽到下下签，心里又要忐忑起来。我最怕那种事了。”瞳补了一句，又展颜而笑，“不如写个绘马吧？”

“绘马是什么东西？”光太郎问。

“就是给神明的信呀。信上写着，求神明赐给我们家一个健康可爱的小宝宝。”瞳回答。

“绘马在那边。”容子发现了招牌，往前走去。容子心想，瞳真是个认真的好妈妈。因为她的话中带着某种坚信的力量，让人感觉写在绘马上的字，真的会上传到神明手上。

两个孩子吵着要看，于是瞳和容子蹲下来写绘马，让孩子们都能清楚看到。“希望能生个健康的孩子。”瞳在绘马上写道。容子看看瞳的绘马，心里好生羡慕，她再回头看看自己写的“全家平安”，半带玩笑地说：

“搞得我也想生个宝宝了。”

“那很好呀，茧子不是也叫你‘加把劲’吗？”瞳说，两人不约而同地大笑出来。

“我也要写，我也要写。”光太郎拉着瞳的裙子吵着说。

“小光又不用生小孩。”瞳的话太无厘头了，逗得容子仰天大笑起来。

“真可惜，茧子和千花没来。”瞳说。

两人坐在广场中的长椅上，各自跟儿子分着喝一罐果汁。茧子感冒了，最好不出门，而千花说这天正好跟父亲的生日撞期，所以两个人都没来。

“我们买个御守给她们做纪念吧。”

“也好。”

光太郎跑到稍远处，一屁股蹲下玩了起来。他抬起头，让一俊过去。一俊仰头看看容子，征得她的同意后，走到光太郎身边。两人一起蹲在地上很专注地看着什么，容子和瞳默默注视着他们好一会儿，瞳突然说：“其实，我刚开始的时候，觉得千花很难相处。”

容子讶然地把视线转向她。瞳依旧望着孩子，嘴边带着一抹笑意娓娓说起：

“怎么说呢，她就好像另一个世界的人。别的地方什么样我不清楚，不过你不觉得我们这一带，精明的妈妈好像特别多吗？对于孩子的教养，早早就决定要让他们进入直升大学的私立小学，才两三岁就要他们学英文或游泳，不只如此，妈妈们好像总是打扮得非常漂亮？明明又忙又累，但发型和脸上的妆永远纹丝不乱，就像杂志上的模特儿一样有型，好像没有保持美丽就是在犯罪……一开始，我误以为千花也是那种太太。”

“嗯，因为千花也总是打扮得很漂亮吧。”容子低语道。

“是呀。所以，虽然常常认识幼儿园里的妈妈，但一旦发现是那种类型的，我就会敬而远之。”

“你说的不会是梦香的妈妈吧？”

容子说的是现在三岁那一级中最有名的妈妈，她很年轻，每次都会介绍自己婚前担任模特儿的工作。她那个叫梦香的女儿，不仅学习芭蕾、英文、现代舞，还在准备小学的入学考试，也去上学前班。梦香虽然和一俊不同班，但她从其他的母亲那里听到很多梦香的传闻，在幼儿园的庭院里也见过几次。母亲和女儿都是极其耀眼的，一开口不是入学考试就是学前班，在园内是个独特的人物。

“我可没说啊，容子。”瞳轻轻拍着容子的背，抱着肚子笑出来，好像永远笑不完似的。

“有那么好笑吗？可是，像她那种野心勃勃的女人，真的很少见啊。你指的就是她吧？那种女人可以说是贪得无厌吧。”

瞳抬起头，笑得泪水盈眶的眼睛怔怔地望着容子，佩服地喃喃说道：“没想到容子也是个直言不讳的人呢……”

从来没有人说容子直言不讳，她不禁闪过一个念头：自己不会说了什么不该说的话吧？不过她还是继续说：

“真的，那个女人只能用贪得无厌来形容。的确，那种母亲很多，我认为可能是东京人的特质吧，好像在说‘随便你怎么想’的那种感觉。”容子笑着说，瞳则一脸惊奇地看着容子。

容子察觉到，的确，若是跟其他人说话，她可能不会说出这么露骨的话来。她可能会更谨慎地选择用词，或是什么都不说，只是默默地听人说话吧。可能因为对象是瞳，她才说得出口。领悟到这点后，容子有更多话想说了。念书时候的事，进入女子大学，住在宿舍四年的事。刚开始，她很羡慕那些走读的女孩靓丽时髦、出手大方，期待她们会邀她参加每周末举行的舞会或联谊会。事实上，住宿舍的同学都很崇拜她们，家里支援多的人拼命买衣服，家里支援少的人就拼命打工，竭尽心思与她们交往。宿舍有门禁，因此很多爱玩乐的女孩到了二年级就纷纷搬出宿舍，在外面租房住。等她留神时，才发现宿舍里住的都是跟自己一样土里土气的女学生。

但是那时候，容子看不起那些离开宿舍的同学，觉得她们愚昧无知。用父母的钱买衣服，为了找男友到处奔走，最后得到的结果却是花比宿舍费高数倍的钱，在外面租房。而在租房里想做的，无非是把自己的身体献给男人罢了。她当时是这么想的。

或许这是一种情结吧。梦想成为那些打扮奢华的同学，却又办不到，所以就鄙视她们。可是，容子想，跟我这个四年间没去过表参道、六本木的人相比，那些崇拜有钱女孩而离开宿舍的同学一定过得更痛苦吧。说不定，她们至今都还在那种生活里打滚。那些人是那些人，我是我，当时就因为自己看清了这个分界，才能得救。如果我也去模仿她们，现在每天一定过得很凄惨吧。

哎，你觉得呢？容子想对瞳说。当她说出“随便你怎么想”的时候，对自己而言是何等的幸福呀。

“可是，完全不是那样。”瞳无意间说道。容子花了点时间才了解瞳还在刚才千花的话题上。“她不是我想的那种人，为人慷慨、细心，但是如果我没有认识你们，说不定永远都不会发现。所以，我很感谢你们。今天也是，谢谢你陪我来，如果我知道大家都不能来，我一个人也就不来了。”

这次换成容子目不转睛地看着瞳。她记忆中好像从来没见过这么真诚、愿意当面道谢的人。

“别这么说，我也是……”容子吞吞吐吐地说。她想说的是，我也很高兴认识你们，但终究说不出口。她觉得这种肉麻的台词一旦说出口，刚才谈心的内容也会变得虚伪起来。于是容子改口问道：“瞳，今天晚饭，你要做什么？”

“对啊！回家路上，我得去买晚饭的菜。我想想，昨天吃鱼，今天改吃肉好了。”

“吃肉的话，菜单就简单多啦，可以跟青菜一起煮。”

“有道理。烤鱼虽然简单，可是得再准备一道青菜。而且，我那孩子，有鱼的时候就不怎么吃饭。”

“我家的也是，鲭鱼他一口都不吃。”

容子和瞳相视而笑，同时从长椅站起来，往孩子身边走去。两个孩子几乎头碰头地蹲在地上，用树枝玩弄着什么。容子感到好奇，便也跟着蹲下来，但随即发出小声的哀鸣，原来一俊和光太郎用树枝逗弄的，是蛾子的尸体。

“好恶心啊！小俊，你没用手去碰吧？”

一俊以为自己会被骂，马上装出快哭的准备。

“我们没有碰，因为它已经死掉了嘛，碰到的话会有细菌。”

光太郎护着一俊说。

“还是小心点好，我们先去洗手再回家。”

瞳拉着光太郎的手往前走，容子也跟在后面。两人在净手池帮儿子洗了手，走出神社。今天早晨的电视预报说，已经入梅[②]了，但是天空晴朗，只飘着淡淡的云，一点下雨的迹象都没有。

---

② 译注：梅雨开始。

“我跟你说呀，瞳。”我真的很害怕，虽然要上幼儿园、小学、国高中的是孩子，但觉得自己好像也得再回头走一回才行，虽然我知道，这次一定会走得比以前顺利，但还是很害怕。像是话不投机的人、不论怎样都没法喜欢的人、崇拜的人、嫉妒的人，我害怕活在这些人当中，不得不与他们往来，也担心自己会为得到的东西，或是不想得到的东西焦虑。瞳，你也会有这种感觉吗？——容子在心头滔滔不绝地说着，但从嘴边说出来的话却截然不同：“我在想今天要不要做牛肉烩饭？”

瞳听了她的话，抱着肚子大笑起来。

“容子，你真讨厌。看你一脸认真的样子，我还以为你要说什么呢，原来一直在想晚饭的事呀。啊，肚子好痛，哎哟喂，他在踢我呢，在踢我呢。”

光太郎仰头看着笑声不断的瞳，问道：“妈妈，是宝宝在踢你吗？”然后用小小的手掌碰触瞳的肚子。

“有这么好笑吗？”容子也笑。

“那我今晚也做牛肉烩饭好了。今天勤奋一点，到肉店跑一趟好了。”

“鸭居精肉店？如果去那家的话，我也顺道一起去。”

“好啊，一起去吧。哎哟，好痛，笑得太用力了。”

看到瞳擦眼泪，光太郎露出一脸好奇的表情。

大介租来当做工作室的房子，实在说不上干净。书和杂志沿着三面墙堆起来的模样，很像围绕在平房墙边的蔓生草藤。厨房的流理台和水槽虽然没有使用，但也没有洗过，显得灰灰雾雾的。由于窗子几乎整天紧闭，空气便显得相当滞闷。但一开窗，便会不时飘入附近鱼市的腥臭味。

然而，佳织只要待在这个窄小、没有日照的房间里，就会觉得心情平静。躺在已有裂缝的皮沙发上，她就不想再动了。现在，穿的衣服都起皱了，佳织还是趴在沙发上，一边听着浴室传出的淋浴声和老旧冷气发出的马达声，不断地被惊醒，或是因自己的手臂垂落而惊醒。每次睁开眼睛，映入眼帘的便是微暗房间里唯一明亮的窗户。从半开窗帘处看到的天空，被几根电线切割开，是灰色的。

去年，佳织每每告诉自己一定要跟他分手。每次与他约定见面的日子，她就决意如此。我简直就像看着眼前的蛋糕就决定减肥的二十岁番茄脸女孩，佳织暗忖着，自嘲地笑笑。

这种房间、这种生活，佳织压根儿就不喜欢。积了灰尘、阴暗又凌乱的房间；没有准备用来生活的房间，跟佳织婚前一个人住的公寓很像。相似的隔间——二十平米客厅十平米卧室的一室一厅，和窗外相似的景色——灰或暗红色的大楼、电线，以及狭小的天空。那时候，佳织费心地打理那个房间，她买了德国进口沙发，也不管收拾得如何辛苦，在各个角落摆上北欧玩具，餐具架上硬是塞进镶了标志的餐具。不管再怎么买、再怎么填，这房子就是跟自己追求的感觉格格不入。越是装饰，就越觉得丑陋。不如结婚吧，佳织常这么想。结婚的话，就可以如自己所愿地生活在美丽的空间。

开门的声音让佳织睁开了眼，她似乎又睡了过去。混沌迷蒙间，好像过了很长时间，但她看看茶几上的时钟，才过了三十分钟。不久，她便听到浴室传来吹风机的声音。

“怎么样，还有时间吃顿饭吗？”

穿好衣服、吹干头发的大介，从浴室里出来。

“啊，对呀，吃饭。来不及了吧？”

佳织学着大介的口气说。吃个饭也来不及啊，大介特意转过身低声笑道。“要不然，去喝杯茶吧？”大介报出饭店的名字，“到那里喝茶的话，你坐计程车很快就能到家吧？”

“是啊，那就去那儿喝茶吧。”佳织说，忍不住扑哧一笑。

她跟在大介后面出了房门，坐进老旧的电梯。大介凝视了她半晌，突然伸出食指抚抚佳织的眼角。

“你刚才睡了一下吧？”

“对呀，怎么？”

“那个叫乌鸦的……怎么说来着？”

“你这人真讨厌，乌鸦的足迹，对不对？”

“嗯，没错。乌鸦的足迹[③]。这个比喻真好，很有诗意。”

“什么诗意！平常哪会对女人说这种话？”

“不不，我没有什么恶意，是觉得这样真美。沙滩上如果印下乌鸦的足迹，不就像这样吗？”

“反正你的意思就是，我的皮肤像沙滩，小皱纹就是乌鸦的足迹。”佳织径直走上马路，寻找计程车。

“佳织，你真不懂我的心。”大介嘟囔着跟在后面，弓身坐进佳织叫到的计程车。

车才驶出没几分钟，风挡玻璃上便流下了水滴。“哦，下雨了。”司机喃喃道。大介轻轻握起佳织搁在椅垫上的手。佳织让他握着，眼光却飘向窗外，步道上的行人还没有撑起伞，雨看来会越下越大，衿香的才艺班应该会提早下课吧。

“今天小衿呢？”

③　译注：指眼尾的皱纹就像乌鸦的足迹一般。

大介仿佛洞察到了她的心思，出声问道。佳织从后视镜瞄了一眼司机的脸，小声回答：

“我妈在带。”

“今天学什么？烹饪？钢琴？体操？”

“我女儿哪有学体操？”她对大介的话感到轻微的不耐烦。

“要考试吧？”

佳织若无其事地把手从大介手中抽回，打开皮包，检查手机。有一通留言。她急忙按进去，是母亲。“才艺课结束后，可以跟小衿去吃个点心吗？”母亲说，背景传来衿香的笑声。

“听到没？你要让她去考试吗？”大介看着窗外，又再问了一次。

“还不知道。”佳织简短地回答。

“既然还不知道，干吗让她学那么多东西？就算以后才决定要让她上私立，也还来得及，何必那么心急。说到考试这种东西，他们还是小孩子嘛，哪有什么偏差值[④]还是什么玩意儿的标准……”

“我们不是说过，别再说这些事了吗？”

她的目光在后视镜里跟司机的视线相遇，佳织察觉到自己的口气有点凶。

“我没心急，也没有逼她去学才艺，是她自己说想学，我才让她去学的。”佳织刻意用愉快的口气说。她把手机收进皮包，再次望向窗外。

大介有两个女儿，分别念国中一年级和小学四年级。不谈家里的事，是两人交往之初就有的默契。但佳织结婚、生下衿香后，两人虽然还是定期见面，但大介不知不觉便会谈起女儿。所以，佳织才知道他的两个女儿都参加小学考试，进入直升大学的私立学校。大介的家在横

④ 译注：依靠学生学力测验算出的数值，平均值为50，偏差值越高，表示考上学校的概率越大。

滨，他女儿从小学起就得花一小时到市中心的学校上课。直到两年前，大介还配合女儿们的上学时间提早出门，父女三人挤公交车。她连大女儿喜欢吃炸虾、二女儿加入美术社的事都知道。刚开始，佳织对这些话题并没有任何不悦，事实上她自己也开始会对大介说些衿香的事，从衿香第一次叫妈妈、不用学步器自己会走、在婴儿定期健检时受到医生的赞美，或是衿香爱上《古利与古拉》，缠着她一次又一次地读。佳织婚前两人已快走近终点的关系，却产生了一种在儿童馆结识的主妇氛围，令她感受到了与从前不同层次的亲密。

然而，当衿香进了幼儿园，到必须考虑未来学校的时候，大介的话就渐渐踩到她的神经线了。

大介认为女儿们读公立学校就够了，但大介妻子自己从小学就读私立，所以坚持让孩子读私立学校，并且要她们去考试。然而大介觉得，孩子还这么小，没有必要强迫她们去做什么，因此不论任何考试加强班或辅导班，都不许她们参加。虽然她们没做什么特别的事，两个孩子却双双顺利通过考试。不过，现在从结果来看，大介觉得很庆幸。并不是说私立学校什么都好，但他们选择这所学校是正确的决定，不但有丰富的课外教学，而且把重点放在每个学生个性的发展，而非制式的教学课程。学校里完全看不到媒体常报道的粗暴教学景象。这些都是大介单方的说辞，刚开始佳织只是单纯对大介的女儿感到羡慕，因为不只是体育社或合唱团等千篇一律的活动，还有陶艺、舞蹈、马术，从小学部开始就有多姿多彩的正式社团，夏天还有暑期学校，冬天有志愿参加的滑雪学校，除此之外，也会举行女儿节⑤或十五夜等传统节庆仪式，让她觉

⑤ 译注：女儿节是指每年三月三日，家有女儿的人会在家里摆上雏人偶坛，供上桃花和点心，以白酒庆祝。另由于阴历十五是月圆，日本每次个月通常都有活动，像是四月十五有神社春日大祭，六月十五是祇园祭，七月十五是盆节，八月十五赏月等，因此学校都会举行活动。

得姐妹俩能进到这种尽是优点的学校，真是幸福啊。大介夫妻对于女儿的未来，也可以高枕无忧了。

听到这些话后，佳织在衿香进幼儿园之前，就决定要她考女大附属私立幼儿园。但是衿香没有被录取。落榜完全出乎佳织的预料，大为震惊之下，她开始认真考虑三年后的小学升学问题。她去调查大介女儿那所学校的考试状况，才知道大介的话根本不能相信，相较于其他学校，该校的落榜率高得吓人，甚至还有学前班专门以该校考试为目标。根本不可能“没做什么特别的事”就能录取的。衿香上幼儿园之后，佳织向大介百般打听考试及格的秘诀，但是大介给的答案还是跟先前没有两样：“没有做什么特别的事。我不强迫她们，只要愉快地成长就好了。”说到最后，他还反过来教训佳织，“别那么心急。孩子很敏感，母亲的焦虑和不安，她们都察觉得到。”

衿香从小班升到中班时，佳织就不想再听大介谈女儿的事了。不可能如大介所说，不做任何事就能进那所学校的。一定是大介或他妻子身边的人跟学校有关系，或是他妻子就是学校的校友等，再怎么样都有个理由。也有可能是大介被蒙在鼓里，什么都不知道。说不定他一再主张孩子进公立也无所谓，所以他的妻子看准丈夫几乎不回家的状况下，一个人偷偷带女儿上才艺班，或是自己在家里协助辅导吧。衿香幼儿园落榜的时候，她的丈夫护说，他受够考试了，坚持衿香进公立小学就行。这与主张私立的佳织意见对立，好几次关系降到冰点。但每次两人一谈这件事，护总是落在下风，因此最近他决定不再插手女儿升学的事，还说，有关衿香学的才艺，他“不反对，所以会付学费，但也不赞成，所以不想过问”。大介一定也是这样吧。他的妻子一定是独立奋斗，冲破重重难关将女儿送进名校。佳织偶尔会在无意间把大介和护的形象融合为一。

听到大介从容自得地赞美女儿们的学校，佳织发现自己不知为什么便产生了恨意，不禁苦笑起来。此人既不是丈夫，也不是亲戚，是自己放不下才抽时间见面，为何有必要恨他？嫌他说的话不中听，憎恨他神经质，干脆分手就好了嘛。所以佳织向大介提议，以后两人别再谈家里的事。

“啊，雨好像更大了。”

大介自言自语说道。计程车开进饭店车道，佳织先下了车，趁大介在付钱的时候，瞄了一眼手表，脑中快速计算出如果母亲和衿香到咖啡馆吃蛋糕，她还可以待一小时。大介从计程车里下来，两人一同走进饭店大门。穿制服的服务员恭敬地低头迎接。

“可以多坐一会儿。”推着旋转门时，佳织说。

“那敢情好，雨天饮茶好写意。”

“不好意思，让你绕远路了。今天晚上不是要赶通宵吗？”

大介仰头笑笑。佳织觉得奇妙，她不可思议地想着，到底是什么将自己跟此人联系在一起？是接近爱的感觉，接近恋的感觉，接近一种惰性，还是自己也无法言语的什么东西？

娘家的居住环境果然和预期的一样差，但是茧子对于回新家不太放心。佑辅在家事上的分担应该比其他丈夫都多，就算她没打扫，就算晚饭吃外卖或熟食，他也从不抱怨半句，但他一早出门，回到家都已过九点，一整天她都得独自守着怜奈。我真的做得到吗？茧子的担忧源自于此。

茧子是在进入预产月时回到娘家的，十月中旬在周转最大的医院生产，是个女儿。生女儿就叫怜奈，生儿子就叫怜央，这两个名字是她和佑辅商量了好几个晚上才决定的。茧子的父母嫌名字太像外国人，但她不打算接受父亲建议的“宽子”或“优子”，以及母亲建议的“苗子”或“华子”。

即使医生说“随时可能生”的日子，母亲还是早上七点就把她挖起来，要她帮忙做早餐，吩咐她去打扫。不过，他们对这第一个长孙女却是宠爱有加，父母竟相抱她去洗澡、换尿布、逗她开心。在附近独居的妹妹一回来，就抱着宝宝不肯放手，成天“怜奈怜奈”地叫。实际上，这帮了茧子一个大忙，如果没有疼爱孙、侄的这三个人，她就得独自负起洗澡、换尿布、陪伴她的工作，光想到这点，她就提不起回家的欲望。

终于有一天，茧子宣告：“我明天回去。”不是因为父母唠叨，也不是佑辅催促，而是千花打电话来了。

“预产期那天本想打电话给你，后来一想，不知道你会不会正在生，所以忍住了。后来瞳说，应该生完了吧，可以打打看。所以我才打的。生孩子很辛苦吧？对了，是男孩还是女孩？”话筒那端兴奋的声音，有如暑假没见到面的知己好友般令她怀念。茧子告诉千花，是女儿，名字叫怜奈时，千花发出一点也不像两个孩子妈的尖叫声。

“哇——是女儿，跟我的一样！哎，你什么时候回来？快点让我们看看怜奈嘛。我们大家一起去上次你说的那家照相馆好不好？好期待啊。真的呀，是女儿啊！”

“可是啊——”听到千花的声音，她开始想早点回东京，像以前那样出去野餐，或是到谁家集合，但是茧子带着撒娇的声音，道出自己回东京一个人照顾孩子的忧虑。

“哎哟，你说什么呀，你哪会是一个人？还有我和瞳、容子在呀。如果有什么事我们都可以过去呀。而且我妈妈家很近，我妈也可以尽量使唤。”千花在话筒那端，连这种话都说得出来。

“那，我过几天就回去。回去之后再打电话给你。”茧子说完，一挂上电话，马上走到客厅宣布：

“妈，我明天回去。”

佑辅说，如果是周末的话，他可以来接。但茧子还是如她所说，在千花来电的隔日，用快递将行李运回东京，自己则抱着怜奈，坐上去上野的电车。

抱着上个月还没出生的孩子坐电车、换电车、坐地铁，对茧子而言是场大冒险。她担心怜奈在拥挤的人群中哭起来时，自己会吓破胆，也害怕怜奈会不会像蛋糕一样被挤烂。宝宝背带越来越沉重，虽然将近穿外套的季节，但她还是走得满身大汗。下了地铁、走上地面的时候，怀念和安心的感觉让她差点当场跪下去痛哭。

就因为如此，当她在大楼门口遇到六楼的夫人时，虽然说不上认识，却也油然生出想朝她奔去的心情。而且一向只对她礼貌问候的夫人，竟亲热地靠过来，一脸惊奇地说：

“咦？繁田太太，这是你的宝宝吗？”

茧子忍不住憋起脸，把对方当成千花或瞳一般哭诉：“才刚生的。我今天第一次一个人带着宝宝搭电车。”

“哦，那很辛苦的吧。一个人带呀，真了下起。宝宝也是第一次出门吧？好可爱啊，是女孩吗？”

夫人整个脸都在笑，她用食指碰碰怜奈的小手。茧子曾模糊地想过，永远都会摆出少奶奶姿态、全身上下时髦得无可挑剔、太接近她就会态度僵硬的夫人，一定与自己是不同世界的人吧。然而，她现在却是那么温柔，望着夫人明亮、灿烂的侧脸，茧子突然觉得鼻子一酸，啊，完蛋了，刚一察觉，两行泪水已从眼中潸然而下。啊，完蛋了，她一定会觉得我是个怪女人，为什么要哭呢，不准哭、不准哭！可是心里越是这么想，越是紧张，泪水便不断地夺眶而出。

“怎么啦？”夫人发现茧子在哭，声音微微扬起，“哎哟，怎么啦？哪里痛吗？”

“不是，没事，不好意思哦。终于平安到家了。刚才坐电车，又换车什么的，心里好紧张。那些老太太满不在乎地朝我又推又挤。啊，真的太好了。一想到终于回到家，心头一松就……好丢脸啊，哭得像个傻瓜似的。”茧子用手背擦去泪水和鼻涕，努力想挤出笑脸。

“对了，繁田太大，你这是女儿吧？我把我家不用的玩具或衣服送给你好吗？”夫人来回看着困窘的茧子和宝宝，突然想到好主意似的，眼光发亮地说。

“啊？不好吧？那怎么好意思？不行不行。”

“可是那些东西留起来，最后也是扔掉呀。我们家那女儿就快上小学了，想扔又不舍得扔，可是衣柜也放不下了，现在正伤脑筋呢。等下我拿上去给你。当然，如果你不想要的话，直接丢了也没关系。我现在要去接衿香……我女儿，等下回来，马上拿去给你。”

夫人急促地说完，小跑步出了大门，还不忘回头挥手，才快步离去。

茧子回到静谧的家，先让怜奈在事先备好的婴儿床睡下。从背包里取出纸尿布、奶瓶、换洗的衣服，然后在房间四处走走瞧瞧，看看屋子有没有什么变化。但是，她一定只是客气吧，茧子想。因为自己突然哭出来，夫人一时走不开，所以用那些话安慰我。就算她真的守信送来，她的孩子也都五六岁了，再怎么样也不可能还保留着婴幼儿的衣服、玩具吧。不过，对了，书！说不定她会送书给我。要是那样就最好了，我最不会选书了。她真是个好人呢，而且好像很喜欢宝宝。

等了一个钟头，夫人还没来，所以茧子检查完冰箱里的食物后，决定用背带抱起怜奈，到附近超市做第二趟冒险。就在她穿外套的时候，玄关的蜂鸣器响了。打开门，外面站着夫人和女儿。夫人两手提着两只袋子，那个叫衿香的女孩，也提着一个纸袋，那瞬间，茧子想，这两人简直就像杂志上的妈妈模特儿和童星。

“真不好意思，这么晚才来。这些都是，不过好像太多了，可以吗？”夫人说。

“哇！宝宝，好可爱！”衿香伸直了脖子窥看怜奈。

“你太客气了，还真的送过来了。”

“希望不要增加你的垃圾就好了。”夫人不好意思地笑了。

“要不要进来喝杯茶？难得你特地下来。”

“不用了，谢谢，我们就回去了。”

“不会留你们太久的，家里什么点心也没有，坐一下嘛。”茧子一面说，一面领着两个人进到走廊。“妈妈，我想看小宝宝。”“那，我们就坐一下？小衿，你要乖乖的啊。”听着母女两人低声交谈，茧子打开通往客厅的门时，听见母女一同说：“那就打扰了。”

夫人和衿香在从旧家搬来的、和圆桌一组的椅子上坐下，茧子没把怜奈放下，直接用背带抱着在厨房里忙来忙去。她打开所有橱柜，但既没有红茶也没有日本茶，冰箱里也只有塑料瓶装的茶和可乐。无可奈何之余，茧子只好用酒店送的图案玻璃杯，倒了茶和可乐端到两人面前。穿着灰色短袖针织衫配戴珍珠项链的夫人，与橄榄色洋装、有点成熟感的衿香，一就座就反衬出圆桌和酒店玻璃杯的寒酸。茧子暗暗后悔，为什么不一开始就把家具也换成新的。

“谢谢。”夫人一说完，衿香也礼貌地跟进，“谢谢。”然后两手抱起杯子喝可乐。

“哇，这是什么？我从来没有喝过。”衿香说。茧子心中一惊，这家人难道不喝可乐的吗?

“那个叫可乐。可乐不能喝吗?”茧子小心翼翼地问夫人。

“没有不可以呀。好喝吗,可乐?”夫人望着衿香。

“嗯,好喝。”衿香睁圆了眼睛回答。夫人笑了。

茧子心想,这孩子还真有演戏天分呢,于是也跟着一起笑了。

“对不起,我可以看一下吗?你带来的东西。”

茧子把背带脱下来,让怜奈睡在婴儿床上,然后坐在地板上把夫人的纸袋拉过来。一个是Burberry的袋子,一个是YSL的。衿香带来的小纸袋则是Prada的。这家人虽然跟自己住在同一栋大楼,但是生活水平还真是天壤之别啊。但也可能是为了面子才特意用名牌的袋子装吧。茧子从袋中取出里面的衣物,忍不住“啊”地大叫起来。她本以为是书或是不用的蜡笔、穿旧的连身服之类的,但纸袋里整齐叠好的,竟然真的是婴幼儿用的包巾、毛衣、兔装,每一样几乎都像没穿过一样新,既没褪色也没泛黄,有些甚至还挂着洗衣店的标签。另外还有洋装、大衣、裤子、两件式外衣,都是怜奈再大一点才穿得下的衣服,但全都是名牌货。

“妈妈,我可以看宝宝吗?”

“可以、可以。尽管看吧,要看多久都行。”茧子连忙说。

“对不起,有些尺寸比较大。”

“这是哪儿的话!可是,这些真的可以给我吗?全部都是高档货吧?而且,还这么……”另一个袋子里装的是编织的玩偶、木制拼图、挂在天花板的旋转音乐铃。而Prada的袋子里,放的是有如装饰品般的小鞋和背包。“这么多都免费送给我吗?简直像做梦一样!”

夫人听到这句话,不知为何笑了出来。“真高兴你都喜欢。”可能笑得太用力,她一边抹去眼角的泪一边说,“繁田太大,你真会逗人开心。真的，看到你喜欢，太好了。”

“妈妈，快来看，宝宝在握我的手啊！你看，我们在握手。”

夫人站起身，走到婴儿床边，茧子也跟过来看。衿香小小的手指，被怜奈更小的手指一把握住。两个大人一过来，怜奈咧开没有牙的嘴笑了。衿香发出欢呼声。

“妈妈，好可爱，好可爱呢。”

“真的，好可爱，看到小宝宝真令人怀念。”

衿香和夫人嘴角漾着笑意凝望着怜奈，茧子蓦地高兴起来。心想，回来真好。

“等她大一点，就可以跟衿香一起玩了。”

“什么时候才会说话呢？”

夫人和衿香望着婴儿床小声说话的样子，已不只是像在演戏而已，而是给人正在看连续剧的感觉。茧子渐渐觉得自己也走进这部没有坏人出场的电视剧中。

“这个区虽然有点不方便，但真是个好地方呢。”茧子陶醉在这种气氛中，不自觉地喃喃说道，“或许只是我运气好吧。本来还担心生下孩子，自己一个人不知道能不能照顾得了。但是我不但认识了妈妈友，她们说只要我有困难就会来帮我，比娘家的爸妈还靠得住。搬家过来就认识了夫人这么好心的人，还送我这么多好东西。说不定搬家让我开始走好运了。”

“你说的夫人，是指我吗？”夫人目瞪口呆地说，接着又笑了，“繁田太大，你真是个有趣的人。”

“以后还请多多照顾。”茧子向夫人深深一鞠躬。夫人笑容可掬，几乎没停过。

坐了不到三十分钟，夫人就说：“不好意思，打扰这么久。”然后拉起衿香的手，朝玄关走去。茧子希望她再多留一会儿，可是还得准备晚饭，而且再留对方，可能也会令她们为难吧。

“真的真的谢谢你们，我真的很开心。我们会好好珍惜这些东西的。”

茧子送她们到门口，看着两人走出走廊时穿着丝袜和袜子的脚，心想，下次好歹买几双拖鞋才行。

“那么，谢谢招待。再见，繁田太太。”夫人微笑地说。

“谢谢招待。”衿香也很有教养地低头行礼。

那天，茧子把今天一天发生的事，按顺序一件件告诉晚上回来的佑辅。不管是佑辅去寝室换衣服，在浴室洗手，回到客厅战战兢兢地抱起婴儿床里的怜奈，她都跟在一旁意犹未尽地说个不停。不过，比起回东京时的大冒险，她对六楼夫人的事更是感兴趣。当佑辅喝着啤酒、吃起刚送来的比萨时，茧子把对方送的衣服一件件拿出来给佑辅看，逐一说明那些是什么品牌，如果全新的话要多少钱，等等。

“搬到这里来真是太好了，那时候咬牙签约果然是对的。”

眯眼看着怀中的宝宝，茧子喃喃说着。但与其说是对佑辅说，倒像是在说给自己听。

第四章

一九九八年六月——

沉睡在森林里的鱼

瞳是在幼儿园的义卖会上听说，有作家想采访她们的事。虽然还未宣告入梅，进入六月之后却天天下雨，义卖会当天不巧也是。本打算在园庭举办的义卖会，分别挪到各教室举行。小班和中班的教室，是交换孩子自制物品的场地，大班教室则是家长捐钱给义工团体的场地。桌椅全都收了起来，地板铺了色彩缤纷的塑料布，隔出每个区域。因为是非假日，瞳便让去年七月出生的茜茜坐在婴儿背带中参加。千花去年八月也生了女孩，名叫桃子，今天好像也放在母亲那边。光太郎上了中班，今年和一俊同在紫罗兰班。

瞳和容子都没有捐东西出来义卖，但千花带了编织玩偶、蕾丝餐垫和绣有彼得兔或史努比的布袋和果汁瓶来卖。听说是千花母亲为了义卖会加班加点做的。然而，虽说是卖，但也只标上五百元左右的价格。由于这并不是拍卖会，所以大家都有默契，不做高价的竞标。但从瞳的角度来看，千花和她母亲实在不可思议，竟会把材料费比卖价高很多的东西拿来义卖。其他家长捐出的东西，无非是些旧绘本、漫画，从游乐中心赢到的绒毛玩具、丈夫公司大量存货的童袜、消遣做的纸黏土等。千花的义卖品跟市面上卖的一样精美，马上就能卖掉。瞳和容子一起买了史努比布袋，又买了编织布偶送给茧子当礼物。

瞳和容子到千花的摊位帮忙，但几乎所有的义卖品都销售一空。三人一起喝着容子茶壶里的红茶时，千花提起了这件事。

因为是茧子告诉她的，所以千花在说之前先强调，她不确定这信息正不正确。千花说，有个女作家想采访把小孩送到私立幼儿园的妈妈，她好像对孩子的教育很感兴趣，同时，也对目前挤破头的明星幼儿园、小学也抱有疑问。那位作家说，她很希望跟现在家有幼儿园儿的母亲见个面，问几个问题，所以想问她们有没有意愿帮忙。

“茧子说，那是一位以前在出版社工作的超级美女夫人介绍的，所以不会有假。不过她说，如果大家拒绝的话也没关系，因为没有这种义务。”

“因为是美女夫人说的，所以不会有假。这还真像茧子会说的话。”瞳笑着说。

“不过，现在真的是挤破头吗？我是说小孩考试这件事。”容子问。

“嗯——应该是吧。今年雄太不是在百合班吗？他们班上很多人要考。”

“很多，是多少？”瞳问。

“小雄妈，有冰淇淋啊，要不要吃？”去年跟雄太同班的孩子母亲，跪在千花的塑料布上，拿出一个四方盒，“这是绘麻妈妈自己做的哦。”

“呃，可是……”千花回头望了一眼瞳和容子。盒子里放的冰淇淋只有两个。她立刻想到，总不能只拿自己的一份，但是那个太太完全没把瞳和容子放在心上。

“我今天卖的是拼花的午餐垫，是我妈咪手工做的。小雄妈带来的东西，也是你妈咪的手工吧？大家全都鼓足了劲，拿各种东西来献宝，真是受不了。”

那位太太一副后来居上的姿态开始说道。

“千花，我去喂孩子喝奶。”瞳拿起托特包站起来，容子也静静跟在一旁。

瞳和容子走进张贴孩子画作的走廊，容子“呵呵呵”地笑起来，悄声说道：“她说‘妈咪’耶。”

“是啊。”瞳也跟着笑，怀里的茜茜扭了一下。

“我没办法向别人称自己母亲‘妈咪’呢，好丢脸。”

其中一个教室改成休息室。有几个小班的学生或是在母亲的怀里入睡，或是挤在屋角，看一位母亲演纸人戏。瞳在空椅子上坐下，把随身带的奶瓶拿给茜茜喝。

“刚才那件事，你觉得怎么样？”看着微张着眼、专心喝奶瓶的茜茜，容子问道。

“嗯，我也还在考虑。”

“真的？”

“是啊，因为没有什么值得拿出来说的嘛。对于那些热心教育的母亲，我也没有特别的想法。”

“你说得也没错。”

喂完奶，瞳和容子一起走出休息室，到孩子们交换物品的摊位教室去参观。孩子们早就玩腻了当老板的游戏，已经在现场疯成一片。雄太和其他孩子在教室里到处跑，光太郎和同班的男生玩橡皮球。虽然没看到一俊，但应该是在隔壁教室玩吧。容子在没有卖家的塑胶垫前蹲下来，从一排黏土捏塑的作品中拿起一个仔细端详。

“那是我做的。”一个大班的男生跑过来，一脸正经地说。

“做得真漂亮！”

“好厉害啊！”容子和瞳不约而同出声赞美。

“但是，不能用钱买啊。因为这是规定。如果你想要的话，就得拿可以交换的东西来才行。”孩子一口气说完，又跑开了。容子和瞳听了这男孩老气横秋的口吻，面面相觑地笑起来。

“才差一年就那么像大人了呢。”

“光太郎有茜茜在，应该不会才对。我也希望孩子有个弟妹就好了。”容子拿起一个个黏土捏塑，静静地说。

“那就生啊。”

“嗯，不过我先生……”

看到容子欲言又止的表情，瞳立刻对自己随口说的话感到后悔，毕竟别人家里有自己的考量。她想改变话题，便将视线转到走廊上贴出的画作。

“我……几乎都没做了，那件事。”容子很小声说。

“什么？”瞳完全没听懂容子的话，所以才会这么问的。容子不像是会把夫妻隐私向外人透露的人。

“呃，就是那个，晚上的……”

“啊，哦——”瞳亟亟点头，不能让容子把话说得那么白，“我们家也是，因为想让光太郎有个弟弟或妹妹，所以才……之后就没有了。”其实没必要说这些，可是容子都自我表白了，若是自己不说点什么……瞳心绪混乱起来，刚好听到孩子“哇”的哭声，便带着获救的心情望向那边。

在哭的是个叫小飒的男孩，是百合班的孩子，雄太站在他旁边。附近的两个母亲走近，告诫他们“不可以吵架”。瞳和容子也走过去时，小飒哭着说：“小雄咬我。”手腕上确实有个清晰的齿痕。

“小雄，你看！怎么可以咬同学呢？咬人是不好的行为。”介入仲裁的母亲一说，雄太马上靠近瞳和容子。

“不是我咬的。”雄太抱怨似的说。瞳的脑海中立即掠过上次在公园里发生的事。那次也是光太郎哭了。不过，这两次他们都没有亲眼看到，所以很难责备雄太。

“好了，差不多可以开始收拾喽。”老师探头进来叫道。雄太立即转身跑出去。

义卖结束之后，在附近的饭店有个庆祝会。听说是三点开始，大约一小时就结束。瞳因为抱着茜茜，想就此回家。可是千花劝她说，别的母亲也有带宝宝去的，别担心，再加上容子也说要去，最后才决定和她们一起前往。

虽说是庆祝会，但席上并没有上菜，也没有酒，只有蛋糕和茶，孩子们则是喝果汁。好像是某个家长认识饭店的老板，所以包下饭店最外侧的小餐厅。孩子们无论如何吵闹，服务员也没有露出不悦的神情。果然如千花所说，也有母亲带着宝宝来，会场气氛欢快，瞳悄悄环视参加者，寻找小飒的母亲。但小飒和他母亲都不见踪影，心中大石正要放下时，刚才帮忙仲裁的母亲，走到千花的椅子背后插进来说：

“小雄妈妈。”

瞳心里暗叫不妙，千花笑嘻嘻地回过头说：“什么事？”

“刚才，小雄咬了小飒的手。”

“哦，真的吗？”

“真的，所以我骂了他。虽然没有流血，可是，明天见到小飒妈妈的话，最好跟她道个歉。”

瞳一面切蛋糕，一面侧耳听着。千花沉默不语地望着对方，半晌才压低了声音说：“你看到小雄咬他了？”

“呃，我没看到。不过那时候现场只有小雄和小飒。”

“可是，你没有看到，对吧？”

僵持的气氛在两人之间流窜，坐在千花身边的瞳也跟着紧张起来。

“可是只有两个人在，小飒的手臂上有个清楚的齿痕……”

“好，我知道了。今天回家以后，我会叫雄太说清楚。如果真的是雄太不对，明天我会去道歉。谢谢你告诉我。”

千花微笑着用结束对话的口吻说完，立即转身向一旁的瞳和容子问道：“刚才说的那件事，你们要不要去？”那母亲白了瞳和容子一眼，回到自己的位子去。

“对啊，我还不太确定。”容子含糊地回答。

瞳正想开口说不想去时，大桌对面的母亲问千花：“哪件事？你们在谈什么？”那是去年与光太郎同班的宝子的妈妈。于是千花向她扼要地解释：“有个作家想采访幼儿教育。”瞳心里暗忖，这事不跟宝子妈妈说比较好。

“哦？小雄妈，你对这方面很热心嘛。”

“哪有什么热心，我什么也没做。对方大概是想问问，怎么会有像我这么懒的妈吧？”

千花笑着说。宝子妈妈身旁的母亲也转过来，加入话题。

“拜托，你少来了，不是让孩子去学游泳和英文吗？还说什么都没做，真敢说啊。以前我们班上也有像你这样的人，考试前老是说自己都没念，结果考满分。”

瞳瞪大了眼睛看着她，那是大班孩子的母亲。她的口气很亲昵，看来应该跟千花很熟吧。或许那是两人之间才会说的玩笑话，但也未免太刻薄了。最重要的是，瞳很清楚千花绝非时下所说的“教育妈妈”。

雄太去学的才艺，都是因为雄太自己想学，所以才让他去学的，千花自己也说过，如果雄太不想学，就不会再让他去了。然而，千花却没有生气，只是笑答：讨厌，真过分。千花人面广，既不怕生，胆子又大，所以跟任何人都能马上成为好友，看着这位母亲和千花，瞳心想，她们的交情应该比我想象的更深，也比我们之间更深吧。

不久，坐在大桌的母亲们开始热烈地谈起小学入学考试。不知道是谁说只瞄准国立大学附小，后来听说那种学校有专门的辅导班，根本不用再去上幼儿园。那小孩就几乎没再来了。哦，真的吗？我是决定N女中附小，因为我自己就是那里毕业的。这种事，还是直接说出来比较好，对了，你们知道小依他们一家暑假去意大利吗？因为学前班的作业要他们写暑假的回忆，所以才去的。现在大家都这么做，不过，我们家是去北海道。

面对母亲们不断展开的话题，瞳或容子都插不进去，只能目瞪口呆地当个旁听者。或许是无聊吧，茜茜开始扭动，于是瞳站起来走到角落，晃动身体来安抚茜茜。

“哦——太厉害了，一家四口一起去意大利得花多少钱啊？”她听见千花夸张的惊呼声。

“小雄妈，你是真的什么都不知道啊。到国外去反而是减分，小依妈妈的算盘打错啦。”其他的母亲倾身向前说。

“那怎么做才会加分呢？”

“最好的方法是去郊外，八岳或轻井泽都行，跟爸爸捕昆虫观察，或是跟妈妈体验挤奶，或是三人一起野炊，这一类的回忆啦。太花钱的那种都不行，重要的是要给人留下全家动员一起学习的印象。”

“拜托——小雄妈，你别又装出什么事都不懂的样子，其实偷偷在打听吧？”

“真过分！动不动就这样说人家。”千花也不生气，赖皮地笑。

我到底干吗来这里？瞳哄着茜茜，心里思忖着。又对这种想法感到愤怒。这跟她在国中时的感受，丝毫没有改变。瞳清楚地记得，清一色女孩的嘈杂教室里，自己也总是这样站在偏远的位置，想着自己为什么会在这里。在向日葵计划里就完全没有这种事，总有人来找她说话，或是停下正在进行的会议，对瞳解释她听不懂的事。我是这么想的，我认为那样不对——只有在那里，瞳才可以自由自在地发声。

之所以自问为何站在这里，是因为无法加入母亲们的考试话题。她从来没想到考试这回事，但是真的不用考虑吗？因为茜茜的出生，回向日葵工作的计划又要延后了，但那到底是我个人的事。就算她能在那个场合中畅所欲言地发表看法，但那种热忱不像这些母亲事事以孩子为中心，热烈谈的也不是孩子。身为一个母亲都不可以逃避吧。不管觉得考试有无意义，或是应不应该为了孩子好而让他考试，自己都该拿定主意，并且把它说出来才对……

“虽然有点舍不得，不过时间差不多了。”其中一位母亲起身，提醒大家餐会结束，“我想我们就在这里解散。”

四下响起鼓掌声，“大家辛苦了”的话声交错而起。有的孩子哭了，有的孩子蹲在地上拍手，大家各自准备打道回府。

瞳和容子、千花一起走出饭店，雨不知何时停了。他们和其他母亲道别后，一起朝大马路走去。背带里熟睡的茜茜突然睁开眼睛，一动也不动地望着瞳，然后又闭上眼睛。光太郎和雄太走在前面，正互相炫耀今天换到的物品。一俊则牵着容子的手走着。

“我不是那种人。”走在瞳和容子中间的千花，突如其来迸出这句话，“我不是假装不在乎，却让雄太学这学那，也不是装着什么都不懂，去向人打听情报。刚才，她们不是这样说我的吗？”

千花绷着一张脸，与刚才傻笑的她判若两人。她不是会在意那种事的人呀，怎么回事呢？瞳想。

“我虽然在笑，可是被她们说成那样，心里实在难受。考试的事，我也都跟老公商量过，全由那孩子自己决定。这是经过再三沟通才决定的事，他还那么小，或许还不能选择最正确的路，但是，我并不想指使孩子，也不想勉强孩子。真的是沟通很久才决定的嘛。所以，被她们说成那样，就算只是开玩笑，我也受不了。”

千花说着，交互看着瞳和容子，微微扬了一下嘴角，虽然想露出笑脸，但看起来却像是快哭的表情。瞳大受震撼，一向开朗、体贴别人的千花，第一次露出如此没有自信的表情。瞳打从身体深处涌出一股怒意，或许其中还混杂着罪恶感吧。一向视千花为朋友，却对责备千花的母亲不置一词，反而还冷眼旁观地以为千花乐在其中。

“千花。”瞳语带颤抖，连她自己都感到不可思议，自己为什么会这么生气呢？“刚才那件事，就是那个采访，我决定参加。”千花和容子同时转向瞳：“容子，你也加入吧，我们三个人一起说说自己的心声。让别人知道，同样身为母亲，也有不同的思维和教育观。这种事是理所当然的。有的母亲思虑缜密，但也有的母亲说话没大脑。刚才那些人算什么？只会说别人怎么样，哪个孩子又怎么样的。”

“瞳，你太棒了！”千花瞪大了眼睛看着瞳，那神情跟儿子雄太惟妙惟肖。

“这想法或许不错，只是表达自己的意见。”容子一脸深思地说。

“是的，表达意见。”瞳强调地说。

“你真勇敢！”千花笑了。看见她笑，瞳才真正放松下来。

“我想变得勇敢。”瞳又说。在夕阳余晖中，雄太与光太郎转过身来，等着母亲赶上他们。“妈妈，走太慢了啦，雄太说。”光太郎弯着腰偷笑。

三人在家庭餐厅挥手道别。茜茜已经沉睡，半夜一定会醒着哭闹吧。她想把茜茜叫醒，但又放弃了。就只有今天一天，随她吧。握住光太郎的手，瞳大步迈开步伐。“我好渴呀。”光太郎小声地说。

“回到家里，跟妈妈一起喝果汁吧。”瞳对光太郎一笑，心中再次跟自己说：要勇敢啊！

约定的地点是茧子的公寓大门前。虽然知道地址，也知道很近，但实际不到五分钟就走到时，千花还是对距离之近吓了一跳，身旁的瞳也有同感。

“真的好近啊。”

“是啊。”千花附和道。

“让她们照顾茜茜和光太郎，真的没关系吗？”瞳歉然地说。千花判断今天这种场合不适合带孩子，所以向瞳提议把孩子跟雄太、桃子一起寄托在娘家。恰好今天住在本乡的阿姨，也就是母亲的妹妹来拜访母亲。母亲虽然喜欢小孩，但本乡的阿姨也一直在小学当音乐老师，两年前才退休，照顾孩子也相当习惯，所以她想，照顾两个人跟照顾四个人应该差不多。她开车去接瞳和孩子，送他们到目白的娘家，大家一起吃了母亲做的散寿司和沙拉当午餐后才走。

“没关系，没关系，这也算孝顺父母的任务之一呀。我觉得好像请你帮我孝顺我妈一样。你还送什么礼物嘛，瞳，你真是老古板。”千花笑着说。

“可是，请你妈妈照顾孩子，怎么能两手空空地去嘛。而且只是购物卡，会不会太失礼了？”

“不会失礼啦，不过下次别再送这种东西了。”

两人正在考虑是先进去好，还是等容子来再一起上去，容子已经抓准时间出现了。她也同样对这么近的距离感到讶异，千花和瞳不禁笑起来。

三人推开玄关的自动门，按下自动锁的按钮，她们约好先去茧子家。“来了，请进。”自动锁的对讲机里传出茧子的声音，门开了。推开门，大厅摆了一组沙发，落地窗外是一片日本式的庭园。

“好豪华的大厦啊。”瞳压低了声音说。

“对呀，茧子那么年轻，真不简单啊。”容子回应道。

“容子，小俊没问题吗？”千花也顺便问她，要不要把一俊寄放在她家。但容子表示没问题而婉拒。虽然千花不知道她是客气还是别的原因，但总觉得自己也不好一直催着人家问，所以就不再说什么了。不只是这次，对千花来说，容子就是一个令人搞不懂是客气还是怕麻烦的人。如果是客气，她想让容子知道不需要想太多，如果不是，自己也就算了，而不会总让她悬着一颗心。

“嗯，没关系，今天我老公休假，他可以帮忙看着。”

“原来是这样，那我就放心了。”千花松了一口气，搞了半天终于真相大白。

“啊，我不是说不放心千花的妈妈，我没这个意思。只是，偶尔也该让我老公帮点忙，而且那孩子也认生。”

容子急忙解释。容子那份没必要的先见之明，还有极大误解的说话方式，让千花有点穷于应付。

“你老公从事什么工作？非假日可以休息吗？”走进电梯按下“4”之后，千花若无其事地改变话题。

“这……怎么说呢，粗略的说法就是服务业啦。”

“是呀。”粗略的服务业是指什么，完全令人摸不着边。不过，千花还是仿佛深明其义地重重点了点头。

到达四楼，按下401号的电铃，门后立即传来“来了——”的声音。玄关门被用力打开。“哇——”茧子表现出夸张的喜悦。

“快进来、快进来！在六楼，对方说三点到，还有半小时，要不要喝杯茶？”

三人鱼贯进入房间，由于没有拖鞋，千花有点犹豫，不过这果真就像茧子的作风，什么事都粗枝大叶的。

与大厦的外观相比，房间显得朴素许多。虽然一切都是全新的，但房间里摆放的家具与设计没有统一感，千花想，像是故意弄得半新不旧的感觉，但同时又对自己的念头感到丢脸。千花明白自己有个坏毛病，明明不是爱管别人家闲事的人，然而一旦得到邀约、登门入室之后，自然而然就会评头论足起来。婴儿床放在客厅里，怜奈专注地看着挂在头顶上的旋转音乐钟。

“怜奈好乖啊。”千花从婴儿床的栅栏边探头，轻轻摸着怜奈的脸。怜奈如大人般滴溜地转了一下眼睛，看向千花，然后咧着嘴笑起来。“好可爱呀！”千花、瞳、容子都不觉叫起来。

“家里什么都没有，喝这个吧。”

茧子拿过来的是一听咖啡和一瓶可乐，而且没有杯子。粗鲁直接的动作让千花不觉大笑起来。

“茧子，你家没有杯子吗？你总不会要我们就着瓶子轮流喝吧？”

容子笑着说。“啊，对啊。”茧子伸伸舌头，转身跑进厨房，拿回来的却是一次性塑料杯。茧子真是个有趣的人，千花忍住笑说。

“怜奈最近什么都想伸手抓，太危险了，所以才用这种不会破的东西。”茧子分辩似的说。

“所以才买这种用过即丢的杯子？可是那样不是反而浪费吗？”容子说完，茧子露出佩服的神情。

“对啊！杯子这么小，所以特别贵呢。”

茧子没招待客人在哪里坐，三个人便一直戳在婴儿床旁。

“对方要问什么问题呢？”瞳冷不防地问。

“就是上次跟你们说的那些。像是教育方针啦、幼儿园气氛等，不是什么太难的问题啦。哎，你们别一直站着嘛，快坐！”茧子终于说了，于是三人围着餐桌坐下。由于茧子没有动作，瞳便主动在塑料杯里倒可乐，分别传给大家。

隔开厨房的吧台上，亚克力的相框里放了一张放大的相片。那是四个人一起到茧子推荐的照相馆照的。这家照相馆备有非常丰富的婴幼儿出租服装，从动物玩偶装、卡通人物装到和服，一应俱全。四个人唧唧喳喳地选衣服，茧子让怜奈穿上天使装，瞳让光太郎穿武士和服，帮茜茜选了兔子装；一俊自己说他想当咸蛋超人。千花觉得让孩子穿这些衣服很可笑，而且也没什么癖好，所以开始时没什么兴致，但是和大家东挑西选之后，也跟着兴奋起来，最后她帮雄太选了卡通人物装，让桃子穿上很多荷叶边的公主装，拍照时还在大笑。这张照片里，千花也是张着大嘴哈哈笑着。

“那天真开心。”

茧子似乎意识到千花的视线。

“真的，幸亏有茧子介绍。”瞳说。

“照片我也挂起来了。”容子说。

“下次大家再去那里玩吧。”千花也说。

“我们该上去了，虽然还有点早。”茧子站起来，于是大家也跟着起立。茧子想也没想就打算往走廊走去，但容子连忙拉住她。

“等等，怜奈怎么办？”

“咦？把她放着不行吗？”茧子说。

“什么？这怎么行！把她抱上去吧。”容子惊慌地说。

“可是这孩子太吵，而且我们也不过是去六楼，她应该很快就睡着了吧。”

“不行啊，不行不行！茧子，真不敢相信你会这么说。”容子笑着把怜奈抱起来。怜奈“哼”了一声，但茧子接过去后便立刻安静下来。

她们又鱼贯走进电梯，往六楼去。出了电梯，只有一扇门，据说顶楼只有一户。

“那个夫人——啊，夫人就是指六楼的江田太太啦。她外表看起来很像冰山美人，其实人很好，所以不用担心。”

茧子一手抱着怜奈，另一手按下对讲机，转身对三人说。

门开了，果然如茧子所说，门后出现的是一位眉清目秀的女子。

“你们好，我叫江田佳织。今天请你们特地来一趟，真是不好意思。不要客气，请进。”

刹那间，千花就对来开门的这个女子生出好感。这个人，我喜欢，她想。

千花跟在茧子、容子、瞳的后面踏进玄关，闻到一股甜甜的香味。是香水吗？她一边脱鞋一边思索，但转而想到，是点心吧，点心的香味。穿上准备好的拖鞋，四人成列地走进走廊。虽然同在一栋大楼，但这里与茧子家截然不同。屋子不但更加宽敞，隔间也不相同，差别最大的是难以相比的高级感。茧子似乎也是第一次踏进这里，不断惊呼“好棒啊”。“好棒哦，好漂亮，跟我们家完全不一样。哇，房间好大哦，真像有钱人的家。”听到茧子的声音，走在前面的瞳回头笑了，千花也跟着笑，茧子真的是个没心眼的孩子。

她们被领到宽阔客厅正中央的一组“L”形沙发。正对面的单人沙发上，一位女子站了起来，向千花等每个人递出名片。

“谢谢你们今天抽时间过来。我是自由创作者橘由里，就由我来解释一下今天请你们过来的目的。”

橘由里看起来比刚才迎接她们的江田佳织年长，但是千花觉得，她们说不定是同年代，只是佳织看起来比较年轻。她的目光移向名片，自由作家橘由里，住址在横滨。

橘由里在说明采访目的时，佳织已泡好四人份的茶，并和放在盘子上的点心一起端出来。从她的话中透露，佳织和由里从前在同一家出版社工作，佳织因为生产而离职，由里想独立工作，于是也同时离职了。听茧子说是一位女性作家时，千花以为她打算以现代母亲为主题写小说，甚至还升起崇拜的心情，想象她会不会是个有名的作家。但橘由里比较接近报道文学作者，而非小说作家。这是她第一次用本名写书，想写的内容也不是小说，而是幼儿考试的现象。或许因为是处女作的关系，她很热切地解释幼儿考试这个主题，侃侃谈起现在为什么有必要写这个题目。听得有点烦的千花，把视线转到佳织身上。佳织把茶和点心端出来后，就在稍远的餐桌边坐下静静聆听。途中，怜奈一旦哭闹，她便立刻站起来，很自然地将怜奈接过来安抚。可能茧子和佳织常常见面吧，怜奈在佳织的怀里一下子就安静了。

虽然没在心里画过清楚的蓝图，但千花也曾模糊地想过，她要这样的生活，在这样的家，做这样的妻子、母亲。因此一见到佳织时，她便知道佳织就是实现她梦想的女性。她不是从言谈间感觉到的，而是一种直觉。若要将感觉化为一句话，只有“啊，真好”几个字。

并不是全身都是华丽的名牌就好，而是懂得如何挑选最适合自己的。像是领口缀了小荷叶边的黑衬衫，配上宽管白长裤。胸前别的简单首饰应该是白金的吧。虽然不像由里上了浓妆，但或许是天生丽质，仍显得五官秀丽端庄。还有这个家，走廊墙壁上挂的，都是不同年代、不同笔调的花卉图。其中有米罗或欧姬芙的复制画，小仓游龟[⑥]的画应该是真迹吧，千花揣想着。似乎已进小学的女儿画的花朵，也以不逊于其他画作的裱装并列其中，显现女主人的童心。还有宽敞的客厅和餐厅。从茧子家窗口看到的，只有街道对面的大楼和少许的天空，但这里客厅的落地窗，可以看到广阔的蓝天。屋顶阳台种了简单的盆栽，从蕾丝窗帘望出去，隐约看得见桌椅。家里虽然有年幼的孩子，但屋里打扫得一尘不染，清洁光亮。沙发、餐桌或橱柜，恐怕连自己脚上的拖鞋都是高级品，但它们都没有突兀的张扬，反而搭配得自然而和谐。千花耳朵听着由里的说明，但心里早就飞到各角落参观去了。

她不是想过豪华的生活，也不认为样品屋般的房子就好，更没打算用高价的商品来装饰房间。她想要的不是这些。结婚的时候，千花想过，她希望自己在忙于育儿和家事之余，也不要丧失生活的基础和水准。她不想建立那样的家。直到现在，她还是很想建立一个空间，让老公、成长中的孩子一回来，就能从心底获得解放，让他们觉得就算在外面的世界遇到挫折，只要回到门内一切就安全了。因此，她不要坐起来不舒服的沙发，也不想摆出触感粗糙的毛巾；不要会产生静电的被单，

⑥ 译注：米罗（Joan Miro，1893—1983），二十世纪最重要的西班牙画家之一。欧姬芙（Georgia Totto O’Keeffe,1887—1986），二十世纪美国艺术大师，以半抽象写实画作闻名。小仓游龟（1895—2000），日本代表性女画家，作品以人物画和静物画为主。

而要高品质的亚麻布；她不想让家人看到积了灰的观叶植物，希望家人永远赞叹："啊，我的妻子、我的母亲是这么美的人啊！"所以，虽然没必要身着名牌，但也不想穿着T恤和牛仔裤迎接丈夫回家，不想素着脸送他们出门。她知道只有经济上的富裕并不重要，但可以用钱解决的事，只要经济上许可，她希望能尽情享受。

但是，现在身边没有人能和她谈这些想法。穿得正式一点，不着便装，就会像上次那样被人指指点点，还揶揄她装得什么都不懂，其实对考试和教育特别在意。她期望的美好生活，不知为何跟教育妈妈的形象混为一谈了。现在要好的三个朋友，虽然明白她不是那种神经紧绷的人，但茧子什么事都大而化之，容子对服装毫不讲究，瞳虽然没说她讨厌名牌，但是看起来兴趣平平，她的理想对她们而言，恐怕是扫兴的话题吧。但是，佳织一定能懂她的。我们都拥有同样的理想，不是吗？千花这么漫想着，偷偷瞄着佳织。

可能因为感受到千花的视线吧，佳织也望向千花。两人四目相接，佳织回以微笑。千花也对她笑。啊，好想跟她说说话，千花想。听说她有个女儿，不知道念的是什么学校？幼儿园读哪里？学了什么才艺？平时怎么教养她？对于教育，她认为最重要的是什么？老公在做什么工作？对他有什么抱怨？唉——如果能像这样无话不谈该有多好？

一回神，千花发现瞳正在说话，还是先前的论调：我们并没有抱着非私立不读，或是大学附幼才好的思想。选这家也不因为它是私立，而是从活动空间大小、教育方针、园长的人品等综合考量下，才决定把孩子送进去的，瞳说。瞳变了好多呀。千花终于把视线从佳织身上移开，加入话题。记得最初认识她时，瞳是个不太会表达、遇到状况时宁可转身离开，也不愿说明立场的人。短短几年，她却变得如此从容稳健，说不定她本来就是这样，只是刚搬到陌生的街区时，对事物有点迷惑吧。

“但是，应该不是所有人都这么想的吧？一定也有对教育投注心力的母亲。我想有些家长是因为那所幼儿园升学率高，所以才选择就读的。”

“当然各种家长都有，我只是说我们不是那样。”瞳的脸颊微微泛红。

“但是，很难说吧，你们难道都没有受到影响吗？四周的家长都在说考试，就算没那个打算，也会在无意间开始考虑吧？”

“我没这么想。至少，我希望不要被她们影响。”瞳说着，并用催促的眼光看着容子。

“是啊，那种考试派的家长，都会跟她们的好朋友有个小圈圈，我们跟她们都不熟，所以也不太可能受她们影响。”容子说。

“我也这么觉得。我们家夫妻俩都是笨蛋，怜奈一定也是。不过，笨虽笨，只要自然长大就好了。因为那些用功的小孩都很可怕嘛，以后杀父杀母的……”茧子插进来说，可是由里装作没听见。

“那么，在幼儿园里，想考试的人跟不想考的人各成一国吗？”

“倒也没有分得那么清楚。当然我们都会聊，只是不谈考试的话题而已。”

“你们不会觉得心慌吗？那些决意让孩子参加考试的母亲们当中，有些是狂热派的吧。她们认为进好的幼儿园、好的小学，就像是幸福人生的通行证一样。听到她们的话，难道不担忧这或许会给孩子造成什么损失吗？”由里看着瞳和容子说。

不知道为什么，千花对橘由里这种自由作者有些不悦。可能是妆化得太浓吧。白色衬衫配灰色裤子的简单装扮，跟佳织不能说不像，但就是有种紧绷感。镶钻的卡地亚手表也太刻意了。原因可能就出在这儿。

“可是，让他们去读明星学校，未必一定能得到幸福吧？”

瞳的脸色比刚才更红了，可能是想说的话无法清楚表达，有些焦虑。

“最近公立学校暴力事件成为话题，你们也不在意吗？”

“每间学校的状况都不一样，并不是所有的学校都那么粗暴呀。”容子委婉地说。

“不，我问过那些考试组的母亲，她们让孩子去考试的最大原因就在这里。当然还有别的理由，像是有的家长以前就在私立学校读书，或是不想让孩子为大学考试受苦，还有像刚才说的，把它当做幸福的量尺，最后，也有人单纯的只是一种拿名牌包上街的感觉。不过，在表面上，大部分的母亲还是担心公立学校的混乱，关于这一点，你们有什么看法？对那种想法的母亲，你们有什么意见？”

“名牌包呢。”容子看了瞳、茧子，以及千花一眼，咯咯笑了起来，“就算心里真这么想，也不能说出口呀。”

“我们很少听到公立学校的事呢，比较常听的是家长自己从幼儿园就是私大附校毕业的。”瞳说。

“但是，那种人该怎么说呢，”容子视线落在自己手边，然后快速说道，“我觉得她们并不在乎孩子怎么样，而是因为眼睛里只有那个世界罢了。”

“我懂你的意思，”由里移动臀部，倾身向前，“确实有人说过，我自己是从幼儿园直升大学，所以也要让这孩子这样读。再怎么说，那种说话方式反而令人觉得她们会不会只想炫耀自己的学历？我自己就有这种感觉。”

听了由里的话，容子和瞳都轻轻地笑了。

千花感觉到自己刚才的不满，现在更膨胀了。但是容子和瞳都没有察觉到她的不悦，反而像是解除了紧张感一样，开始话起家常来：由美的妈妈去年虽然抢尽风头，但今年好像没那么神气。是啊，因为越来越多其他人对同样事情感兴趣了。不过如此一来，就有点剑拔弩张的感觉。把孩子的事丢在一旁，只会说因为我这样，因为我老公那样。容子和瞳不忌讳地侃侃而谈。由里则露出别有深意的眼神交互地看着两人。千花这才终于明白自己不悦的原因，这个叫由里的女人，试图在诱导回答。这个女人心里早已决定要写什么了，她只是要我们讲出她所想的话而已。她根本不想听其他的想法，还引导话题往自己想的方向走。容子和瞳完全中了她的计，若是说出她们也不熟的母亲坏话，那就糟糕了。千花默默对容子和瞳使眼色，但两人都没注意到。非但没注意，还故意绕着圈子揶揄那些主张考试的母亲。千花看着两人心急起来，忍不住开了口：

“橘小姐，我从刚才一直听你说的话，橘小姐认为母亲的世界，就像是红白对抗赛吧。其实我们并没有那么明确的敌对关系哦，总觉得橘小姐心里好像已经有了一套谱，想尽办法要我们照着说的感觉。”

为了打乱对方的步调，千花故意慢条斯理地说话，然后扬起孩子般的笑声。容子和瞳看着千花，但千花的眼光直直盯着由里。

“如果让你有这种误会，那是我的不对。我并没有希望你们照着我的谱来说，或许是先前的探访中，让我有了主观印象。呃，请问你是……”

“我姓高原。”

“高原太太也已决定不让孩子去考试吗？”

“还没有决定啦。”千花微笑着说。这是心里话。她觉得升学的事明年再考虑就行了。千花想抹去由里的主观印象。考试派歇斯底里地思索考试对策，非考试派则冷笑地看着那些母亲：说不定非考试派也被考试派传染了高烧，不经意间自己也跟着升温……千花有点想嘲笑由里这种单纯易解的公式。千花继续说：“我们家决定尊重孩子的意愿。到了明年，我会带他尽可能到多一点学校去参观。如果他想去的学校要考试，我们就开始准备。如果有需要上才艺班，我就帮他找。如果觉得学什么才艺对入学比较有利，就让他去报名。不过当然，录不录取不是我们能决定的。坦白说，我希望孩子进A校。A校是从国中收起，不过也是一所很难挤进去的学校，所以如果真打算读的话，先进一所升学率高的小学比较有利。”

千花从眼角瞥见容子和瞳呆望着自己的表情中，透着一丝惊讶。她们一定在想，怎么这些话之前都没听她说过。当然没听过，千花忍不住想笑，因为她自己也是现在才想到的。她只是不想照着这女人的剧本回答罢了。

“为什么是A校呢？”由里的脸上浮现出好奇。

千花将在场所有人环顾了一遍，轻声低笑。

“我的初恋情人就是A校毕业的。光看到校服，心头就会怦怦跳，所以想让儿子一定要穿上他们的校服。不过，哪能把父母的期望强加在孩子身上呢？这事我老公也不知道。所以我说让孩子自己判断，就是这个意思。他的人生若是被老妈的初恋左右，那还得了？”

千花再次笑了，但是现场谁也没笑。由里脸上的好奇和兴趣逐渐消失。千花心底大呼过瘾。

“但是，可以把这种事交给六岁小孩决定吗？你不担心？”由里问。

“你不了解六岁小孩，所以才会这么说吧？可能你已经忘记自己六岁时的事了。我六岁的时候，父母就问过我同样的问题，他们问我，你想去哪间学校？我是自己选的。”

“你选了哪一间呢？”由里未曾隐藏她的好奇心。

千花有些踌躇，因为她知道，自己的小学母校在热心教育的母亲之间，是一所热门学校，如果说出口的话，会不会被人认为在炫耀“自己的学历”。也知道虽然该校在社会评价一般，但在这个窄小的世界里，是可以得意一番的。

“没必要说吧，又不是什么了不起的名校。而且现在谈的主题不是我，而是孩子。”千花答完，对由里笑笑。

此时，佳织怀里的怜奈少见地哭起来。佳织连忙站起来安抚，摇晃身体哄着怜奈。可是哭声越来越大，茧子走到佳织身边，把怜奈抱过来接着哄。怜奈的哭声让千花松了口气，容子和瞳看上去也宽心许多。

“不好意思，借用了你们这么多时间。对了，如果方便的话，能不能下次再接受我的采访呢？时间由你们来定，因为我不想给你们带来麻烦。可以的话，请把联系方式写给我，好吗？”

由里拿出笔和簿子。虽然千花心底没打算再跟这个女人说话，但不好在佳织面前拒绝，便快速地把自己的地址和电话写下来，接着交给瞳。瞳也写好，再交给容子。如果她打电话来，就随便找个理由拒绝好了，千花想。

四人和来时一样，鱼贯走向玄关。佳织和由里则送到门口。

“今天真的谢谢四位，下次再让我好好招待你们。”

说这句话的不是由里，而是佳织。

“不客气，改天再来拜访你，今天真高兴能认识你。”

千花也看着佳织说。茧子怀里的怜奈大声哭喊，脸色涨红。

“哼，那女人真让人不舒服耶，那个叫由里的。她连看都不看我一眼呢。虽然夫人心地那么好。”

一走进电梯，茧子便开口。

“因为怜奈还这么小啊，离考试这类事情还远得很呢。”容子轻轻抚着怜奈的额头说，“你们就直接回去了吗？要不要来我家坐坐？”

到四楼门开时，茧子问道。千花、容子和瞳互相看着对方。千花心想，如果可以的话，她想回茧子家，边喝可乐边聊天。她想解释由里那女人对她们诱导回答的事，还有刚才自己对考试的想法，全是因为被由里惹火才当场硬搬出来的。

“我有点担心孩子，想直接回去了。”容子首先说，“我老公不太靠得住。”

“那我也走了。”瞳说，千花无可奈何，只有点点头。

“好吧，那就下次喽。保持联系。再来哦，地址记住了吧？”

茧子单手抱着怜奈，挥着手走出电梯。

“我有点急，就在这里说再见。”

电梯到了一楼，容子说完这话，便一个人跑出去了。千花和瞳一起往停车场走去时，她试着说：“刚才那个橘小姐，感觉很强势啊？”

本以为瞳会呼应着说“是呀”没想到，瞳只是淡淡地说：“是吗？我只觉得她很热心采访呀。对不起，又得再让你送我回去。”瞳在脸前面双手合十说。

“没关系，你客气什么嘛。不知道他们四个有没有好好相处。”

停车场还没映入眼帘，千花已从皮包里取出钥匙来。一股湿热之气挥之不去，千花想到气象预报说今晚会下雨，恐怕是八九不离十。

母亲们坐在教室后面的铁椅上，守望着自家的孩子。共有五名小朋友坐在小桌子、小椅子上。来参加体验课程的小孩有一俊，和胸口名牌写着“千夏”的五岁女孩。另外三人是这家“茁苗学校”的学生。他们果然已经相当熟稔，老师出的问题，都能专注地聆听。容子倒是听得头昏眼花。

“用咖啡色的纸剪一个大大的圆，然后用剩余的部分，剪下两个三角形。此外，再用黑色纸剪三个圆，白色纸剪两个椭圆。每张白纸的正中央贴上刚才剪下的黑色圆圈，接下来……”老师在出题的时候，既不可拿剪刀，也不能提问题。孩子们把手放在膝盖上，安静地听老师讲。从一半开始，连容子也听不懂到底该怎么做了。然而，当老师从头到尾说完一遍，再下达“好，开始”的命令时，三个孩子立刻按照老师的要求做起动作来。

那个叫千夏的女孩，一直不安地偷看妈妈，所以容子放心了，但是她渐渐抓到要领，虽然做得不正确，但也能做出类似的样子。只有一俊还是一脸哭相地望着容子，容子把目光别开，他就低下头来玩手指或抓袜子，一点也静不下来。

学生们依照指示把功课做完，老师立刻帮他们打分数。

“小诚，这做错了吧！耳朵听到哪里去了！三分。”

得到三分的孩子，不知是因为分数太震撼，还是被老师责骂造成打击，脸一歪，抽抽搭搭地哭起来。于是坐在容子隔壁的母亲，小心翼翼地走近，拍了拍他的背，小声在他耳边说：注意听，不要哭。然后才若无其事地回到座位。

“好，一俊，不会做没关系，但要注意听老师讲啊。”

“好，一俊，听懂的部分，自己试着做做看。”

老师点到名字时，一俊吓得跳起来，憋着哭脸转向容子。容子见状也想站起来，上前去叫一俊用心点，可是身体却僵住了，根本站不起来。

两星期前，她发现自己怀孕了。当时，医生说已经十周，所以也快三个月了。去年，千花、瞳和茧子约好一起生老二时，她真的很羡慕。她们怀孕期间，茧子叫她“加把劲”，大家一起生个同学年的孩子时，容子确实认真考虑过。她按时量基础体温，在排卵日接近时，对真一说想生个老二。她是认真这么想的，但真一却说，女人主动求欢让他“硬不起来”。或许他是玩笑话，也可能是累了，但还是伤到了容子。

不过今年春天，真一开始认真考虑生个老二。说来说去还是因为岐阜老家的双亲开始催促了。真一仿佛完全忘了去年的事，居然对她说，一俊已经快念小学了，要不要生老二。我说的话你拒绝，你说的话就可以？容子感到扫兴。不过她还是在排卵日前后几天，跟丈夫做了。虽然望子心切，但整个过程既无聊又悲哀。对千花和瞳来说，生孩子是充满了爱与梦想的事吧，容子听着丈夫的鼾声时，心里是这么想的。

不过，当医生向她贺喜，她还是有种雨过天晴的感觉。“这次最好生女孩吧，不好，男孩也不错。”看到真一难得露出兴奋的表情，便把他之前说话没大脑的事忘得一干二净了。

知道怀孕之后，容子也不知道为什么，自己突然在乎起千花和瞳的想法。

在此之前，容子鄙视那些热衷考试或学才艺的母亲。她觉得，难道孩子进了明星小学，就保证了他的未来吗？在好学校、好成绩的逼迫下，有些孩子才犯下不可饶恕的罪行，不是吗？她甚至敢自信地说，重要的不是学历或履历，而是自然地成长，在关怀中成长。她相信瞳和千花的想法，跟自己一样。

然而，万一错了呢？发现怀孕之后，容子像是着了魔般思索着。事实是，千花在接受橘由里作家采访时，就说过要让雄太去读A校。瞳说她在做义工，莫非那也是为了有利于考试？不会的，怎么可能，虽然她对自己这么说，但幼儿园进入暑假之后，一直没和她们见面，容子隐隐有些惶恐。

在不安的促动下，容子开始寻找幼儿辅导班。距离太近的话，恐怕会遇到幼儿园里的熟面孔，然后一定会跟千花她们说，久野太太也去上体验课了哟。因此，容子打了电话到位于高田马场的补习学校，预约了体验试听。可是一旦预约之后，容子又内疚起来，觉得好像背叛了瞳或千花，也颠覆了自己的教育方针。容子为了今天，不得不准备成堆的借口。只是试听看看，只是想知道那是什么样的地方，现在先了解一下，老二大了之后一定有用。容子带着满脑子的思绪走出家门。

“那么，接下来要做钓竿。首先，把线像这样穿过竿子。线要打两个结固定，线的末端穿过两个弹珠。把两个弹珠穿过之后……”

一俊不再抬头了。他头一直低着，脸皱在一起，耳朵通红，这是他即将大哭的预兆。勇敢一点！不要哭呀！容子在心里责备一俊。老师还在没完没了地说着：“好，开始。” 一声号令下，四个孩子敏捷地把工具拿起来，开始动作。只有一俊弯着腰低着头。容子发现，一俊俯下的脸，落下一颗颗的水滴。啊——容子好想把脸捂住！老师已不再点一俊了。仿佛一开始就只有四个学生，他只对四个人说话，只看到四个人。

真的差这么多吗？容子愕然。大家都是同年，虽然她不知道那三个孩子从什么时候开始来这所学校的，但为什么大家都能那么沉稳地坐着呢？为什么能那么敏捷地理解连大人也听不太懂的习题呢？就算三个人已经习惯好了，一起参加体验课程的千夏，已经不再看着妈妈，开始自己解习题了，而且还乐在其中的样子。难道只有一俊发育得特别晚吗？还是千花的儿子雄太、瞳家的光太郎来到这里，也会出现和一俊一样的反应呢？

体验课程后，容子坐在服务处后面的办公室，与老师恳谈。刚才哭得满脸泪水的一俊，现在乖乖地坐在大厅看绘本。

“他才刚开始，所以您也不用那么介意，其他的小朋友都已经上两三年了。只是……”

容子抬眼看着老师，虽然脸上的妆浓得有如面具，长发也像刚刚才在美容院打理过，但应该已经年过五十了吧。

“他是叫……一俊吧。是不是还太幼稚了？大部分孩子都会像千夏那样，刚开始虽然手足无措，但渐渐就会上手了。个性比较自我并不是坏事，但是考虑到他的未来，还是相当不利的。我们这里的方针，是在尽可能照顾到孩子的个性和潜力下，提高他的协调性与能力……”

“不过我们还没有决定要不要参加考试。”

那句“幼稚”激怒了容子，她打断对方的话说，不过老师的语气似乎更加热切。“我们学校也有针对应试生的课程。不过那种课需要参加入学测验，所以不是每个人都能上的。像刚才你们体验的能力开发及入学准备的课堂，也有还没有决定考试的人，但也有正在参加考试课程的小朋友。小学和幼儿园不同，所以在幼儿园太放松的话，不论到哪个小学都一定会很辛苦。像刚才的课程并不是为考试准备的，它的目的不如说是让孩子自然习惯升上小学。”

对方似乎一口咬定一俊进小学之后立刻就会被当成问题儿童，容子感到不安中夹杂着焦虑。

“但是，您不用担心，从现在开始完全来得及。有些孩子在体验课完全坐不住，还躺在地上哭呢，来这里上三个月之后，就几乎判若两人了。解决问题的喜悦，超过玩游戏的乐趣哦。”

接着，她把几本册子排在桌上，开始一一说明课程与上课日、时间比和费用。每周一次，含休息在内的九十分钟课程，教材费另计，是一个月两万五千元，每周两次是三万五千元。就算不考虑到真一的薪水，也绝对是可以负担的价格。该不该报名呢？这跟考不考试没关系，为了一俊好，是不是该让他上？她勉强忍住就要填写报名表的冲动，说：

“那么，我回去跟我老公商量一下，再跟你们联系。”

容子说完便起身。

她拉着一俊的手走出大楼。走到室外，强烈的阳光和热气使街道显得歪斜。他们朝马路走去。附近大都是升学补习班吧，年轻男女坐在路边或蹲在阴凉处谈笑。

“妈妈，我好渴，我们去喝点什么好不好？我想喝果汁。”一俊站住脚，撒娇地扭着身子说。容子无来由升起一股无明火，握着一俊的手用力一扯。刚才明明哭得脸都抬不起来，一来到外面竟然想喝果汁！

“喝什么！忍一忍吧。”她拉着一俊加快了走路的速度。拉着的手越来越沉，一俊的哭声传到了耳边。虽然感觉自己也快哭了，容子还是停下脚，蹲下来帮一俊擦去汗和泪，瞥见几米外有个电话亭。刚才容子说要与丈夫商量，但她心底真正想商量的对象不是丈夫，而是瞳和千花。

“小俊，等一下，妈妈要打个电话。”

她拉着还在啜泣的一俊，往电话亭走去。打开门，热气弥漫的熏人空气涌泄而出。

呆立半晌之后，容子先打电话给千花。但是电话响了五声，听到的却是千花在答录机里的声音说：“现在不在家。”只是答录机回电，容子却倏地思潮澎湃起伏起来。难道，千花真的只是佯装什么都不知道，其实已经带雄太去报名辅导班，并为了习题而全家到蓼科高原旅行吗？容子把吐出来的电话卡再插进去，按了瞳家的电话号码。瞳立刻接了。

“啊，是容子。”

“瞳，今天忙不忙？可不可以见个面？如果忙的话改天也行。”瞳的声音让容子定下心来，她用求助的声音说。

“可以啊……怎么了？”

“突然有好多话想跟你说……不过也不是什么严重的事啦，只是想商量一下……”

电话另一侧的瞳沉默了，突如其来的电话是不是太没分寸了？至少她应该约明天才对……容子头晕目眩地想着。

“这样的话，到我家来吧？是这样的，因为茜茜在，出门一趟就很辛苦，不过，我家既小又乱，如果你不介意的话……”

“可以吗？突然到府上打扰，而且我还带着一俊。”

“没关系没关系。一俊来那更好了。你知道在哪里吗？到附近的时候，如果找不到再打电话给我，我出去接你。”

挂断电话，容子从电话亭出来。她拉起一脸颓丧坐在地上的一俊，亟亟往车站走。

瞳家的位置，容子早就知道了，先前她就曾按着交换来的地址跑去看过。不只是瞳，千花家的位置，她也知道。虽然不太好意思对当事人说，但她单纯只是好奇她们住在什么样的地方。是自购住宅还是租房？规模、屋龄是多少？虽然不晓得她们自己知不知道，但千花和瞳的家都在马路边。千花的家是全新的自购住宅大楼，瞳的家则较老旧，算是商住两用房。一楼是酒吧，而且，就位在高架快速道路边，所以建筑物下半段恐怕一整天都晒不到阳光吧。看到瞳家的楼房后，容子的内心才安定下来。因为她认为自己位在马路转弯上坡的家，租金应该跟瞳家差不多。

跟他人比较，是背负不必要的不幸。她从学生时代，就领悟出这个道理。这是容子心中坚定不移的信念。别人是别人，我是我。她希望切实地遵循这条生活准则，实际上也确实如此。可是，有一天她意识到，自己总是去偷看熟人的家。她一直告诉自己不可以，不可以，觉得自己的行为很丢脸。但是，只要她一兴起念头，想看看她们住在什么地方的时候，就管不住自己了。她告诉自己，只是看看，并不是比较。确定她们的住处之后，心里就好像了结一件事般安心。但是，她也极度痛恨自己，严厉地批判看到瞳的住处、想象它的租金，并且感到放心的自己。因而，她非常崇拜茧子的天真、单纯——住在连个像样的家具都没有的房子里，还能大方邀请大家进来，并且看到大楼另一栋规模不同的房子，还能大声地说出“真棒”。

她不想让瞳察觉自己知道她的住处，所以特地在车站打电话给瞳问她路线。然后走过还挂着“准备中”的酒吧，走进刮伤、涂鸦满布的电梯。瞳的家在五楼。

瞳穿着牛仔裤T恤的轻便装扮，在门口迎接她。容子把伴手礼蛋糕交给她时，光太郎冷不防从瞳身后钻出来，叫了声：“啊，是一俊。”便拉着一俊的手进屋里去。容子穿上备好的拖鞋，走进瞳的家。

瞳的屋子不像江田佳织那样华丽时尚，内部装修与外观同样古老，但整齐干净。走进玄关后旁边就是厨房和餐厅，对面是洗脸台和浴室。玄关里面是约十六平米大的客厅，右手边拉门紧闭，似乎有房间。快速道路并没有遮住客厅的窗，阳光直射而入。客厅的墙边有张婴儿床，茜茜两腿伸得直直的，睡得正熟。

“怎么这么突然？发生什么事了？”瞳把容子送的蛋糕和装了冰茶

的杯子端到客厅的茶几上。

“是这样的，瞳，你猜我今天去了哪儿？”容子遥看在餐厅桌下玩玩具火车的一俊和光太郎，一边开了口，“我第一次走进一间幼儿辅导班。”

“什么？真的？！”瞳在容子身边坐下。

容子一股脑儿地把经过说了。孩子们以惊人的速度解题、彼此比举手的速度，还有一俊哭了、女老师说一俊“太幼稚”，以及对方说“不过还来得及”，劝她报名加入的经过。瞳时而睁大眼睛，时而皱起眉心，专注地听着。直到容子说完，她才说：“那种地方不好。”

“听你说的内容，好像遇到了什么黑心诈骗一样。容子，你不记得吗？每次定期检查，如果保健师说孩子发育太迟，或是说话太晚，我们的心情就会跌到谷底。这时候，如果对方指着眼前的壶说，买这个就能解决问题的话，我们一定马上买了。那种情形怎么形容呢，就像他们挖个洞叫你往里跳一样。那个学前班老师说的话，不也是这样吗？贵子弟的发育比别的孩子迟缓，不过只要进来这里，就能全部转好。那不是威胁吗？”

瞳把话一口气说完。容子听到瞳说出自己想听的话，心里放心不少，但也暗暗吃惊。看起来一向慢半拍、遇事胆怯的瞳，何时变得这么强悍？

“学前班那种地方，我劝你别再去了。如果真打算让一俊去读的话，最好再仔细挑选。要不要问问千花？她可能了解得多一点。”

“千花果然有带雄太去那家读吧？”

容子被自己意料之外的追问语气吓了一跳。瞳似乎也愕然地望着容子，但她立刻转为笑容。

“哎哟，我怎么知道嘛。但是，上次她不是说了吗？如果雄太想上需要考试的学校，她就会为孩子准备。”

“当时，我真的很意外，因为千花从来没说过那些话呀。她不是说那些考试、明星小学等于幸福之路的言论既荒谬又无聊，我们绝不能受别人摆布呀？可是，受访的时候，她却突然说出也有可能考试的话……”

瞳把蛋糕盘放在腿上，叉了一口放进嘴里，眼睛没看容子，说：“容子，你该不会是因为这样，才想带一俊去学前班吧？”

“怎么会！我才不可能这么做呢。别人是别人，我是我。”

光太郎跑到瞳的身边：“妈妈，妈妈，那个，电车那本书在哪里？”瞳站起来，消失在拉门另一侧，回来时手上拿了几本绘本。光太郎拿了书，又回到一俊身边，两人开始看起书来。

容子确定两人在看书后，直言道：

“瞳，这事我还没对别人说过，我又怀了第二胎。”

而且……容子还要往下说，瞳便打断她，转向容子，把她两手包覆地握住：“真的呀！真讨厌，怎么不早点说嘛！恭喜恭喜，容子。”瞳仿佛是发现自己怀孕一样，眼角潮湿地说。

容子没想到她会有这么大反应，心里有点纳闷。预产期是哪一天？什么时候知道的？在哪一家医院？面对瞳连珠炮般的问题，容子只是含糊回应，等瞳的问题告一段落后，她才像是辩驳似的快速补充道：

“所以，我不是为了让一俊去考试，只是考虑到老二，觉得应该把这些事搞清楚比较好。”

“原来如此，我明白。我家老二不是女孩子吗？光太郎是无所谓，不过茜茜是不是该让她上私立学校呢，我也一直在考虑。”

“哦？是吗？”说起来，千花家的老二也是女孩。所以，千花才会突然考虑到考试的事吗？说不定千花和瞳已经讨论过，该让女儿去哪一家幼儿园了呢。

“怎么说人家无所谓？”在餐厅玩的光太郎，耳尖地听到有关他的话，粗声问道。

“没有没有。小光，要不要吃蛋糕？拿过去给你好吗？”

“嗯，要，人家要吃。一俊也说要吃。”

瞳起身，在餐桌上准备蛋糕和果汁。熟睡中的茜茜开始啼哭，容子反射性地站起，把婴儿床里不耐翻动的茜茜抱起来。孩子比想象中沉重。茜茜闭着眼，头靠在容子的胸口哭起来。那沉甸甸的重量、甜甜的香味、脑袋摩擦的触感，令容子再次感到怀念。多可爱呀，哦，乖——乖——还不及思索，她已用右手轻拍起茜茜的背了。容子的鼻尖埋进茜茜的头发中，深深吸了一口牛奶般的气味。多么柔软、清洁的味道呀。

“啊，对不起哦，容子。”瞳走来抱回茜茜哄着她。

“容子，我啊……”瞳站在落地窗前，摇晃着安抚茜茜，开始说起。

“因为是你，所以我才说的。我母亲也是个对小孩功课非常紧张的人。她是昭和初年⑦生的，兄弟姐妹多，又在乡下，一般的观念认为女孩子不用念书。可能因为这样，有了学历心结吧。她认为自己的孩子无论如何都要让他们读到大学毕业，并把它当成是人生的希望。因此，从我小学开始，就带我去考试，进入一所从小学直升短大的学校。不过毕竟是在乡下，也不算什么名校。”

与其说给容子听，瞳倒像在自言自语般喁喁说着。容子不明白瞳想表达的是什么，有一秒钟，她几乎以为瞳也在夸耀自己接受的直升教育。

⑦　译注：一九二五至一九三五年间。

“但是，那间学校，就像是外人所说的贵族学校吧，果然有很多家境富裕的学生。我家本来就是小康，而且那些同学没有人是农家子弟。虽然没有人有霸凌的行为，也没有人会恶整其他人，但我渐渐觉得，待在那种世界令人窒息。上了高中之后，我开始吃不下饭了。照现在的说法，就是厌食症。”

容子还是不解，瞳到底想说什么。听起来应该不是在夸耀，但是这个话题将会导向何处？茜茜在瞳的怀抱里终于停止了哭泣，转成“啊——啊”的呻吟。瞳把茜茜放在地板上，她便玩起掉在地上的绒毛小鸭。

“刚开始，我是在人前吃不下饭。觉得在别人面前吃东西，是一件很丢脸的事。于是，我就到美术教室或音乐教室里独自吃饭。后来，连吃饭这种行为，我都觉得很肮脏。喝汤还算好，但固体的食物就完全吃不了。我越来越瘦，生理期也停了。终于引起父母和老师的担忧，送我进了医院。虽然没住院，但是不能去学校，结果休学。一直没回去。”

容子将目光移到瞳身后的落地窗，透过蕾丝窗帘，可以看见灰蒙蒙的高层大楼和蓝天。在开着冷气的房间里，令人忘记现在正是八月天。

“母亲是那么在乎功课的人，所以见着我就哭、就骂，我几乎以为人生已经到了终点，不如去死算了。可是，我的学校并没有放弃我。老师和同学不时来看我，还为我在寒暑假期间开设了补习时段，协助我复学。虽然我害怕回学校，但多亏他们的帮忙，我终于在高二提起勇气回到学校。同学们就像平常那样接纳我，当做什么事也没有发生过。我最近常常回想起这件事。如果当初我念的是男女合校的公立学校，校方一定不会那样帮助我的。当然啦，如果一开始上的是公立学校，我或许就不会得厌食症了。不对，说不定还是会因为其他事受到挫折，而引发厌食症的。……虽然我不希望光太郎和茜茜走上我那条路，但考虑到万一有什么差错的话，可能还是私立比较好吧。”

听到这里，容子才终于开始了解瞳的话中之意。于是她说：

“所以，你也要改变初衷，带孩子去考私立喽。”

“容子，别这么说。这件事还没有决定，因为茜茜现在才一岁嘛。考试什么的，根本八字都没一撇。我只是想把这件事告诉你而已。我们虽然常在一起，但彼此反而并不了解对方，不是吗？总觉得刨根问底地问，太没礼貌了。看到幼儿园里那些妈妈，全都是靓丽富裕的都会族，好像都在幸福中长大一样。对孩子的未来也都信心十足……但是，我很想说，我不是她们那一型的人。对于考试，虽然我有在考虑，但毕竟我们家境也不算富有，而且也担心会不会让孩子像我当初一样，感觉被封闭。坦白说，学费付不付得起，都还是个问题呢。……怎么越说越消极了，真抱歉啊。谢谢你耐心听我说完。”

容子看着瞳。坐在地上的茜茜，两手撑着地顶起屁股，摇摇晃晃地想站起来。容子不觉“啊”了一声，但茜茜没摔倒，就这么一晃一摆地跨出步子，笨拙地抱住瞳的脚。

“她已经会走了呢。”

“只会走一点点。”瞳笑道。

容子想起去年自己想把大学时代土气的往事，看不起虚华的同学，和切割别人与自己的领悟，都向瞳倾吐的心情。瞳也是抱着那种心情，告诉她这些事的吧？

“容子，你看这样好不好？我们先去问千花，然后找个地方，大家一起去体验、参观一下？并不是就此决定去报名，只是去看看，大家一起去的话也比较放心。千花有很多妈妈友，应该会有很多这类情报吧。”

“这样或许真的比较好。”容子点头。确实，如果雄太和光太郎也去的话，一俊就不会像今天这样畏缩哭泣了。而且，她也单纯地想知道那些地方葫芦里卖的是什么药。

“是啊，就这么做。那，我去跟千花联系看看，找个大家都方便的日子，一起去参观吧。”

容子发现瞳在说的时候，朝墙上的挂钟瞥了一眼，于是她也看看时间。快四点了，她急忙站起：“对不起，竟然一坐就坐这么久。我们也该告辞了。”

“哎哟，有什么关系嘛。啊，不过趁着送你出去，我去买东西吧。小光，我要去买东西，你要一起去吗？”

躲在餐桌下的两个人，又爬又跳地跑出来，在母亲面前咧着嘴笑。

“瞳，你先生是从事什么行业的？”在电梯里，容子忽然想到似的问。她一直想问这件事，但就像瞳所说，担心于礼不合，因而一直没开口。

“有点难解释，”瞳淡淡地微笑说，“他在教会工作，是个宗教人士。”

这个出乎意料的答案，令容子大为惊讶：“是神甫之类的工作吗？”

“他不是天主教啦。不过，感觉差不多吧。但也不是那种奇怪的新兴宗教，所以你不用担心。我怕别人会误会，所以在幼儿园里有人问到，我都回答得很含糊。”

电梯到达一楼。光太郎和一俊跑向大楼外，瞳提高音量要他们小心。茜茜在瞳的手臂中，不断发出还不成话的声音。

“薪水低得令人烦恼呢！”瞳露出并没有那么烦恼的笑容，追着孩子往屋外走去。来到马路上，虽然已将近四点，太阳却还没有西斜之意，空气里仍留着正午般的热气与湿气。“那么，我们再联系。今天谢谢你，蛋糕很好吃呢。”瞳握着光太郎的手说。

“我才要谢谢你呢，突然上门打扰，我还有很多话想跟你说呢。”

“我们偶尔也像这样聊聊天吧。”瞳好像高中生般，又说道，“真的恭喜你有宝宝了。对，生了之后，我们大家再一起去照相馆吧，带着新成员一起去。”

在大楼前与瞳告别后，牵着一俊的手走上坡，容子心想，还好来对了。她再次对自己幻想瞳和千花两人偷偷商量，因而焦虑得去找学前班的行为，感到羞耻。

瞳和自己有好多地方相像呢，容子想。不但住处的水准像，瞳对于那些时尚母亲的想法，和丈夫职业不太好说明等，都非常相似。容子的丈夫在调理器具厂商的营业部担任业务员，主要向商家业主推销调理器具，但若成绩不理想，有时也要挨家挨户去推销。生产的时候，同病房的太太问起丈夫工作，而她如此回答时，对方却半嘲弄地说：“就是卖那种贵到离谱的锅具吧？”后来，别人问到丈夫的职业时，容子也都答得很含糊。

下次如果有机会和瞳聊天的话，我也要把这件事告诉她。容子在心底这么决定。她跟我分享别人不知道的事，我也要跟她分享。容子希望跟瞳更亲近，以前，她曾经渴望能与千花更亲密，但现在跟那种渴望有点微妙的不同。她想要的是更了解彼此，共享更多彼此。她一手握着一俊，一手抚着还未凸起的肚子，心想，如果这个孩子是女孩就好了，那样的话，她就可以跟瞳更亲近。她们可以商量、互相倾吐，并且一起克服困难。

心情一轻松下来，反倒涌起了罪恶感。今天一俊成了无辜的出气筒，他才是最难过的一个才对。

“小俊，今天好厉害啊，你已经像个大哥哥了呢。”

容子低头看一俊，摸摸他的头对他说。但一俊却直看着前方，什么话也不答。刹那间，在学前班产生的焦躁感再次袭来，她努力压抑着，用高昂的声调说："今天来做小俊最喜欢的奶油焗饭吧？再买冰淇淋当点心好不好？"

一俊仍旧没有答话。但容子觉得，从高田马场的补校出来后的窒闷空气，终于渐渐消失了。

茧子是在便利店里翻杂志时，看到中野的二手商店的。茧子让十个月大的怜奈坐在背带里，两手提着纸袋在地下铁车站转车，打算到中野去。她已经很习惯带着怜奈出门，但是抱着怜奈坐地下铁时，茧子还是会想到从娘家回来的经过。那天心里七上八下的，担心怜奈会不会哭出来，会不会被挤扁，同时又急着想早一点看到千花。好不容易到了家门口，却在大厅遇到夫人。

地下铁里虽然冷气很凉，但下了东西线，走出检票口，八月的阳光便毫不留情直射而下。怜奈扭动起来，贴着怜奈的肚子感到一阵不适的热力。茧子凭着记忆走过商业街，转进小巷深处。

以童装为大宗的二手商店，就在复杂巷弄的尽头。周围似乎是商业街，全都拉下了铁门。只有这一家的落地窗店面开着，在这条街上格外醒目；门口站着彩色的造型娃娃，玻璃内侧陈列着流行的童装，显得相当拥挤。怜奈不太舒服，却也不哭不闹，只是睁大了眼睛，仰头看茧子，发出"嗯啊、嗯啊"的声音。茧子用手绢帮怜奈擦去早已汗湿的额头，推开二手商店的大门。一走进去，空气立时变得沁凉，心情也舒缓多了。

她原以为是个物品混杂的地方，没想到却如同一家普通的名店般，整理得井井有条。她用余光瞄着陈列的服装和玩具，往收银机所在的深处走去。那个染成金发的女人，不太像二手童装店的老板娘，倒适合站在成人二手衣店内。她从漫画书中抬起头，看向茧子。

“不好意思，我想卖衣服。”茧子一说，她立刻站起来，露出殷勤的笑容说：“欢迎欢迎。”

茧子把纸袋里的东西放在柜台上。从三个纸袋里倒出的东西，在柜台上堆成了小山。

“您是要卖断还是寄售？”

女人快速地检查衣服标签，一边说。

“什么？”

“卖断的话，我马上付钱给您，但不能保证能给您希望的价格。寄售的话，您可以自订价格，但衣服卖掉之后才会付钱。我们这里没有期限，一开始用寄售，等半年或一年后再改卖断也行。”

“那我卖断好了。”茧子只对“马上付钱”那个字眼有反应。

“好的。那么，我估一下价，请在店里随便看看。”女人说。茧子依言逛了起来，好多衣服都很可爱，也适合怜奈。全白的麻织洋装，再过几个月就可以给她穿了吧，领口随意缀着荷叶边的衬衫也很好看，格纹裙等她会走之后一定穿得上。店里几乎九成都是名牌商品，但看到价格都在日币五千元上下后，茧子即刻打消了念头。明明是童装，用的布又那么少，而且还是二手货，怎么会这么贵？茧子从衣架上取下一件粉红与灰色格纹洋装，拿起来看了又看。千花也有一件同款的衣服，给她女儿桃子穿。千花的女儿还没满周岁，就让她穿上这件样式简单但细部精致的洋装。当时，茧于忍不住喊道：“好可爱啊！”真好看，在哪里买的？虽然她一再追问，千花只是笑而不答。她一定是想就算说了我也买不起吧，还是她不喜欢别人学她？茧子感到气馁，手伸进裙边看看吊牌，九千八百元。

“让您久等了。”听到老板娘的声音，茧子走回柜台，“一共三万四千元。”

啊？她一惊。啊？这么少？！

“四千不上不下的，不如加一点，算五千吧。”

她试着挤出笑容说。金发女子笑道：

“好吧，那么就算是您首次光临的优待。”

很干脆地提高了收购的价格。

“欢迎再次光临，再见喽！”

女子对怜奈摆摆手，茧子点了一下头，便转身离开。走出店门之际，心里还犹豫着要不要买下刚才那件格纹洋装，但最后还是没买。

茧子缓缓漫步在商业街上，并排的店家都开着空调，所以街道上也相当凉爽。怜奈有点昏昏欲睡，茧子便催她入眠。茧子无心地逛着内衣店、服装店、鞋店。才卖了三万五千元啊！佳织送给她的衣物几乎都是新的，要不是她不够钱缴上个月的卡费，她也舍不得卖，而且她又不想解掉定存。

钱包一时鼓了起来，就什么都想买。自己的衣服已经都没什么买的了，夏装全都是去年的。买一件吧。茧子混进大腿手臂都露出来的年轻女孩中，物色自己的衣服。小可爱一件日币一千九，便宜！那件裙子才三千九，两件一起买连一万元都不到。把刚才的钱扣掉要用的差额，绝对买得起。

但是，茧子拿起迷彩的迷你裙想了半天，那些人不会穿这种裙子吧！

茧子把裙子放回原处，走出店门，进了对面的速食店。她点了汉堡套餐，一个人坐到里面的角落不停地吃着。脑中闪现过一幕幕她在超商杂志上看到的夏装、皮包、流行饰品、排队热门甜品店或意大利菜。

茧子从小就觉得，美好的事物离自己很远。小学的时候，那是挤巴士二十分钟、再换电车三十分钟才能到的三丽鸥饰品店。中学的时候，那是更远的商街上的百货公司。到高中时，她想要的东西都在东京，看着杂志会有种错觉，好像只要去东京，就能得到所有她想要的东西。进了地方上的短大后，只要到周末，她一定会去东京。然而，根本不可能把她想要的东西买齐，因为手上的钱永远不够。二十初头在地方就职后，茧子不论周末、假期，还是年节，只要有休假的日子，一定都耗在东京。这时候手边可以花的钱比起学生时代多了不少，但即使如此，还是没办法买到她想买的东西。婚后搬到东京近郊，她发现美好的事物不在东京，而是退到更远的杂志里。魅惑的布丁、转眼销售一空的饰品、大排长龙的松饼、名牌的新品、比利时进口巧克力、能让腿形更美的牛仔裤……为什么那些买不下手的东西，却有人可以轻而易举地带回家？想到这点茧子便急得直跳脚。搬到都心的话，买了房子的话，经济上宽裕的话……她每天念经似的告诉自己。那样的话，杂志中的美好事物就能全部买回家了。

所以，当佑辅的父亲去世，得到遗产，在都心买下中古屋时，茧子觉得自己的人生终于胜利了。一向在远处、只要接近，它就会退得更远的美好事物，现在都可以得到手了。实际上，她已经得到好几样搬家前一直急着想要的东西。比如说，既美丽又时髦的妈妈友——千花和夫人。与她们度过的时光。跟她们一起去人气蛋糕店和照相馆。还有怜奈，将来一定会成为艺人的可爱怜奈。

但是，仔细一想，许多东西还是离她很远。像是欧洲高级家具、低调印着名牌标志的洋装和皮包，高调印着品牌名字的童装。还有富家小孩会去学的才艺课；妈妈们为实现自我去上的课程；一个月前就预约客满的餐厅；名厨开班的料理教室；专走畅货店血拼的夏威夷旅游；全家欧洲旅行……那些，现在已不在杂志中，而就在茧子的眼前。自己生活的街区中，它们就在随手可及之处。比方说，它们在夫人的家里，也在千花的生活中，还有千花那群幼儿园母亲的日常生活中。然而，那些事物比杂志里更远。为什么会这样，她实在搞不懂。

不对，她知道是怎么回事。茧子捏了把洋芋片放进嘴里，喝干了几乎只剩下冰的可乐。在里面的位子上，一群看起来比自己还年轻的妈妈们，抽着烟笑得花枝乱颤。她们的孩子自成一国，彼此玩着玩具。

两年前，夫家决定用公公留下的遗产和保险金，把老家改建成亲子双户住宅，剩下的钱由佑辅的母亲、哥哥和佑辅三人均分。他们听说再怎么样至少也有一千万，所以就先拿了三百万，也因此他们才能顺利买到房子。亲子双户住宅顺利建成，在律师的见证下，进行遗产分配。但是，半年前好不容易把所有手续办完后，佑辅拿到的金额，别说是七百万，连一百万都没拿到。哪有这种荒谬的事，一定是被骗了，茧子想。于是在她催促下，佑辅向律师询问父亲遗产的正确数字，与双户住宅扣去的金额。律师准备了一整堆令人头昏眼花的资料，看过之后发现公公的遗产和保险金总共有四千万元。虽然比当初计算的少了很多，但婆婆不只是改建房屋的建筑费，连家具和设备的费用都从里面扣除，再加上各项手续的费用，以及墓地、墓碑等金额都算在内。剩余的钱确实分成三等分，汇给了佑辅。茧子激动地说，可是当初不是这么说的。佑辅也向母亲抗议了，然而，却被母亲一句“一开始就是这么说好的，是你们自己不想搬回来住的，不是吗？”堵回来。而且已经花掉的钱也不可能讨回来。

她和佑辅讨论后，不得不把一百万凑足后，全数还给娘家。所以只把钱存进普通账户里。可是，仍不时地领出来支应生活费，于是存款金额越来越低，现在花得一块钱都不剩。如果按当初约定，领到七百万的话，不但房贷可以还得轻松点，也可以帮怜奈预存学费。她还打算换家具，像千花或夫人那样，让怜奈去学点什么。她想让怜奈只穿夫人送给她的那些衣服，自己也穿着千花或夫人那种看起来不奢华、却很昂贵的服饰。她计划全家上高级餐厅，让怜奈尝尝鲜，而暑假和新年也应该在国外度过。当然，七百万到底能做什么，不能做什么，茧子并没有具体地思考。只是应该到手的鸭子在眼前飞了。明明就在身边，却消失在不可企及之处的心情仍然还在。

怜奈醒过来，“嗯啊”了几声，便涨红脸哭了。茧子从背包取出水壶，给她喝苹果汁。但怜奈却少见地抗拒，更大声地号哭起来。她听到惊呼声，回头一看，是坐在里面的那些母亲。耳环、染发、手环、肩膀和胸口都露出许多的金发妹，不知听到什么可笑的事，全趴在桌上互相捶打笑闹。其中一个孩子可能是玩具被抢走吧，躺在地上哭，但母亲们连瞥一眼都没有。

猛然间，茧子想到，自己原本应该是那群母亲中的一个才对。她和那些金发妹虽然素不相识，但她完全可以想象得出她们的生活。一定是先有后婚吧。丈夫也跟她们一样年轻，染发、戴耳环吧。做着类似打工的工作，住在附近的居民楼里。电视音响游戏机的电线缠在一块，屋角全是在抓娃娃机赢得的布偶。拉着伸缩杆的衣橱里，塞满了廉价的衣服。厨房和客厅用塑料珠帘间隔开，房间墙上密密麻麻地贴着从高中时在迪士尼拍的全家福照片。等会儿她们一定会去超市的熟食区，买可乐饼或意大利面回家，在丈夫回家之前，把孩子丢在电视机前看卡通，自己则是边啃洋芋片边翻杂志叹气吧。以前，我也是过着这种日子呀，但再也不想那样生活了。她憎恨车站前的色情商店、公寓四周的田园、灰尘满布的国道、廉价鞋店和杂乱的超市、热天冷天都要忍耐的生活、榻榻米和有污渍的塑胶地板，还有接缝很快就脏黑的浴室瓷砖。每一样都俗不可耐。然而现在，她却愕然发现，自己很羡慕那些在快餐店一角放声大笑的母亲，和她恣意想象中的她们的生活。

“讨厌，不喝的话，我就不给你喽。”

茧子压低着声音骂道。她把水壶盖子盖好，放回背包。任由怜奈哭着，把托盘放回后，快速走出店门。

怎么可能羡慕呢！住那种地方、过那种生活，是我最痛恨的事呀。她朝着车站走去。商业街里的人摩肩接踵，怜奈在背带里大声哭叫。三万五千元。茧子想起刚才拿到的钱，好不容易才冷静下来。夫人给她的那些衣服和玩具成了三万五千元，若是如此，那么夫人在买的时候，到底花了多少钱呢？

刚才那些金发妹大概一辈子也遇不到像夫人那样的人吧。那些人的孩子，也不可能去上千花和瞳的孩子的幼儿园，自然也没机会去参加千花她们最近在说的私校考试吧。她们只能年复一年地在杂志上发现美好的事物，然后摇头叹息吧。她不要那样一年年变老，就因为讨厌，才搬家的。茧子从包包里拿出奶嘴，想塞到怜奈嘴里。可是怜奈一直抗拒，不肯含住，涨红了脸哭个不停。晶莹的水滴滑下怜奈的脸颊，茧子停住脚步，趁怜奈张开嘴时，不由分说地把奶嘴塞进去。

茧子呆站着，低头看着不情愿地含着奶嘴的怜奈，一时间，一股焦虑从脚底传了上来。

上个月信用卡扣款账单来了，金额是五万四千左右，她不记得买了什么昂贵物品。买了化妆品，帮佑辅买了双新皮鞋，买了怜奈的玩具，还有在零用金短少时，用卡付了超市的费用而已。佑辅的薪水账户里，只有三十万左右。想到自动扣除的水电费和房贷，她不敢再从那里领五万四千元。左思右想，再三犹豫之后，决定把夫人送给她的衣服卖掉。茧子突然感到一阵茫然的忧虑，虽然她有定存，那也只有五十万。

未来自己一家人会怎么样？怜奈会怎么样？我们会不会连车都买不起？怜奈没法像千花她们的孩子一样，上私立幼儿园吧？连上小学，都得看经济条件去挑选吗？搬到都心来，好不容易交了朋友，还跟那些金发妹遇不到的人们成为好友，我却得让孩子上不同的幼儿园、不同的小学，然后与那些朋友渐行渐远吗？

后面走来的男子，对戳在路中的茧子咋了一声舌后走开。茧子像被弹了一下般转过身，朝着刚才的巷子走回去。她走进铁门紧闭的酒店街，推开二手店的门。欢迎光临，金发女人招呼的同时看见茧子，“啊”了一声后堆出笑脸。

“这件，刚才考虑了很久，我还是很喜欢，决定买了。”

茧子拿着和桃子那件极相似的洋装，走回收银台。怜奈大哭起来，刚才含在嘴里的奶嘴，也一下子掉在了地上。

这屋子多清静啊，千花坐在佳织家的客厅里想。佳织用托盘端着茶从厨房里出来。

“上次真是抱歉呢。由里那个人并不坏，只不过她一直单身，而且工作一向是自己单打独斗，所以态度上可能有欠妥当。”

佳织把茶杯放在茶几上，自己在对面的沙发上坐下后，有点困窘地说。

“没那回事……只不过，她的问题有点压迫感。”千花委婉地说。

“对呀，都没用敬语呢。的确，她因为是第一次用自己的名字出书，所以有些地方卖力过头了吧。我有时想插个嘴，她就嫌我啰唆，还说我是不是嫉妒她的工作，她啊，就只会钻牛角尖。”

“哦，我懂。我见过这种人。”千花开心地往前挪了挪。她也不明白自己为什么这么开心。可能是她那时对由里感到的不悦，佳织有察觉到，也可能是佳织透露了她与由里之间微妙的关系。“我读书的时候，也交过这种朋友。我懂。一个单身又能干的人，不知为什么常会说这种话，呵呵。”

千花还想就这个话题多谈一点，可是佳织只是淡淡地笑了一下，并没有接话。

“孩子们呢？”

“放在母亲那边。老大去上游泳课，我母亲会去接他。佳织小姐，你时间上没关系吗？不好意思，突然就这么跑来。”

“我女儿去参加小学的生日会，在目黑。结束之后，学校会送她到附近，所以时间上不急。对了，你说，有什么事要问我吗？”

“是这样的，就是有关小学的升学考试。”千花说。

她想到，佳织或许可以对小学考试给个建议，便毅然打了电话给她。其实，她只是想多认识佳织一点而已。孩子的年纪不同，佳织恐怕很难加入她和瞳、容子等人的小圈圈，但千花希望能与佳织成为好友，就像她跟瞳等人一样。她虽然珍惜与瞳、容子、茧子等人无话不谈的时光，然而，只与她们相处，有时也觉得窒闷。话虽如此，但她跟高中、大学时代的朋友大多疏远了。当了母亲的旧同学，虽也热心教育，但和这附近的母亲有些微妙的差异。还在工作的旧同学，就像佳织说的，话题总说不到一块儿去。千花希望在幼儿园或游泳课等孩子话题之外的地方，能与佳织有更多接触。

“你说考试的事都交给孩子决定，是吗？”

“嗯，是有那个打算。只不过，我并不是来打听情报或窍门的。只是想知道你当初是考虑到哪些点，来为你女儿选择学校的，还有实际考过之后，觉得怎么样，现在又是什么感想。这些事都想直截了当地问问你。”佳织仍旧露出淡淡的笑容，凝视着千花。看起来既亲切又冷淡。

“现在我周围只有些妈妈朋友。她们都是很好的朋友，但是，一谈到考试或是学习才艺的事，怎么说呢，大家都好像变得有点神经质……尤其是最近。”

“我了解，这附近一带尤其是这样，对考试热衷的家庭很多呢。所以，你所说的那种妈妈朋友，我都特意不来往。”佳织拿起红茶杯，似要掩饰嘲讽般笑了笑。

“哦？是吗？但是，那不是会很吃力……”

“只是大家以为吃力而已。大家一直误以为，不跟孩子同学的母亲结交，是不行的。其实什么事都没有。平常只是寒暄，偶尔说说闲话，没必要特意跟谁成为好朋友，也不需要组成小圈圈。难道不是吗？我们小时候也是这样呀。那时候，母亲哪会跟同学的母亲去咖啡店喝咖啡，打电话串门子呢？但是我们还是交到好朋友，而且在学校里也很快乐。”

“佳织小姐，你真厉害！”

千花不假思索说出心里的话，但佳织却“扑哧”一声笑出声来。

“我并不觉得我厉害呀。朋友不是刻意去结交的，是自然而然形成的，不是吗？我只是不喜欢因为孩子同年，或是因为同一所幼儿园，为了那种理由而跟人结为朋友。”佳织仍旧端着红茶，眼睛眨也不眨地望着千花。接着，转开目光望着窗帘外低语道：“我一直是职业妇女，生了孩子之后，本来想继续工作的。我心里想：叫我当全职主妇，别开玩笑了。所以，有点看不起衿香同学的妈妈吧。我想千花你也了解的，这一带的母亲有点像是上个世纪的人。当然也有很多人不是如此，职业妇女也很多。不过衿香读的幼儿园真的很麻烦，每个月都有家长参加的活动，甚至还禁止小朋友看卡通。大部分的母亲都是专业主妇，等孩子稍微大一点，就用老公的钱去学插花或煮红茶，还认真考虑有机会开一家自己的教室呢。真是一群天真的妈妈。说好听一点是不问世事，说难听点就是没见识。”

佳织赤裸裸的说法，让千花大吃一惊。佳织看着千花，大声笑了起来。刹那间，较年长的佳织仿佛突然回到女高中生的模样。

“对不起，我说得太刻薄了。跟你说话很投缘，所以不知不觉说了出来。”

“哪里，我懂你的意思。”千花急忙说。真愉快，她希望看到更多佳织真实的面貌，于是特意补充说：“我读的是女校，所以特别了解女生世界的独特之处。有些人只对自己想要的东西敏锐，得不到就愤愤不平。不管是小时候，还是长大之后，都遇过这种人呢。幼儿园里的妈妈友也是这样，刚开始都很好，但熟了之后，就会肆无忌惮露出这一面呢。”

“你也感觉到了吧？所以我才不喜欢跟那些无聊的人纠缠不清。别看我现在这样，我以前也在出版社做过女性杂志呢。我最讨厌那种总向男人揩油的女人。我才不想让男人养呢。至少，我看不起那些只想跟条件好的男人结婚的女人。虽然实际情形如何，我并不了解，不过小衿幼儿园的母亲几乎全是那种女人。在才艺班或学前班遇到的母亲也一样。自己什么都不会，就把那种期许或梦想全加在孩子身上。住在东京，让孩子去上私立贵族学校，满口英文，练个一两项运动，再结交一堆朋友。自己想做而做不到的事，都叫孩子替她做了。也就是说，孩子成了母亲的小替身。”

佳织的语调带着少许热度，刚开始因为佳织掏心掏肺的话而感到高兴的千花，渐渐转为一种奇妙的心态。佳织所说的“母亲”或“女人”，似乎并不是幼儿园或才艺班里遇到的不特定多数，而是某个特定的人。如果真是如此，那会是谁呢？千花暗自思索着，当然，她不可能知道。

“现在还会遇到吗？我是说，衿香进了私立小学，在那里遇到的母亲们，还是跟幼儿园很类似吗？”

“完全不一样。”佳织站起来，走到厨房做些什么。千花的目光追着厨房吧台后面的佳织。在光洁如新、宛如从来没做过家事的厨房里移动的佳织，姿态就像厨房用具广告里的女模。“小衿的小学有点远，很多孩子是从目黑、世田谷或横滨方向过去的，所以不像这一带的学校那么封闭。说封闭也不太对……不过，全是相近地区的孩子集中在一起，会有种窒闷感，你也有同感吧？这所小学比较自由些，所以愉快得多。而且它跟幼儿园不一样，没有那么多活动，大家见面的机会也少，虽然不可能交到像求学时代那样的朋友，不过心情上轻松很多。很多妈妈也在上班，聊天也比较有话题。”佳织端了一个大盘子回来，放在餐桌上，里头摆着一个个一口大小的蛋糕。形状看起来不太一致，想是佳织亲手做的吧。原来这女子还是有用那个清洁光亮的厨房呀，千花佩服地伸手去拿。

“哇，好好吃哦。”

佳织没理会她的反应，继续说道：

“但是，最后，我还是当了我最讨厌的专业主妇了。小衿幼儿园的时候费了很多心力，后来想尽可能让她上私立小学，所以又带她去上辅导班。我一直想快点出去工作，甚至一度急得都哭了呢。但是，小衿的小学决定后发现，现在工作好像很难找呢。一个新手都未必找得到工作，我这种七八年没工作的母亲，哪有出版社要用我啊。尽管如此，毕竟从前做过事，自尊心作祟吧，那种公司里打杂的工作我做不来，又不想做兼差，所以最近觉得有点意兴阑珊了。结果，我还是败给了自己。”

“不过，我觉得，如果是你的话，一定找得到工作吧。以前在出版社也做得那么杰出，跟现在就业困难没有关系呀。”

“不可能。我现在光是帮小衿想便当菜，就够累的了。”佳织说着，她端详着千花，兴味十足地笑笑。一阵“哗啦哗啦”的声音响起，佳织收起笑容，快步朝厨房吧台走去。她拿起放在那里的手机，留下一句“随便坐”便回应起手机“喂，是，是我”，随着走出屋外。

屋里霎时一片沉静。佳织出乎预期地打开心房，令千花相当满意。她开始欣赏室内的环境。佳织果然如我所料，是个干脆爽快的好人。说不定，我们真能成为朋友。佳织所说的封闭感，我好像可以体会。虽然我也喜欢瞳她们，但如果未来大家的孩子都上同一所小学、中学的话，似乎有点烦。一个学校有来自不同地区的学生，从各种价值观中长大，总是比较好。看来，雄太参加考试的事，还是慎重考虑一下才行……窗外阳光炽烈，越过窗帘看到的阳台，正闪烁着白光。缤纷灿烂的红黄花朵在光线的映照下，自眼前静静扩散开来。

过了五分钟、十分钟，佳织还是没回来。千花百无聊赖，只好再吃一块蛋糕，依旧呆望着窗外无声运转的空调，以及墙上挂的画。不知道是不是有什么急事？心里正开始不安时，佳织拿着手机回来了。

“如果你有急事，我就告辞了。”千花半站起身。

“没关系没关系，不是什么要紧的事啦。”佳织朝墙上的钟瞥了一眼之后，对她笑笑，刚才说到哪儿了？”

“你说现在上的小学非常好。”

“我再帮你倒杯红茶吧。”佳织站起来，又到厨房去。感觉氛围有点变了，似乎有点坐立不安，又有点心不在焉。开关门时粗鲁了些，表情也显得呆滞。千花张开嘴，正想表示告辞之意。厨房里的佳织却先开口了。

“可以跟你说一些只能在这里说的话吗？”

“啊？”

“可以别对其他人说吗？话虽如此，我们其实并没有共同的朋友，但可否不要对上次来的那些朋友说？”

“哦，好的，没问题。”

千花一回答，就听到一个类似女人尖叫的声音。千花吓得鸡皮疙瘩都冒出来了，但立刻发现原来是水壶沸腾的警笛声。虽然已经知道了，还是有些惊魂未定。“只在这里说”——千花对这句话感到兴奋，但同时也升起一种类似预感的不安，好像叫她再也别问的意思。佳织没再说话，只是花了很长时间泡红茶。是什么呢？什么话不能对别人说呢？虐待孩子吗？不可能吧！还是，衿香入学用了什么走后门的手法？不过，她会告诉我这个不太热的外人，一定不是什么重要的事吧。可能是跟橘由里处不好之类的事？千花一面天花乱坠地想象着，一面等待佳织开口。

——最后一点，因为是好朋友所以我才说。你可以不用那么气冲冲的，一再地强调你的生活有多充实。幸福的人不会刻意说自己有多幸福，看了你的信之后，让我回想起老师说过的这句话。我想说的是，不要勉强自己，比上不足比下有余，希望你更轻松地呼吸过生活，共勉之！

最后这段话，瞳来回看了三次，然后一口气把三张信纸一起撕碎，用力揉成一团。这个人，到底在说什么呀？

“小光，我们要出去喽。你穿好衣服了没？”

瞳把揉成一团的信丢进垃圾箱，对还在卧室里的光太郎说。但没听到回答，于是她打开拉门，光太郎正在穿袜子。

“哦，真了不起，小光已经会穿袜子了呢。”

“我不只会穿袜子，还会穿睡衣呢。”光太郎撑大鼻翼说。

瞳背起茜茜，把光太郎抱到儿童座后，踩下自行车。只踩几分钟就汗流浃背。“噗——噗——”光太郎模仿着飞机声，茜茜在背后咯咯笑。在夏日阳光的照射下，道路旁的行道树都反射着刺眼的光，路的前端看起来是歪的。

“妈妈，人家想吃奶酪香肠。”光太郎回头说。

“不行啦，现在不是去超市呀，小光，我们等下要去上课。”

“耶——上课。”光太郎在儿童座上仰起身子，故意做出这种姿态。瞳要他小心，光太郎便呵呵傻笑。茜茜也大声笑起来。

来信是“气球会”的马场好惠写的，她们现在仍有书信往返。在这两年间，住在札幌的好惠最后既没有独自去旅行，也没有和住在横滨的男人有进一步的联系。尽管如此，她也没有结交其他男友。也就是说，她和两年前没什么两样，不对，她一直过着一成不变的生活，所以才会在信上那么写吧，瞳踩着脚踏车一边想。偶尔，好惠的来信上会写着：“我想一个人去旅行”、“我想提起勇气跟他联系看看”、“我想参加地区团体活动” 、“我想参选‘气球会’的理事”。每次似乎都下定了决心。看到这种信，瞳都有种被抛在后面的感觉，然而好惠却从来没有把这些决心付诸实现过。最后，总是写“我还是放弃了”。瞳曾经为此感到安心，但是最近，她突然觉得不愿尝试新事物、也不想认识新朋友的好惠有点烦人，同时也觉得她很可怜。

这两年，光太郎上了幼儿园，她交了新朋友，又生了茜茜，生活过得晕头转向。坦白说，有时候也觉得写信给好惠是件麻烦的事，也想过就这么断了。但是她还是继续定期写信，原因在于她想过，如果自己也抛弃好惠，那她真的就是孤独一人，什么事也不做了吧。而她之所以添油加醋地描写自己的近况，也是想暗示对方“我都可以做得到，你也努力看看”。当然，她不能说没有一点得意的心情。毕竟，她结婚搬到东京都内，就是好惠也不可能达成的大冒险。义工团体也是她自己找到去报名的。以为一定交不到知心的朋友，结果却认识了好几个陪她去拜拜和拍写真的朋友。真了不起，她暗暗盼望朋友能赞美她这句话。因为，朋友不就应该这样吗？对方做到自己做不到的事，就为她高兴；一直闷在家里，就邀她出去走走；失去信心的话，就多多鼓励她。

说什么“不用那么气冲冲”、“幸福的人”、“共勉之”？！你自己才不思长进，只会嫉妒别人吧。

或许该退出“气球会”了，瞳想。我已经不是当初那个怯生生加入“气球会”的瞳了。因为丈夫的关系入会，一直维持到现在，但她既没有去参加会议，连会刊也很少翻。“气球会”本来就是为了像好惠那样，没有能力、不想改变，必须求助于别人的人所成立的聚会。自己应该早一点退出的，与好惠的通信也该早一点切断才对。

抵达大学时，由于背着茜茜，她的衬衫已经汗湿而黏在背上。瞳在指定的停车位停好脚踏车之后，赶紧把背带纽松开，帮光太郎和茜茜擦汗。向日葵计划的会议是在志愿中心的一个教室中举行。不过今天瞳的目的不只是开会，她还带光太郎来参加免费儿童英语会话旁听课。容子来访之后，她就问向日葵的同伴们哪里有口碑好的学前班。金村治美告诉她，学前班是没有，但有留学生和学生义工在暑假期间举办儿童英语教室。瞳觉得，让光太郎去上英语会话没什么用，因为他连一个英文生字都不会。但又不好意思拒绝别人的好意，所以只想带孩子来上一堂旁听课就好。光太郎上课的时间，她还可以带着茜茜去参加向日葵的会议。瞳没有那么多自由时间参加志愿活动，但她想至少与向日葵计划保持接触。

英语会话课听说是在学生会馆的教室举行。因为在放暑假，大学校园或学生会馆里都比平常空荡。她照着指示来到四楼的房间，小心翼翼打开门，里面有包括外国人在内的年轻男女学生，和八个小朋友。它不太像是英语会话课，比较接近百货公司屋顶的儿童天地。气球、绘本、玩具和乐高积木散置一地，角落的收录音机放着活泼的英语歌。

“你好，你叫光太，对不对？”年轻女孩走过来，看着光太郎的眼睛说。光太郎不安地仰头看瞳，小声地指正：“是光太郎。”

“啊，对不起，对不起，原来是光太郎。您是妈妈吧，我听金村小姐说了。我们的课从两点开始，大约四十分钟。三点以前来接他就行了。”

场面的气氛比想象中活泼，瞳像吃了颗定心丸，便问：

“可以把他留在这里吗？”

“是的，我们希望爸爸或妈妈最好先避开，其他的小朋友都是独自参加的。”女孩指着在屋里玩的小孩说。

“那就麻烦你们了，请多指教。小光，你别闹脾气，乖乖地听老师的话啊。”瞳和光太郎说完便走出房间。光太郎虽然不安地看着瞳，却没有哭，也没有追出去。门一开，便听到洪亮的声音喊道：“好，我们来唱歌吧！Let’s sing a song！”房里流泻而出的音乐更大声了。

瞳往校园另一侧的志愿中心走去。出了大楼，热烫的空气笼罩着瞳。背上的茜茜一直发出“啊啊”的声音，应该是想自己下来走吧。瞳停下脚步，放下茜茜，把背带收进托特包里。背脊豁然一阵凉意。茜茜发出“咯咯”的天真笑声，自己走了好几步，才咚地坐倒在地。她用惊奇的眼神仰头望着瞳，让瞳忍不住笑出声，把茜茜抱起来。树林里茂密的绿叶随风摇曳，发出清爽的沙沙声。

瞳突然无法在人前吃东西，是初三的时候。上了高中后，她更讨厌吃东西。高一开始的月经停了，瘦到只剩三十公斤。高一的暑假甚至都在医院里度过。

大地之母的事，她是听同病房的二十几岁女孩说的。那女孩去参加一个由基督教会成立，但并非学习宗教，而是学习理念的聚会。她对瞳说："活着就是幸福。"她本身有恐慌症，但她说大地之母的存在比药石还有效，出院后还曾来探望瞳。

瞳的父母可能深以为耻吧，几乎不曾来探望她，所以心肠柔软的她给了瞳很大的力量。也因此，瞳出院之后，就在她的推荐下参加了大地之母的聚会。借了小区活动中心的一个房间，来了十多个人。一位中年女性说了快半小时的话，每个人都静静聆听着。当时，瞳对她的话听得懵懵懂懂，但是当她说到，我们所有人都有前世（那个女人用的是"过去生"这个词），现在发生在我们身上不幸的事与幸福的事，都是大家前世的债，也是现世（那个女人用"现在生"）的习题。这段话奇妙地留在瞳的心底。那女人说完后，全体都站起来，在没有伴奏的情况下唱着歌，高举双手跳舞。大人们那样唱歌跳舞，令瞳看得目瞪口呆，然而站着站着，不知道为什么她却泪流不止。

接下来，是一段愉快的交谈时间。同病房的朋友把瞳介绍给大家，众人为她鼓掌，当时，瞳不明所以地又流泪了。她很惊讶，但更惊奇的是，她对这个聚会的内容，仍然懵懂不明，但回家的路上她整个人轻飘飘的，心情也平静下来。

之后，瞳一直定期参加大地之母的聚会。每星期一次在区民活动中心集会，但节庆的日子（一月有庆祝现在生的生日节，七月有感谢赐予生命的至高者的节日；十二月是和基督教相同意义的圣诞节），他们会包下市民广场或饭店大厅，举行与其他分部的人交流的大规模庆祝会。在长野的S村里，有大地之母的本部兼教会。在高三的暑假，瞳便瞒着父母，到本部去参加宿营活动。

瞳在地方的短大毕业后，便在儿童福制设施谋得一职，但一年后便辞职，决心到大地之母本部工作。大地之母相信世上有个至高者司掌现在生、未来生，但它并不是宗教法人，而是从事慈善事业的非营利组织（NPO）法人。大地之母的主持人，也是经营健康食品的公司老板，活动资金大半由该公司提供，会员们经营的儿童学校也是收入之一。每个月会有一两次活动，用意在于让孩子们来学习传统放风筝或竹马的游戏，或者是认识花草、野鸟。暑假或寒假也举行儿童的夏冬令营，由加入的会员提供捐献。

瞳与夫婿荣吉，就是在本部认识的。荣吉是干部会员，会到各地的分部办聚会或讲道。

瞳住进大地之母园区里所建的淳朴房舍，热心地协助活动。但二十六岁的她与荣吉开始交往后，突然间失去了对大地之母怀抱的热情，仿佛附身的魔法失去魔力一般。在本部的晨昏生活间，她看到从前眼不见为净的种种混乱，感到不耐又厌烦。男女间的纠葛，涉及金钱的纷争，这些事在一定人数的集团中本就屡见不鲜。虽然说都是芝麻大小的事，但就近看了五年，她开始觉得，大地之母终究只是个心灵软弱的狡猾之徒结合的团体吧。

瞳表示要辞去大地之母时，没有任何人阻止，但指引她去另一个更轻松的聚会“气球会”。“气球会”的主旨在于思考地球的环境，从自己能做的事开始实践。看起来好像是与大地之母完全不同的组织，但母体还是大地之母吧，所以瞳没打算加入。

辞去大地之母后，瞳虽然回到老家，但是她不觉得会受到欢迎。她想，对父母来说，她这个女儿好不容易求得了铁饭碗，结果却辞了，跑去一个“怪异的宗教组织”，以为再也不跟家里联系的时候，突然又回来了。尤其是一向希望女儿能找个体面工作的母亲，失望之情可想而知。在家里待得郁郁不乐，做了半年打工族，存了一点钱，便漫无目的地到东京来找工作。一面与荣吉远距离恋爱，一面找到学校老师的兼职，用不算多的薪水一个人生活。这样的日子中，她开始有些忧虑，会不会又像中学时那样吃不下东西。这种忧虑渐渐变成了强迫症，明明已经吃饱了，却不能不继续吃。于是在荣吉的建议下，她再次加入“气球会”。在那里她再次见到好惠。

重逢后到结婚的几年间，瞳和好惠成了最亲密的好友，暑假和新年假期，两人相偕去东京参加“气球会”的聚会。连假的时候，她会去札幌好惠的家拜访，两人一起温泉旅行。瞳一直认为，好惠跟自己很像。与内向消极的好惠在一起，瞳很放心，两人无话不谈。而听到好惠说起自己生活上的担心和过去的挫败经验，心里更是轻松。瞳觉得，即使以后两人结婚、当了母亲，就算搬到国外，一定都还会保持这份友谊。也像小学生一样，把这些话挂在嘴上。

但是结婚、生子之后，情况就改变了。好惠一如往昔的退缩和消极令她心烦，看到好惠好像看到过去的自己，也让她害怕。但是，瞳无法割舍这段关系，因为她是个重要的朋友。事实上，明明自己年纪比较小，感觉却像是做姐姐或母亲的心情。那不是她想要的，瞳想，她既不是真的姐姐或母亲，好惠却总是依赖她，对她生气、恼怒。最重要的是，这样的关系，对好惠来说并不是好事。向日葵计划的聚会，来的人并不多。两三个人坐在电脑前工作，治美和几个熟面孔虽然坐在大桌子前，各自摊开笔记，却是聊天多过开会。大家都笑吟吟地迎接瞳的来到。学生们帮她倒茶，铃子则去拿点心。大家抢着来抱茜茜，一会儿说好可爱，一会儿夸她和瞳哪里相像，气氛热闹兴奋。好惠来信带来的阴霾心情，渐渐消失了。

说到底——跟她们谈话时，瞳在心里默默想道——说到底，好惠就是个非得抱着支柱才能活下去的人。大地之母、“气球会”，还有我。如果她遇到前几年引发事件的新兴宗教，一定也会很容易陷进去吧。不了解她这种人，却一个劲地担心、挂念，盼望着她多少能有些改变，还勉强挪出时间写信给她，自己真像个大傻瓜。

“小瞳，时间快到了吧？你要不要去接小光了？”听到铃子的提醒，瞳抱着茜茜站起来。

“那堂课也算是志愿工作的一环，所以并不像英语学校那样，可以学得到流利的英语。如果光太郎喜欢的话，就带他来嘛。而且又免费，这样你就可以来这里聊聊天，不是很好吗？治美说。

“是啊，谢谢你帮我们介绍。”

瞳说完，走出房间。几个人站起来送瞳到门口。瞳挥挥手，再次走到威力不减的日头下。

“你到什么地方去了？”回到家，正在帮茜茜换衣服时，电话响了。才拿起话筒，就听到一阵气急败坏的话声直冲而出。是容子。光太郎问：“可以喝果汁吗？”瞳带着他到厨房，从冰箱拿出果汁，心里纳闷着，是不是发生什么大事了？

“怎么了，有什么事吗？”

“我打电话给你，可是你一直不在，我以为你怎么了呢。”话筒另一端的容子道。

“有什么紧急的事吗？”

“没有。我是想中午要不要一起吃饭，你不是一直都在家里吗？也没听你说要出去呀，所以才担心是不是出事了。”

瞳盯着天花板，一时之间有点迷糊了，电话的另一端是谁呀？她在说些什么？她把话筒夹在耳朵和肩膀间，蹲下来帮光太郎打开手上的果汁盒，再插进吸管。光太郎跑到客厅去。

“哦哦，刚好今天去跟义工朋友见面啦。”瞳有点犹豫，但一直沉默又显得奇怪，于是开口说，“那边的朋友告诉我，学生志愿者开了个英语会话课，所以我带小光去试听看看。”是呀，这不是什么需要隐瞒的事。瞳忘记刚才的突兀感，一边想一边笑着说：“他们是外国人，都是留学生嘛。小光第一次看到外国人，眼睛睁得比龙眼还大。虽然有点担心他会不习惯，结果好像很喜欢呢。回家的时候一直‘哈啰、哈啰’地说个不停。还问我，‘哈啰’是什么意思。他们恐怕什么都没教，只是唱唱歌跳跳舞而已。”

说到这里，瞳才注意到，电话另一侧的容子并没有应答，也没有笑声。她正想说“喂，喂”的时候，容子的声音跃入耳中：

“你怎么可以自己偷跑，过分！”

瞳愕然，偷跑？

“你去英语班怎么没叫我一起去！上次你不是这么说的吗？”

哦，是吗？她上次是有说过这句话，邀千花一起去参加体验课程的事。瞳终于恍然大悟，容子只是会错意了。

“哎哟，容子，那个不一样啦。那里不是什么学前班，如果是那种专业的地方，我当然不会自己一个人去呀。学生们只是志愿来做这件事的，感觉上学英文是其次，只是和外国学生交流一下罢了。免费，而且也不能期待他学到什么东西。约你去的话，我才不好意思呢。”瞳解释了，可是容子的口气还是很激昂：“免费吗？那叫我一声也无所谓吧？而且，你不是已经不去义工团体了吗？”

“我只是暂时不去，但是还有跟他们联系呀。”

刚消失的突兀感，又比刚才更明显地苏醒了。这个人怎么搞的？在生什么气啊？

“不过，反正我的重点是，你应该告诉我呀，我也想去看看嘛。留学生教学有什么关系？而且还免费呢！你下次什么时候再去？”

“这个啊，我可能不会再去了。”瞳努力压抑住越来越扩散的突兀感，特意用平静的声音说，“因为教室里只有学生，一个负责的人都没有，而且父母也不能进去。万一发生什么意外怎么办，想到这里就不想把孩子交给他们。那些学生还小，有什么事也不会处理吧。”

“免费的地方本来就是那样呀。总之，下次如果还要带小光一起去的话，一定要告诉我。”

客厅传出茜茜的哭声，瞳连忙跑出去。只见茜茜倒在地上哭，光太郎站在一边忍着笑出声，转头看别处。

“小光，你把茜茜怎么了？”瞳不觉大吼起来。

“对不起，你在忙还来打扰，我下次再打好了。”容子在电话里说。

“咦，容子，你不是有事才找我的吗？”

“没关系没关系，下次再联系。我挂喽。”电话断线了。

“人家什么也没做啊，妹妹只是跌倒而已。”

光太郎跑到瞳身边使劲地解释。瞳把电话放在地上，抱起茜茜拍拍她的背。她忘了继续质问光太郎，而是回想刚才的电话。

应该是怀孕期间，心情不稳定吧。还有为了一俊的事很苦闷，所以误以为周围的孩子都在开始学些什么了。暑假期间大家没见面，所以胡思乱想了？瞳反思着容子的每一句话，以这样的自我解释驱散刚才突儿的不悦。她很了解容子的感受，我自己不也一样？一直告诉自己该做点什么，却完全不知道该如何着手。容子的心情我了解，尤其是肚子里还有另一个宝宝，时时刻刻都会感到惶恐呀。

但是——瞳心里冒出一丁点不安。但是，容子会不会跟好惠是同一类型的人呢？——

“茜茜、小光，忘了要吃点心了啊。妈妈马上来弄。”

不太可能吧。容子不像千花那么外向，但她也是个很有主见的母亲呀。把她跟好惠联想在一起，对容子太不公平了。

瞳把茜茜放在学步器上，走进厨房。光太郎没被妈妈骂，高兴地大喊：“点心！点心！吃点心的时间到喽！”一边唱着歌一边跟在瞳后面。撕成碎片丢进垃圾桶的那封信，瞬间掠过瞳的视线。

第五章 一九九八年九月——

沉睡在森林里的鱼

没有孕吐，应该会是个乖巧的孩子吧，她没来由地想着。她相信一定是个女孩。瞳的茜茜、千花的桃子，她们会成为这个即将出世的孩子的好姐姐吧。她想，秋天再找瞳和千花一起，到安产的神社去。她也想，下次大家一起到照相馆的时候，要帮这个新出生的女孩打扮成天使的模样。但暑假刚结束，幼儿园开园的九月上旬，容子发现胎死腹中。

她和一俊一起去妇产科做超音波检查，前一周还确实出现的心跳却不见了。第二天，她再次进行检查，医生才告知确实无心跳，孩子已经流产。那个周末，容子住院动手术。真一虽然陪着去医院，但进手术室前，便带着一俊离开医院。容子麻醉清醒后，也不见他们的踪影。可能是害怕吧，容子想。真一对这种事特别胆小，没办法看着别人受苦，或是忍痛的模样。一俊出生的时候，真一也拒绝待在现场。当时容子想，她怎么嫁给一个这么冷酷的人？但几年婚姻生活后，她渐渐理解，真一并不冷酷，而是胆怯、害怕。他希望世界永远舒适、温柔而美好。当她为交友不顺烦恼时，真一会对她说，我不想再听你说话。但是那并不是拒绝她，而是不想见到世界黑暗的部分。容子躺在床上，忍着恶心和腹痛想。但是，那又怎么样呢？世界并非充满了舒适美好温柔的事物，为什么不能陪在她身边呢？她的惶恐、罪恶感和伤心，为何不能与他分担呢？动手术的又不是他。

星期天下午，出院的前一刻，真一终于到医院来了。不知是哭过了，还是没睡好，眼睛红红的。看到那模样，容子打消了责备他的念头。就算他没有分担，就算没有动手术，但已经很苦了，也充分感到心痛，并且像我一样责备自己。她这么想。

回到家，心情还是轻松不起来。容子铺了棉被躺下，真一带着一俊到便利超商买了便当和点心回家。好像买了真空包装的乌龙面，用不太熟练的手艺煮给容子吃。虽然一点食欲也没有，容子还是勉强吃了，再回去躺下。

他们让一俊睡在中间，盖上棉被后，真一关灯。听到一俊的鼻息后，容子说："对不起。"对真一，也对还没出世的孩子。

"以后再生就行了嘛。"真一低声说着，翻过身去。

再生就行了。真一的话在胸口打转。容子忽然激动地想，我想听的不是这句话。

"对不起。"

所以她再说了一次，希望听到她想听的话。

"我不是说了吗，别再说了。"

含糊的声音还是没说出容子想听的话。

"对不起。"

容子又说一次。这次没有回答。容子最终还是没听到"不是你的错"这句话。

第二天，虽然还有点虚弱，但容子仍然按时起床准备早点，送真一离开，再帮一俊打理好服装后，带他出门。他们缓步走在平常骑车经过的路上。容子的视线飘浮在通勤者与其他带着孩子的母亲之间，寻找瞳的踪迹。每当自行车超越她，便凝目观察对方的背影，看看会不会是瞳。平常，她都会在幼儿园前不远与瞳相遇的，但是今天却一直没见到。她迫不及待想见到瞳，与瞳同行，想快点告诉瞳从上周末到昨天发生的事。

然而，幼儿园里也见不到瞳的身影。

“嘿，你知道瞳怎么了吗？好像一直没见到她呢。”

在走出园门的众多母亲中，容子发现千花也在其中，便上前问道。

“哦，她说茜茜发烧了，小光说不定会被传染，所以让他们在家休息。”千花满脸光彩地说，“对了，容子，恭喜你啦！”

“恭喜？什么事？”容子皱起眉心。为什么瞳请假要联系千花，而不联系我呢？

“你还装什么傻嘛。真讨厌，不是有喜了吗？这种好事你都不告诉我，真是见外。”

“啊？那件事啊，是谁……”容子暧昧地笑笑说。她想问是谁说的，但问了也是白问。除了瞳没有别人，因为她只把消息跟瞳说而已。

“上次在公园遇到瞳的时候，听她说的。真是好极了，我们两人还手握着手，一起为你高兴呢。身体怎么样？有孕吐没有？我怀第二个的时候，没那么辛苦，不过每个人的体质部不一样呢。有什么需要帮忙的，一定要说哦。”

不知不觉两人并肩而行。千花，我得跟你说件事，宝宝流掉了。容子很想这么说，可是她无法打断千花天真单纯的话语。现在如果把真相说出来，她一定会惊讶而受伤吧，容子想。咦？真的吗？我不晓得呀，真对不起——一定会责怪自己说了不该说的话，而向我道歉吧。她不想让千花如此尴尬。

“谢谢。”

容子微笑说。改天再说好了。等瞳和千花都在的时候，再用不伤两人心情的方式，一口气把事情说清楚。

“千花，等一下很忙吗？要不要去喝个茶？”

走出马路时，容子问。虽然并非每天，但她与瞳等三人常常一起去喝茶。今天虽然瞳不在，但容子不想一个人回家。回到空荡荡的家里，她知道自己又会不自觉地想着死胎流产的原因，自己是不是做错了什么，有没有什么行为不对等毫无助益的事。她想听千花快活的声音，想跟相信她还怀孕的千花说说话。

“啊！对不起，我今天有点事要忙。”

可是千花却这么说，并举起手看看手表，那动作在容子看起来似乎有点刻意。

“忙什么？”

容子问这句话没有别的意图。她并不是真的想打听千花要做的事，只是顺着对方的话，随意问的。因为她实在太想找个对象说话了。然而，千花却在瞬间转为警戒的眼神看着容子，反射性地问道：

“为什么我要做什么事得告诉你？”

这话把容子问傻了，千花也察觉自己说错了话，面有愧色地笑笑说：“不是什么重要的事啦。”

“啊，对不起。”容子慌张地道歉，“我没有打算打探隐私的，不是那样。”

“我知道我知道。”千花笑着阻止容子辩解，“我妹妹回来了。因为她很久没回娘家了，所以大家都很兴奋。虽然晚上才要大团圆，可是我妈叫我早点回去帮忙。这种事，我不太好意思对别人说啦。好像我们家一天到晚离不开爸妈、离不开儿女似的，所以我才会……”千花笑起来。那笑容不禁令容子想起第一次遇见千花那天的情景。容子再次觉得，那笑容让她放下了紧张。

“千花，你有妹妹呀？我完全不知道。”

“是啊，我们虽然常聊天，但好像没机会谈到自己的家人啊。不过，这也不是什么秘密。我妹妹一直住在国外，几乎没有回来，我们姐妹俩感情不怎么好。”

“是吗？住在国外？好棒哦，哪个国家？”

“对不起，我真的来不及了，下次再告诉你。容子，别想歪了哦，我没别的意思，真的是因为赶时间。”千花明快直率的话，令容子一时会意不过来。

“没别的意思是什么意思？”她问。

“就——是——说，我真的只是赶时间，并不是故意不回答，或是想隐瞒你什么。我是怕你动不动就钻牛角尖啊。我妹的事说起来一言难尽，那丫头很伤脑筋呢。所以，等我下次慢慢说给你听吧。好了，下次见喽。”

千花依然是那么单纯天真的口气。她挥挥手便转过身去，在马路上跑起来。容子愣在原地，直望着千花不断远去的背影。并不是故意不回答，或是想隐瞒什么，动不动就钻牛角尖……原来，我在千花眼中是这样的人啊？千花的背影消失后，容子逐渐不安起来，她们不会把我当成那种人，并且讨厌我吧？她们会不会觉得我太过追根究底呢？一想到这里，顿时心乱如麻。容子好想马上对千花说，不是那样的，我并没有想追问你家的事，只是顺着话这么问而已。

虽然心急不已，但总不能追上千花去解释。她迈开步伐，想着不如回家打扫吧。然而，她却怀着这个心思，走进马路旁的超市去。这家超市有名无实，只是间便利店加卖生鲜品的小店。容子拿起黄色篮子，在店内盘旋。

回过神来时，发现购物篮里摆的全是不需要的东西。禁止一俊吃的巧克力糖和零食、罐头。容子茫然地看着购物篮里的物品，又一个个把它们放回原处。

到了接孩子放学的时间，容子寻找千花的身影，预备解释刚才她无意打探的想法。她要果断地说，真的只是想跟她说说话而已，然而千花没有出现。在大门口，她发现雄太让另一个同学妈妈牵着。容子拉住一俊的手，走到她身边。

“千花呢？”

“哦，她说家里走不开，所以今天小雄要跟我们一起回家哦。”那位母亲对雄太说。

“嗯，我等下要跟小拓一起玩。”雄太得意地回答。

“不能跟小拓玩啦，小雄等下要直接回家。我们家就在千花回家的路上，所以我送他回去。下次再跟小拓一起玩吧。”母亲同时对雄太和容子说明。

“不——我还要再玩一会儿！”

“是啊，我们要玩怪兽大战。”

“那明天见喽。一俊，再见。嘿，小雄，晚了妈妈要担心的。”

她右手牵着雄太，左手牵着自己的儿子，向容子行了一礼后便离开门口。容子伫立在原地，目送他们的背影。直到一俊怯怯地小声说“妈妈，我们回家啦”，她才回过神来。

那天晚上十一点多，真一和一俊都入睡后，容子打电话给橘由里。她只想找个人说话。心里想着的对象是瞳和千花，然而，瞳的孩子在发烧，千花因为家庭聚会，一定还没回家吧。就算不是如此，也不方便在夜里十一点多打电话给她们。橘由里还是单身，而且也说过还想找机会跟她们谈，所以应该不算打扰。虽然如此，但一想到若是对方问她这么晚有什么事时，她又感到彷徨了。容子手拿着电话子机在厨房里徘徊，最后才鼓起勇气按下名片上的电话号码。

“哦，你是上次那位久野太太。久野容子女士，对吗？”

由里接起电话，不仅立刻用开朗的语调回应，在容子报上自己的姓时，她也马上想起容子的名字，这让容子从心底感到舒坦。

“上次真的谢谢你了，我一直想再找时间跟你们谈谈呢。其他人一切都好吧？新学期开始，现在应该很忙才对？哦，不过，你们都不打算考试的嘛。对不起，我跟太多母亲谈过话了，所以有点搞混。”由里说着，轻笑起来。

“这么晚打电话，会不会打扰到你？”容子降低声量问。

“一点也不会，怎么会打扰呢？我高兴都来不及呢。你好吗？令郎叫做……一俊是吗？一俊也过得好吗？这段时期，幼儿园方面也兵荒马乱吧。”

“这段时期？有什么特别的事吗？”

“是呀，不过也只是世面上的传言。如果要参加小学考试，从秋天开始就要紧锣密鼓地开始准备了，连学前班也会马上提高层级。听我采访的其他母亲说，幼儿园里都有点神经紧绷的气氛了。不过，久野太太和小林太太都不考虑考试，这样对孩子来说还是比较好吧，为了这点，我才正想去采访你们呢。”

“橘小姐，其实，”容子把子机拿在耳边，在餐桌前坐下，眼睛凝视着流理台下唯一的荧光灯，微笑着说，“跟你见过面之后，我心里很不踏实，所以带孩子去参加体验课程了呢。”

“哦，真的呀？真抱歉让你有这种感觉。不过结果如何呢？”

“那课程呀，我儿子完全上不下去。也有其他来参加体验的孩子，他们马上就习惯了，专心上课。可是我那儿子却一副快要哭的样子，实在叫人看不下去。我们父母怎么想不重要，但我家那孩子，要他考试根本是不可能的。”容子想笑，却发现自己其实也快哭了，她赶紧咬住嘴唇。

“久野太太，那有什么关系呢，先前你不是不放在心上吗？你说过，那些信誓旦旦要孩子去考试的母亲，眼睛里只有自己的世界，所以才那么做。当时听到久野太太这番话时，我真的很佩服，觉得你真是个很有主张的母亲呢。很少有人能像你这么客观地看事情。”

“你太过奖了……”

与瞳聊起时，她感到瞳说出了她的心里话。瞳很生气地说，对方指称你的孩子比其他孩子慢，是一种胁迫。然而，听到由里的话，容子才察觉，她想听的不是那些，而是由里这番话。她希望别人对她说，你有自己的主张，所以何必去上体验课呢。

“当时跟你一起来受访的高原太太，当时好像还没有决定要不要考试，不过现在好像已经决定要考了。我不禁觉得，那位太太当时说得慷慨激昂，不过还是没像你这么有主张。恐怕是看了考试派那些妈妈，就开始摇摆了吧。”

“咦，你说的高原太太，是指千花吗？”

“对呀，就是那位说六岁就自己决定上什么学校的太太。”

“小雄要参加考试？”

“佳织说……哦，就是那天把客厅借给我们那位江田佳织，你还记得吧？她女儿现在就读私立小学，听说高原太太找她商量了很多事。佳织在女儿考试的时候也做过很多功课，高原太太是说，与其大海捞针地乱找辅导班，还不如问问她的经验之谈比较有用，所以问了不少内情。而跟佳织谈过之后，就作下决定了吧。唉？久野太太还不知道吗？”

“嗯，我现在才第一次听说呢。那些事，千花完全没有告诉我。”

妹妹回国的事也是谎言吧，容子脑中浮起匆忙转身离去的千花。

“这果然是个严酷的世界呢。我采访的其他母亲，有的也瞒着好友偷偷准备考试，不过，为了打听情报，还是需要一个网络，所以得跟几个人秘密地交换资讯。我忍不住当着她们的面说，听起来好像地下组织……”

容子对着子机另一侧的橘由里随便应和着，心里却快速地把思绪整理起来。今天，千花妹妹回国的事应该是假的，千花有事，应该是去见佳织，或是某个跟考试有关的地方吧。这些事她可以直说呀，自己又不会因为这样，就认为千花背叛她，更不会抢着也要一俊去上同样的班呀。千花对自己到底有多大的误会呢，她为什么会主观地认为，我就是那种钻牛角尖的人呢？还有机会告诉她，自己不是那种人吗？该怎么让千花知道，自己从二十岁的时候，就已认识到“别人是别人，我是我”呢？

“瞳呢？”虽然完全没在听，不过发现由里的话告一段落后，容子便问，“瞳也说要去考试吗？”

“没有，佳织说的就只有高原太太一个人。到了这段时期，很多交情匪浅的妈妈，彼此也不会再谈这种事了。不过，久野太太，你不要太放在心上。你有你自己的主张，所以要相信自己！虽然现在大家多少受到外来影响，友谊难免出现波折，不过再过两年就什么事也没有了。等到进小学之后，反而又能成为亲密的好友了。”

挂上电话，容子呆坐在餐桌前，凝视着荧光灯照耀下的流理台良久。晚餐用过的餐盘收在清洁篮中，正散发出柔和的光。银色的水龙头里滴落了一颗水珠。容子怔怔地想着，进了小学后，怎么可能再成为亲密的好友呢？孩子上了不同的学校后，就再也见不着面了。如果光太郎跟雄太一样，也进了必须考试录取的学校，那我等于又从头开始了。每天想着要不要向报纸专家恳谈专栏投书，真一又会说他不想听这些话，所以一切又得重新开始。

为什么我的宝宝会在肚子里停止呼吸呢？如果生女儿的话，就能与千花和瞳有共同点了。荧光灯的光在容子木然的瞪视下，在视野中晕染开来。

厨房也化成了一片白。

那个自白说不定是个错误吧，佳织一面准备晚餐，一面心神不定地思索着。第一次见到千花就对她颇有好感，或许是谈得来的关系。看到她大胆地挑战由里粗鲁的问题时，佳织在心里暗暗叫好。当听到千花来电，想上门拜访问问意见，佳织有些犹豫，但那纯粹只是她一向避开这类交际的习惯。只是因为同为母亲就互相结交、泡在一起，这种关系她敬谢不敏。但是，这次她没有拒绝。一方面在于对千花的印象不错，也因为千花的儿子与衿香的年龄有一段距离。她思忖，这应该不算所谓的妈妈友吧。然而，当千花实际上门来访，佳织才发现，根本不是那些原因，是她自己想说出来。

佳织下意识地避免结交媒体上所说的妈妈友，觉得所谓的“公园初亮相”或妈妈联谊午餐都是无聊透顶的行为。她本想尽快回到职场，与同时期或较早生子的老同学，都有密切的联系。然而，怀孕生子的忙乱让她没精神去想回职场的事，而照顾宝宝的生活也减少了她与朋友的见面次数，甚至电话联系的时间。等她察觉时，真正能聊天的对象，只剩大介一人。当然，她与护也会谈话。可是在衿香出生之后，衿香几乎成了话题的中心。然而，几次因为考试的事发生龃龉之后，夫妻间的对话便减少了。说什么意见总被她顶回去后，护或许是退缩了，他最近已不再说自己怎么想、怎么做。他只是听佳织说，而佳织表示想怎么做时，护虽然会表示意见，但佳织总觉得谈话内容是空洞的，似乎少了重心。护是家里最小的孩子，上面有哥哥和姐姐，所以他最讨厌争执，也受不了僵持的气氛。结婚前，佳织以为他是没有尺度的宽容。然而，为了考试而摩擦之后，佳织领悟到那并不是宽容，而是胆小畏缩的鸵鸟心态。了解护的这种个性，当然并不表示她就对护死心。因为护的胆小、慎重，所以不会说出“自己出来开公司”或“下乡过农家生活”之类荒谬的话，反倒令她安心。只不过，佳织认定他是个难以倚靠的人。温柔、纤细、胆小，除了经济之外难以倚靠。

和千花聊过之后，佳织才意识到，自己有多么渴望谈话。她想把大介的妻子贬损一番。不是认真的，只是稍微鄙视嘲笑一下，心里就能得到纾解；意识到自己真心想去工作，却得屈就于生活，而这两方一直无法取得折中；意识到自己交不到朋友，但又很希望听到别人赞许她在育儿时不盲从媒体的资讯。聊得太愉快了，所以忍不住说多了。当然说出来之后，佳织发现，其实她最想谈的还是大介的事。和大介从何时何地认识，如何开始交往，结婚之后，又转变成什么样的关系。就好像高中或大学的时候，一谈起恋爱就可以跟同性密友聊几小时一般，她，或许只是想说出来而已。

佳织在甜罗勒、松子、大蒜、橄榄油里加了盐，按下榨汁机的开关。突然的巨响把在沙发看书的衿香吓了一跳。她抬起头：

“妈妈，今天晚上吃什么？”

“今天吃通心面、青酱面和鱼。”

“如果需要我帮忙，叫我一声哦。”衿香说着又转回书本中。

“等下可能有事需要你帮忙，现在不用。”佳织从榨汁机倒出绿色酱汁，再把马铃薯放进微波炉，顺便搅动一下灶台上的汤锅。打从衿香进幼儿园的时候开始，就让她到厨房帮忙，用儿童菜刀切菜，或站在台阶上搅汤。这些训练都是为了准备小学入学考试。事实上，让年幼的衿香在厨房绊手绊脚，还不如自己做来得放心，而且也快得多。所以，当衿香没通过大介女儿上的第一志愿学校，而被第二志愿小学录取后，佳织就不让衿香来帮忙了。小学考试之前，佳织读遍了有关考试的参考书。只要书上写了对考试有帮助的事，她都让衿香做。甚至还叫她帮爸爸擦皮鞋，而且不许她拒绝。佳织会责备她：“这一切都是为了你好。”那时候，一向很健康的衿香，突然在手指和眼睑上出现过敏症状。考试结束后病就痊愈了，佳织猜想应该是压力造成的。过敏虽然好了，但衿香还是会战战兢兢地问她：“要不要我帮忙？”“我去扫地吧？”“有没有要小衿做的事？”佳织想，应该是那时候留下的习惯吧。想到这里，她一定会给自己加一句话当做借口：“但是，这样也不坏。”

佳织把微波炉里蒸熟的马铃薯捣烂，放进过滤筛筛过，再加入鲜奶油。接着煮一锅通心面用的开水，然后在撒了盐的鲔鱼上涂上一层面粉。手一滑，一大把面粉盖住了整条鱼。佳织啧了一声，把面粉扫进水槽，再把平底锅放在灶台上。

那天，当她开始说起大介的事，她几乎陷入浑然忘我的境界。连现在一星期见一到两次、在性事的默契上比丈夫好了数倍的事，她都说了。途中，大介打电话来，故意用“现在有客人”挂他电话，也让她畅快极了。千花津津有味地听着佳织的话，说了快半小时，佳织才察觉到，都是自己在说，便问道：“千花，你没有这种经验吗？”她把球抛给对方，与其说是对千花感兴趣，毋宁是在自己透露秘密之后，也想知道千花的秘密。她想，千花一定也有秘密。从前的恋人一直忘不了，或是一夜情之类的，都是常有的事。然而千花却说：

“那个人女儿进的学校，真的那么好吗？”不仅如此，千花还一个劲儿地打听那所学校在哪里，考试内容怎么样，录取率有多少等。话到一半，佳织有点后悔自己坦白衿香没考进大介女儿那所小学的事。于是佳织说：“不是什么了不起的学校啦。男人啊分成两种，不是不在乎就是很在乎。像大介那种凡事不在乎的男人，对什么事都会赞美。他只会说那学校多好多好，到底校内怎么样，他根本不清楚。是我太笨了才会把他的话当一回事。”那天，佳织就说到这里，千花也没再继续追问下去。

但是今天下午，千花来了电话。她说：“佳织，下次你跟田山先生见面时，能否让我作陪？待一会儿就好。”“啊？”她发出讶异的惊呼。然而千花恳切地说，她想问问小学的事。听到佳织说的话后，她强烈地觉得，还是该把私立学校列入雄太升学的考虑，所以想尽可能多听听别人的亲身经验。

她应该拒绝的。这样有点为难呢——只要笑着这么说，千花一定能了解、放弃。千花不是个没常识的人，而且也不像会强人所难。她之所以还是回答“可以啊”，部分是因为吐露秘密后的罪恶感，从千花穷追不舍的热忱，她好像看到衿香考试前的自己。另一部分，则是来自一种想鼓励她、想支持她，但同时也想让她知难而退的复杂情绪。

闻到烧焦的味道，佳织慌忙地把火关上。平底锅里的鱼半面焦了。佳织轻轻叹了一口气，热了一下汤，将酱汁淋在煮好的通心面上。又抽出红酒的木塞，倒了半杯。

“小衿，可以帮我摆刀叉和汤匙吗？”

衿香听到声音，立刻站起身，走进厨房打开流理台的抽屉。

“停！你手洗了没？”

衿香肩膀抖了一下，佳织察觉到自己的口气太严厉了。“去洗脸台洗了手再来帮忙。”她假意用放软的声音说。衿香啪嗒啪嗒跑到洗脸台。衿香听到吩咐时，动作是很勤快，可是总会花去不少时间。像是洗手，她一定会很仔细地（佳织考试前曾经不厌其烦地教过她）抹肥皂、从指间到指甲缝都洗过。餐桌的准备在衿香回来前，她就已经完全做好了。

从洗手台回来的衿香，看到餐桌已经摆好了餐具，脸上露出略微受伤的表情，佳织假装没看见，轻快地说：

“好了，我们吃晚餐吧。小衿，坐下来要记得说吃饭前的问候语啊。”衿香坐下，大声喊道：“开动了。”就在此时，门铃响了。

“小衿，你先吃，说不定是爸爸呢。他明明说好会晚回来的，但可能工作提早完成了。”

佳织起身，走到玄关，不耐烦地想道，要回来吃饭怎么不早说，那她还得再煮一人份的面。打开门，站在门口的不是护，而是抱着怜奈的茧子。

“这么晚真抱歉。”茧子看不出任何歉意地说。

“怎么了？”佳织一时反应不及，愣愣地问道。

“啊——好香哦，你们不会正好在吃晚餐吧？”

“是的，现在正要开始用餐。”她绕个圈子想表示这段时间不想被人打扰，但茧子完全不察，大大咧咧地说：

“真的——唉，那我可以打扰一下吗？啊，晚餐的话，我免了。你们自己吃吧，我可以等。”

“不如等我们吃完，到你那里去找你？大约再给我三十分钟……”

“不用了啦，请你们继续吃吧，真的不用介意我们。我宝宝只喝母乳，我呢，午餐很晚吃，所以现在还不饿。”一边说，茧子一边惶惶走进屋子。佳织不知怎么回绝，只好为她准备拖鞋，两人一起进了客厅。衿香似乎还没开动，一脸惊奇地望着茧子。

“啊——小衿你好。喂，怜奈，快跟姐姐说好。我进来打扰一下哦，你吃你的。哇——夫人的晚餐好豪华啊，简直像到餐厅一样，连红酒都有！小衿，你好厉害哦，这么小就懂得用刀叉！”

茧子抱着怜奈，老实不客气地盯着餐桌上瞧。

“小衿，我不是告诉你你先吃吗？妈妈还有事要忙，你先吃吧。”佳织尽可能不在语调中表现出焦躁，走到厨房去洗手，再用水壶煮水，茶壶里放入红茶叶。在这种没常识的时间来访，到底有什么事。说她不吃晚饭，只要等着，难道我们真的能自顾自吃晚饭吗？鱼只剩下一份，所以她先把汤热一下，再煮一人份的通心面，又拿出准备明天早餐用的面包放在盘里。衿香心神不定地交互看着厨房的母亲与不速的来客，一面吃着晚饭。饥饿感也平添了焦虑。

“晚饭时间突然过来，到底有什么急事？没办法在电话里讲吗？”她尽可能纯粹地表现此时的不快。

“是这样的啦，哇——小衿，你真的好会用刀叉啊，动作训练得真好啊。果然小孩就要从小开始这么训练比较好。好吃吗，小衿？”

“好吃。”

“哦——是吗？真是好孩子。小衿，妈妈这么会做菜，很幸福吧？”

“如果不嫌弃，来碗汤吧。这刚热过的，我现在在煮通心面。”

佳织没把汤、面包和红茶杯放在餐桌，而是特意拿到沙发茶几上。

“唉？这样行吗？不好意思耶，但是看起来真好吃。”先前说自己不饿的茧子，看到佳织准备的餐点，既没洗手、也没问候，便猛地吃将起来。“天哪，这面包，太好吃了！奶酪味好浓哦！是哪家的？应该不是这附近卖的吧。”嘴里才刚放进食物，便尖声大叫。

佳织在通心面上淋上酱汁，再次端到茶几去。“哇——好棒哦。哎，夫人，你很会煮菜哦！”

佳织没理会聒噪不休的茧子，终于回到餐桌开始用餐。汤已经冷了，鱼浮出油来。佳织用红酒配着，草草吃下肚。先吃完的衿香低声问：

“妈妈，红酒，小衿帮你倒吧？”

“嗯，谢谢。”佳织对女儿粲然一笑。衿香这才露出开心的脸，走进厨房，端着酒瓶回来。她用两手很老练地把酒倒满。

“哎哟，小衿，你好像侍酒师哦。”茧子在沙发上夸张地嚷着。

“小衿，瓶子放在这里就行了。等下吃饱了，就回房间去写习题吧？妈妈等下再去看你。”

衿香乖巧地点点头，对茧子说：“那我回房间了。”直接走出走廊。茧子在沙发上吃饭，一下子说小衿的礼貌好得令人害怕，一下子说这通心面好吃得可以开店了。虽然佳织完全没有回应，她自己却乐在其中。佳织突然有种败给她的可笑感，于是端着杯脚，扑哧笑了出来。这个女孩，还真是天下无敌。

虽然不了解佳织为什么笑，茧子也“嘿嘿嘿”跟着笑起来。她望着灰色的电视画面说：“你们家难道是吃饭时不看电视吗？”

“电视很吵。我们没有禁止，可是吃饭的时候都不太会开。”

“哇——我们家也来学学看吧！”

“好了，来找我到底有什么事呢？”

汤和面都还剩下一半，佳织一径喝着酒说。刚把面包放进嘴里的茧子，做出“等一等”的动作，把面包大嚼特嚼之后，才畏缩地瞧着佳织说：“是这样的。”茧子小声对怀里的怜奈说话，然后朝着宝宝说，

“你也想跟阿姨报告，对吗？”茧子的目光转回佳织身上，说道，“这孩子，就要当模特儿了。”

“什么？”

“今天，我们遇到星探了。在新宿散步的时候，刚开始的时候，我还以为他们是看中我了呢。后来对方说，不是，虽然有点没礼貌啦。他们说，你的宝宝可不可以来做婴儿模特儿呢？她可爱极了，很少有婴儿这么可爱的。他们一直赞美怜奈，而且说办公室就在附近，所以我就去了。”

“跟他们去……”

“我一开始也觉得不太好，但转念一想，对我这种带着宝宝的女人，他们也不敢做什么坏事吧，所以就跟过去看看。结果，居然是一家蛮正派的公司耶。他们拿出旗下明星的照片，有好几个都很面熟呢。像是尿布湿广告啦，还有洗发水广告里出现的那几个明星，好几个都是呢。他们说，只要登记一下，以后就会安排我去试镜啦。说是等她大一点，说不定还能上连续剧呢。”

茧子兴奋莫名地说着。但是佳织不确定那是哪一类型的公司，所以只是简单应和几声。

“啊，好好吃哦，谢谢你的招待了。而且，我们家有点拮据，你看嘛，住在这附近一带的，大家都是有钱人吧？交际应酬真的很花钱耶，我听千花铃她们说，以后幼儿园学费也很贵。我正愁着以后怎么办呢，突然想到‘啊！这孩子如果可以工作的话，那就好了。’真的是急中生智啊，心里也轻松多了。”

“怜奈确实是很可爱。”

“嗯，我真的很高兴呢。并不是因为这孩子能赚钱，而是我从来没听过不认识的人这么说我呢。真是开心极了，所以好想告诉一个人。可是佑辅，就是我老公啦，最近都很晚才下班，所以我才想赶快告诉夫人吧。念头一起，就再也坐不住啦，于是就冲到六楼来。”

佳织坐在餐桌上，隔着一段距离看着茧子，她凑近喃喃自语的怜奈脸颊，蓦地觉得她是多么孤独呀。向茧子提起橘由里的事时，茧子很得意地说，她有几个好朋友，大家都是很好的人，可以帮佳织介绍。但她和千花及另外两位主妇，应该都说不上话吧。虽然，佳织只去过她的家一次，但从房里种种迹象看来，她确实“家计拮据”。说起来，那就是自己一直嫌弃的生活。她突然为自己刚才因茧子造访而生气感到羞愧。佳织一把拿过手边的酒瓶，把杯子倒满。

“那很好呀，怜奈一定会成为小童星的，说不定很快就能在电视或杂志上看到她了。”佳织说。

“会吗？你真的这么想？”刚才脸上一直都挂着开心笑容的茧子，刹那间惶惶不安地看着佳织。那张脸与衿香窥探母亲脸色的表情重合在一起。

“真的呀，那家公司不是很正派吗？而且实际上从事工作的儿童也很多不是？如果有试镜的话，怜奈一定能轻松胜任的。”

“夫人这么一句话，我好开心，也放心了，还好来跟你说。”茧子笑了。一直喃喃自语的怜奈，这时突然哭起来。茧子赶紧起身，摇晃着身体安抚，悄声说：“哦——不哭不哭哦。你这孩子，现在要去工作了，如果还这么哭哭啼啼的，人家就不要你了哟——

“我想你先生一定也很高兴。太好了，繁田太太，如果工作确定了一定要告诉我哦。”佳织说。坦白说，佳织对那些处心积虑要孩子当明星，或要孩子参加斯巴达训练营，使之能跃上体坛的母亲，一向都很鄙夷。然而，看到茧子如此高兴，她既无鄙视之意，也无嫌恶之感。虽然，对于怜奈能不能当上广告明星，还是试镜遥遥无期，她都没有多大的兴趣，但还是纯粹想为她们加油。

“说起来，夫人，这孩子刚出生的时候，你不是送她很多衣服吗？”

茧子倏地提起这事。然后不知从哪里掏出一个奶嘴，塞进怜奈嘴里，不让她再哭下去。“哦，对呀。”

“那些衣服，真是帮了大忙呀。因为，虽然我回娘家的话，我爸妈他们也会买怜奈的衣服给她，可是那都是在便宜的店里或超市买的，而且我一直都待在东京，他们当然也不可能送来。我们家平常很节省，为了这孩子的衣服，开销实在不小。可是衣服一下子就穿不下了。而且，像千花铃或小姨那样，一向都让孩子穿得光鲜体面。我觉得很没面子，所以跟她们见面的时候，怜奈都穿着夫人给我的衣服。大家看到了，左一句好可爱、右一句好漂亮的，让我觉神气极了。那种时候，我都在心底向夫人合十感谢。”

“合十感谢？哪有那么夸张嘛。”佳织笑着，顿时想道：茧子该不会又来跟我要衣服吧？不可能吧。她应该只是来说模特儿的事。佳织站起来，把衿香和自己吃完的餐具拿到水槽，期待茧子看到她的举动，会主动说“那就不打扰了”。然而茧子还是好端端地抱着怜奈，坐在沙发上动也不动。

“我记得夫人好像在工作？”

“哦？怎么会这么想？”

“咦，以前，我们不是在百货公司巧遇过吗？很久以前。因为我见过夫人一次，对夫人很是崇拜，所以一直偷偷观察夫人要买什么。我也想帮怜奈买本书的，可是我自己又不爱念书，不知道该买什么好，后来，我们不是又遇到了吗？夫人跟一位帅气、能干又时尚的男士走在一起，说你正在工作。看来，如果想帮孩子买衣服和书籍，我也得去工作才行。不过我没有什么专长，恐怕没有人要用我吧。去做收银员又赚不到什么钱。”

佳织从厨房走回餐桌，在杯里倒满红酒。她意识到自己的手在发抖，在百货公司巧遇的回忆，鲜明而急速地浮现在眼前。她身旁的人是大介，所以她才随口说在工作。但是，茧子为何要提起那时候的事呢？她有什么特别的含义吗？

“我虽然说是工作，”佳织一口气喝干杯里的酒，按捺住声音中的颤抖说，“但不是正式职员，只是偶尔接点兼职的工作而已。”

“哎——那很好耶，是什么样的工作？”

佳织顿时语塞，茧子来这里的真正目的，到底是什么？

“就是校对啦，或是审稿之类的简单……”千花与茧子在我背后说了什么吗？哎哟，人家是专业主妇啊——千花跟茧子这么说过吧？可是她跟我说她在打工哦，我在百货公司还遇到她跟工作的同事呢——茧子对千花这么说过吧？

“什么？校对，那是什么？”

“哦，就是把写错的字改正，或是检查字有没有缺漏。”千花和茧子的交情有多好？而看上去跟我意气投合的千花，嘴巴又有多紧？说不定，两个人已经在我背后说长道短了。茧子是来暗示她已经知道了吗？应该不可能的，但是——

“繁田太太，我们有些不看的书都给你吧？怜奈还这么小，我想没有文字的书比较好。像是布鲁纳的绘本之类的，我们也有很多，都送给你好吗？”

“啊？送我？真的吗？”

“请等一下，我马上回来。”

佳织小跑步地离开客厅，走到衿香的房间，门也没敲便进去了。衿香坐在书桌前写字。

“小衿，小时候的那些绘本，帮我找一下，那些可以给怜奈吧？”

她走近墙边的书架，抽出了好几本。然后又打开衣柜，搜寻衿香已经不穿的衣服。

“妈妈，青蛙那本可不可以不要送人，我最喜欢那本了。”

衿香一边写着功课一边说。“好。”佳织回答，继续打开一层层抽屉，拉出所有的衣服，把现在还在穿的，和已经不穿的，快速分成两边。

“对不起哦，把衣服弄乱了，等下妈妈再来帮你整理。”

佳织抱着衣服和书，向衿香投以一个笑容后，走出房间。又到另一侧全家用的储物间，打开塞满闲置物品的箱子，在里面翻找衿香的童装。选了几件之后，又把自己已经不穿的衣服也夹在里面，用收在储物间旁的纸袋把衣物全部装进去，回到客厅。

“书和衣服都在里面了。”佳织幽幽笑道。

“哇——太棒了！”茧子欢呼一声，把怜奈塞给佳织，顺便接过纸袋。就在当场把纸袋里的东西摊开来。“天哪，好可爱，这要给我？而且还有这么多，简直像做梦！我本来是担心，如果真的有试镜的机会，要给怜奈穿什么。所以想问问夫人，可不可以跟你借。但是，真的不敢相信你又送我这么多衣服。咦，夫人，这里面还夹了你的衣服。”

“是呀，那衣服我已经不穿了。样式有点旧，不过质料很好，而且已经洗过了，喜欢的话就拿去穿。但可能不合你的喜好，不好意思。”

“不不，怎么会呢。可是这……不是FENDI吗？这件还是Ralph Lauren的……我太高兴了。谢谢你，夫人。有试镜的话，我一定让怜奈穿你送的衣服去。”

茧子把展开的衣服迅速塞回袋子，从佳织那里抱过怜奈。

“真的太感谢了，我太开心了！还有，谢谢你今天听我说那么多。还好夫人愿意听我说，让我勇气倍增。试镜时间决定后，我一定马上向你报告。”

茧子一个箭步走到玄关，刚才的磨蹭拖拉好像没发生过似的。

“希望试镜早日决定，怜奈她一定会过关的。”

见茧子要回去，佳织松了口气地跟在后面。

“嗯，付了登记费之后，还要付管理费，所以我想实际上不会那么快。不过夫人的话给了我勇气。我会早点把那笔钱筹出来，让她早点有机会工作。”

茧子穿鞋的时候说。这话勾起了佳织的好奇。什么登记费、管理费？这到底是什么名堂？她有股冲动想问清楚，但本能又告诉她不能问。

“那家公司真的没问题吗？”佳织保持着笑意，只问了这一句。

“我看了在那里登记的童星名字，真的很厉害。放心放心，我们这宝贝马上就会成为一家支柱的。那么我先走了，夫人，真的谢谢你，我会再跟你联系的。还有谢谢你的晚餐，晚安——”

茧子用带着回音的洪亮声音说完，用力挥挥手，才关上玄关大门。霎时，屋里一片寂静。

佳织依旧站在原地，看着散乱的拖鞋和才刚关上的玄关门。隐约间还听到茧子说：“电梯来了哟。”不久，连玄关外也都陷入沉寂。佳织有种一脚踩进一潭泥水，脏水顺着袜子不断把脚染黑的感觉。不祥的预感如同一点一点透过布质扩散开来的污水，但是她装作不曾察觉的样子，走回客厅。她把茧子吃过的餐盘端到水槽去，用手冲过表面，放进洗碗机。倒入洗涤灵、关上盖子，从洗碗机的窗口看见水柱喷涌而出。佳职呆呆看了半晌。

是自己想太多了，千花不可能把我的事告诉茧子的。茧子只是如她自己所说，是特地来告诉我被星探发现的事。或许她有想过趁机再拣点旧货回去吧，不会再多了。而且，怜奈的事跟我也没有关系。那个小女孩进哪一家公司，跟她无关，就算需要登记费和管理费，也不太可能是什么类似诈欺的公司，而且茧子自己也不是孩子了，应该分辨得出好坏吧。以后她若是不时来家里，而觉得困扰的话，下次忙的时候直接推掉就好了。对，就这么做。不祥的预感都是自己想多了。佳织离开厨房，来到衿香的房间。

“小衿，今天真是抱歉。妈妈忘了中午有做布丁，你要不要跟我一起吃？”这次她敲了门站在门前说，马上听到一声“要”！门“刷”一声打开了。

“哎，回去的时候，可不可以拨点时间给我？”容子悄声向她说的时候，瞳微微有种不悦的预感。故意在千花离席的时候跟她耳语，那就是表示“排除千花”？千花跟服务台的女子说了些什么，胸前抱着一个信封回来。

“让你们久等了。这是给大家的简介，我一次拿了三份。”

千花把信封分给瞳和容子，然后牵起雄太的手说：“那今天先回家吧。”

趁着此时，瞳赶紧说：“千花，容子说要不要一起喝茶。”她知道容子很快朝她瞥了一眼，但她不想两个人偷偷说悄悄话。不，坦白说，她是不想跟容子独处。然而千花却不假思索地说：

“不行啊。我是很想去喝茶，可是，我答应我妈四点以前要去接桃子，所以得先走一步。不好意思，最近我妈脾气很坏，只要我晚一点去，她马上就开始唠叨。好了，小雄，跟大家说再见。星期一见喽——”她让雄太挥挥手，一骨碌地转过身去。态度之冷淡令人不禁怀疑，刚才是不是有什么不开心的地方。

“正好，我有些话也只想对你说。”容子望着千花的背影说道。虽然瞳不太想与容子私下谈话，但千花冷淡的态度让她没来由地有些不安。“那么，到哪去？”她问容子，“要不要回到家附近？”

“就在这里好了，那边的咖啡店。回到家附近难保不会遇到熟人。”容子拉起一俊的手，朝千花离去的反方向走去。瞳推着婴儿车，拉着光太郎跟在后面。与大马路垂直的巷子里照不到阳光，显得有点阴暗。整排拉下铁门的店家都是酒吧，唯独一家营业中的咖啡馆夹立其中，微暗的玻璃窗模糊不明，已经进入十一月了，门口却还张贴着“冰品开季喽”的褪色海报。店里的气氛算不上好，但容子头也不回地推门进去。

夏天说要大家一起去的学前班体验课程，直到十一月才终于实现。上个周末，她们去了设在世田谷住宅区里的私人家教班，今天则是到大塚一家规模较大的学前班。这两家都是千花从游泳班或幼儿园母亲那里打听到的单位中，挑选出来的。

店内和巷里一样昏暗，墙上被油烟熏得黄黄的，墙边则杂乱地堆满了漫画、杂志。除了柜台前有个男人边看漫画边吃通心面外，没有别的客人。容子在窗口的四人座位坐下，脱下一俊的鞋，让他坐上椅子。瞳和光太郎一起坐对面，熟睡中的茜茜则睡在婴儿车里。

“点什么吗？”化了浓妆的老女人从柜台后面说。

“麻烦一杯红茶和柳橙汁。”容子说。

“那么，我要咖啡，再加一杯柳橙汁。”瞳点了之后，光太郎趴在桌上说：“人家也要咖啡。”容子放声大笑。

“有什么事？我只有三十分钟左右。时间不多，没关系吗？”她并不是想与容子保持距离，然而她害怕容子会像好惠一样依赖她。所以，瞳尽可能以平淡但并不冷淡的口吻，郑重地问道。

“我也没办法久待，所以不要紧，我们当主妇的一整天都得想着做饭呢。不过今天小光真是好厉害，你家的教养果然好。”

千花在的时候，容子几乎没说什么话，此时却突然转为开朗的表情。听她这么说，瞳也跟着开心起来。

“咦，人家什么厉害？”最近很爱插嘴的光太郎说。

“你给我安静点。”瞳虽然指责但脸上并无愠意。

“上星期去的地方虽然气氛不错，可是我觉得姿态太高了。对自家的孩子，我们是没办法客观啦，不过看到小光的表现，就知道合不合适了。像今天这个班，就很适合小光。”

“很难说呢。”

饮料送来了。穿着围裙的老女人，把咖啡和果汁逐一放在桌上，看到婴儿车，便摸摸茜茜的脸说：“哦，小宝贝。”然后又走回柜台。

上星期三个人一起去的学前班，是一家完全以考卷试题和所谓运动能力等小学考试为目的的补习班。即使只是体验课程，也让孩子做那些测验。

学前班设在大厦中的一个房间，来参加的五个孩子都是报名体验课。在舞蹈和玩球的部分，能够清楚区别出会与不会的孩子，但是在测量记忆力和判断力的笔试中，五个人全都不会。而且光太郎连椅子都坐不住，故意掉铅笔偷看瞳，隔壁雄太伸手捉弄他一下，两人马上就玩闹起来，令瞳越看越泄气。心底暗忖着，这孩子恐怕别想去考试了。

但是，今天的体验课，老师要孩子做的并不是那种测验。老师要六个孩子分别说说自己的日常生活，或是让六个人堆乐高积木，玩开店当老板的游戏。而且就算不是瞳老王卖瓜，光太郎也属于“能力强”的那组。当老师问他：“喜欢帮忙做什么家事？”别的孩子大多只能回答“收拾”、“鞋子”等单字，但光太郎却条理清晰地答道：“我会在吃完饭后帮忙收碗盘，把洗好的碗擦干净，还有，我最喜欢读书给茜茜听。”看到雄太玩乐高发脾气，他还会在旁安慰，然后把乐高积木组得相当好。玩开店游戏时，特地去找没有同伴的孩子——虽然是一俊——组成一队，然后玩开店。连离开的时候，老师都不忘把瞳叫住，再三赞美。

从来没接触幼儿园以外的世界，光太郎却能做得这么好，瞳想，这一定是家里身教和教育的帮助吧。但是在容子和千花的面前，她又不能过于喜形于色。所以，当容子也这么称赞时，瞳真的很欣慰。刚才她还一直不愿与容子独处，但现在却觉得，能跟她谈谈真不错。

“相比之下，我们家的一俊……我想这孩子真的不适合那种课。”容子一边把牛奶倒进红茶里，执拗地用茶匙搅着茶，一边叹了口气。

“哪有那种事。小俊上星期，不是乖乖坐着听老师上课？他很棒呀。”瞳说。

老实说，一俊虽然不像雄太和光太郎那样玩闹，可是也不愿加入别人。上星期两人一组跳舞时，他因为不会便抽抽搭搭地哭起来。今天玩开店游戏时，如果光太郎没去邀他，他就只会独自站在一角发呆。瞳觉得他以前的表情较天真，但现在却常常呆呆的面无表情。瞳和千花向他问话，他也不会马上回答，有时眼光也不看她们。小俊出了什么事呢？她想问容子，但是如果问错了话，反而会刺激到容子，毕竟谁也不想听别人干涉自己的教育方针。

“瞳，你怎么打算呢？决定去那里吗？”

瞳有点烦躁地看着容子。

“怎么可能？我根本还没往这方向考虑，而且还必须跟我老公商量。”

然而，容子好像没听到瞳的回答，继续说：

“不过，我觉得还是注意点好，我看千花并没有告诉我们真正好的学校。”

“这话怎么说？”

“虽然她没跟我们说，但千花好像决定让小雄去考试了。一旦决定考试，你想想看，有录取率的问题，而且我们如果也说要考，那不是挡了她的路吗？所以她才不告诉我们。千花虽然帮我们找了两家学前班，但她自己一定带小雄去别家上，那里她是不会介绍给我们的。”

瞳完全没听懂容子在说什么。容子又继续说：

“小雄的事，我从旁人听到时，有点受打击。因为，我以为我们是朋友。后来才想，啊，千花可能并没有把我们当朋友吧。不过，千花不是从来不骂雄太吗？我看哪，雄太那孩子越来越管不动，以后可麻烦了。虽然他一直是个活泼好动的孩子，不过总会出问题的。像今天，他不是把乐高丢到不认识的孩子身上吗？变成那种样子，我看进了一般学校也很难教，说不定得进斯巴达那种学校。”

瞳惊讶地听着容子批评千花的教育方式。雄太确实比其他的孩子皮一点，但还不至于有“问题”。虽然被批评的不是自己的孩子，但是不满的情绪不断滚沸而上。有空挑剔别人的孩子之前，你注意过一俊的呆滞表情吗？瞳很想这么说，但到嘴边的话却是：

“容子，这些你是从哪里听说的？我是指小雄的事。”

“我不能说是谁告诉我的，不过是确实的情报。”容子装出一副无可奉告的神情，喝了一口红茶，“上星期和今天的课，千花都说是从其他母亲那里打听到、信誉很好的地方。恐怕也是假的，说不定其实是评价不好的地方。”

“怎么会呢？又不是什么奇怪的地方，也没有强迫拉我们进去，课程内容也都很认真呀。”

“如果我要让孩子上别的学校，也会跟其他朋友一起去，所以千花这样让我很失望。不过，我们也该下决定了。我最近想过了，以后我不要一俊跟雄太上同一所学校。所以，我想避开公立学校。因为，我看雄太恐怕考不上私立的吧。若是这样，他必然会上公立，那我们就得同校了。我可不想看到这种事发生。而且我很明白，我家孩子不适应这种学前班。所以，我想去报名国大附小，他们初试是用抽签的，看看能不能上。当然，我的目的并不是为了这孩子未来的幸福。瞳，你觉得呢？”

“你问我呀……”

容子突如其来的伶俐口舌，令瞳完全跟不上，只能呆望着容子的脸。今天，光太郎受到老师褒扬的时候，她心里也曾掠过一个念头，如果让这孩子去考试，说不定成绩会不错吧。然而，这件事不能由她一个人决定，而且她也没有从今时今日开始投入的拼劲。不过，听到容子的话时，她不禁暗想自己会不会太轻松了。

“我不知道还有抽签这种事。可以去试试呀，去上学前班既花钱，又要花时间接送，实在很辛苦哩。”瞳附和容子的话。

“我并不是没这笔钱，也没说我不想接送。”

容子冷冷地顶了回来，瞳已不知该说什么好，只是静静看着容子。

“小俊性情比较温和，不太会跟别人争什么。”

好不容易才想出这句话回应。

“你说得没错，这孩子觉得自己排最后也无所谓，所以总是让给其他孩子。他如果跟雄太那种强势的孩子在一起，一定只有退让的份。因为我们从他小时候开始，就不想教他胜败的观念。”

瞳对钻到桌子底下的光太郎骂了两句，叫他回椅子上坐好，然后喝起咖啡。茜茜还在沉沉地睡。该把她叫起来，以免晚上睡不着，但是现在一醒一定会大哭的，还是让她睡着吧，瞳思绪起伏，轮流看着喝红茶的容子和乖乖喝果汁的一俊。

“对了，容子，宝宝怎么样了？去看哪家的医生？”

她想改变话题，才说起这件事，但一抬头看到容子木然的神情，瞬间便知道自己问错话了。

“啊，对不起，难道……”

“流掉了，孩子。”

“什么？真的？怎么会呢？什么时候？我都不知道……”

“你当然不会知道，因为我谁也没说。是夏末的时候，我一直想讲，但是话到嘴边就缩回去了。尤其是你，就像是自己有了一样为我高兴。”

容子嘴一抿，试图挤出笑容，但话还没说完，两眼却湿润起来，右眼扑簌地滴下一颗泪。正在捉弄一俊的光太郎也吃了一惊，转头看妈妈。

“还有，你跟千花说了对吧。她也非常高兴地向我道贺，害我说不出流产的事。不过，你别跟千花说。”

“别跟她说？可是……”

“我会找一天自己告诉她，不用你来说。”

她的口气好像在责怪瞳把怀孕的事告诉千花，所以瞳连忙道歉：“对不起。”

“说不定，一俊会变成独生子。如果真是那样，我就要尽最大的能力，把所有能给他的都给他。连没出世孩子的那一份，也算他的。”容子若有所思地望着窗外说。

“所以，你有结论了？容子，你还是打算把一俊送到私立学校去？”瞳不假思索问道。她只是单纯不了解容子的话而已。以前，容子曾说她看不起那些把孩子当“名牌包”带上街的母亲，才短短几个月，她的想法就变了吗？如果是这样，是什么因素改变了她？又是如何改变的呢？她只是想再多了解一点，容子的视线从窗口转回来，嫣然一笑，说道：

“我家这个不可能上私立，刚才我说的是国立小学。而且，瞳，你不用担心，我不会像千花那样瞒着你，决定之后我一定会说的。”

刹那间，微微的不悦在心头漾开。

“我不是这个意思。”瞳想解释，但容子像要打断她般，再次强调说：

“什么事我都会告诉你的，你放心吧。”

她从皮包里拿出钱包：“还想跟你聊的，不过待会儿都还有事要忙吧。”

我在意的不是这个，并不是想知道你选了哪一所学校，我只想知道，你为什么改变想法了。不想被情势左右，贯彻自己的教育方针——你以前那么强烈地如此主张，现在只因为抽签比较轻松，就决定转战国立小学了吗？我想问的是这个呀。虽然心里面思绪翻腾，但她觉得即使问了，容子也只会扭曲她的意思答非所问罢了。瞳沉默不语，只对钻到桌下的光太郎说了一声：“回家了。”

或许还是跟容子保持距离比较好。在回家的电车上，瞳凝视着光太郎和茜茜，在心里想着。光太郎正和婴儿车里的茜茜玩“看不见、看得见”的游戏，茜茜则不断发出娇甜的笑声。瞳心里升起一股不祥的预感，觉得与容子不要再深交下去比较好，虽然这只是预感。

容子站在瞳的身旁，开始说起晚餐要准备的菜：“对了，广告单上说今天肉类全部打八折，瞳，要不要去超市一趟？”瞳只好答道：“我们家昨天也吃肉呢。”她回答，过去的影像瞬时映在眼前。那是什么时候的事？她也和容子在电车里说着类似的话题，虽然还是不久之前的事，瞳却觉得好遥远，仿佛是小学时候的回忆。

当然她是懂一点的。常听到幼儿园的其他母亲提到，也买过以都内小学为主题的杂志。这一带是所谓的文教区，许多母亲都知道哪些私校最热门，对于公立学校更是如数家珍。因此她也大略知道，像是哪里有多大规模的小学，一学年的学生人数有多少，学校宣扬的理念是什么，中学录取率是多少……但是，买了几本杂志和书回来一读，她不得不承认，自己什么都不知道。放了卡通录像带给茜茜和光太郎看，瞳连晚饭的碗盘都没收，便逐一翻开那些书报。这一带的母亲们希望让孩子去读的热门学校，注册费要日币三十四万，学费一年近百万，另外还有管理费和杂费一年三十万，再加上捐款五十万。光是考试就要花三万元。相较之下，国立学校的考试费在三千元上下，注册费在第一年约二十五万的程度，第二年以后就算要缴，也只需十万到二十万。而且，虽然通称为考试，但有些学校是测试偏差值和IQ，有些学校重视面试。也有像容子所说的那种，没有笔试，只观察团体行动的学校。此外，几乎所有学校都限制通学时间。只有上下学时间不超过四十分钟或一小时内的地区，又或指定学区的孩子才能就读。

她顺手买的《如何为您的孩子准备考试》、《小学考试必胜法》、《快乐儿童，考试特集》、《为家长准备的明星学校考试》等书中所写的内容，让瞳惊叹连连，惊叹之余也有小小的罪恶感。自己看起来好像在为孩子着想，其实根本什么也没想。至少像她这么悠闲的母亲，幼儿园里恐怕只剩她一个人吧。夏天之前，她和千花、容子还振振有词地说，好学校不等同于孩子的幸福，我们要把持住自己的意见，不要被别人影响。但是自己到底在得意什么呢？什么也没调查，什么也不想知道，这算哪门子的意见哪？只是看到部分沉迷于考试的母亲，不想与之为伍罢了，何时认真考虑过孩子的事？就算决定不让他考试，也该把私立、公立和国立的优劣点都查清楚，才能下决定。玄关响起开钥匙的声音，瞳这才从手上的书里抬起头来。她赶紧回到厨房，把吃剩的碗盘收一收。随着拉长尾音的“我回来啦——”荣吉出现在厨房里。“爸爸回来了！——”坐在电视前的光太郎一跃而起，快跑过来。

“到家啦？晚饭马上好。”瞳说着，把荣吉那份鲭鱼放在烤盘里点火，又在盘子里盛了煮食放进微波炉。荣吉一径走到客厅，高声嚷着：“茜——爸爸回来喽！”同时把茜茜抱起。

“这些是什么？干吗摆了一地。”荣吉似乎发现摊在地上的书，从客厅提高声音说。“哦，人家给我的啦，是千花的。”瞳立时编了个谎。

“全部都是考试的书嘛。高原太太打算要参加考试吗？”

“是啊，好像是要。”瞳把味噌汤摆上灶台，又去盯一下烤鱼说。

“嗯？”荣吉状似无趣地回答。“爸爸，我今天喝咖啡哦。而且，今天哦……”混在茜茜笑声中，光太郎拉高了嗓门忙不迭跟父亲说话——“我跟一俊和雄一起到学校玩乐高耶，老师说我玩得很好。”光太郎热烈地说着。啊，糟了，瞳心里虽然一紧，但还是若无其事地把烤盘上的鱼翻面。“学校？什么地方？”“呃，就是上课的地方嘛。而且，上次我觉得很无聊，今天老师却说我做得好耶。”“什么？小光，你说得太急了啦，慢慢说，慢慢说。”瞳一面侧耳听着父子俩的对话，一面从微波炉里拿出盘子，把味噌汤关上火。

“孩子他爸，先去洗手。小光，你别一直缠着爸爸，爸爸肚子已经咕咕叫了。”

荣吉听话去了洗脸台，回来在餐桌坐下。瞳开了一罐啤酒，倒进玻璃杯，放在荣吉面前。荣吉一口喝干，喉头低沉地哼了一声，开始用餐。

“光太郎刚才在说什么？去参观小学吗？”

荣吉伸筷夹了块卤菜说道。瞳从冰箱里拿出沙拉放在桌上，又从烤盘舀起鱼，也放到桌上，接着把酱菜移到小碟里。她一面利落地动作，一面尽可能用平淡的口气说：

“不是，是其他人拉我一起去的，所谓的学前班吧。就是那种会教孩子各种才艺，让他们去考试的那种班。我们是去试听体验课啦。虽然，我是觉得光太郎上公立小学就行了。不过，千花和容子都说要去参加考试了，所以才被她们拉去看看。而且我跟你说，小光不是从来没在幼儿园之外学别的才艺吗？而且那种学前班，他一次也没去过。可是，这孩子还真行呢。老师问的问题，他答得比谁都清楚，集体行动的时候还会照顾别的孩子，所以被老师赞美了一番。那些上学前班的孩子未必会的事，我们小光却都做得很好。怎么样，很棒吧？”拿出酱菜之后，手边突然没有可做之事。然而，坐在荣吉对面，犹豫着不知该怎么说的瞳，还是站起来，从冰箱拿出蛋，把平底锅加热，一边用筷子打着蛋，一边继续说道：“所以，我跟千花借了这些书，读了之后觉得，或许我们不该一开始就决定读公立，也该把国立或私立列入考虑。千花她们也说，太可惜了，以小光的程度，说不定不用进补习班就能考得上呢。我自己是觉得没必要跟别人比。你想想看嘛，我们从来没有客观地想过自己给他的教养，或是小光的学习，所以他被人赞美，我真的很开心呢。”

“嗯——可是我记得你当初是说，没必要去考试吧。”

“我是说过。不过，”瞳把蛋倒进平底锅，发出很大的一声“嗞——”。“不过，我一开始也并不是就这么决定了。看了书之后，我才发现国立学校学费便宜，而且考试是抽签的，比较公平。”

“可是，你想想落榜的状况。还这么小的小孩，就得面对什么上榜、落榜的，未免太可怜了吧。而且，如果想考试，得狠拼才行呢。我听别人说过，不只是孩子，夫妻两人也要进行模拟面试。不只是问答的好坏与成绩有关，连服装仪容都要分毫不差，像个傻瓜似的。”

“好像并不是所有地方都需要那种特殊考试。而且，我也不想让他去读那种会做模拟面试的补习班。”

本想做个煎蛋，结果却没包好，瞳用筷子把蛋捣碎，把炒得零星焦黑的蛋移到盘子上后，才记起忘了调味。

把淋了番茄酱的炒蛋放上桌，荣吉瞄了一眼后说：

“你真这么想？”

“什么意思。”

“我是指，你真的考虑让孩子去考试吗？”

“我是想，可以考虑。至少，我们应该把所有可能性都考虑过再郑重决定。”

“不过，瞳，你也知道吧。那么辛辛苦苦考进了学校之后，孩子也可能会不适应啊。孩子是很敏感的，叫他去考试，给了他压力，他也知道这不容易。一旦进了学校，就算不适应，他也可能不敢说，我就见过很多孩子因此丧失了活力。”

“一开始就断定他不适应，不太说得通吧，这也太看不起光太郎了。而且，他有你这样的老爸在，我觉得应该没问题。”

瞳站在桌边，努力想着还有什么没做完的事。说话的同时，突然想到碗还没洗，她放下心，背对着桌子，开始清洗刚才收进去的碗盘。

“我觉得还是环境最重要。听完千花说的话，读了那些书之后，觉得国立大学附小有最完整的学习环境，也可以让孩子发展自己的兴趣。若是想学习太空科学，他们也有这种环境。我娘家旁有个公立小学，毕业的时候，学生几乎都丧失了读书的意愿。乡下学校可能也是因素之一，不过大家毕业之后，进了附近的公立中学，有的小孩变成飙车族，还有人连高中也不读，更别说读大学了。我想是因为大家都同样的水准，所以就变成那样了。”

“但是，你自己不对私立学校适应不良吗？”

瞳把水龙头扭紧关了水，深深吸了一口气，尽量用不颤抖的声音郑重说道：

“但我想，如果我在公立学校，一定更悲惨吧。我跟父母合不来，又发生了很多事，然而，我觉得还好当初进了那所学校。刚才我看到私立学校的收费，吓了一大跳。我从来没想过，我父母为我付了那么高额的学费。”

茜茜的哭声在客厅响起，瞳朝客厅看去。“没关系，我来。”荣吉从餐桌起身，走到客厅。她转过头，看到荣吉正把茜茜抱起来举高。“人家也要，人家也要。”光太郎伸出双手，抱住荣吉的大腿。

她和荣吉认识的时候，比瞳大六岁的荣吉已是大地之母的主要干部了。他不但在聚会中讲道，也巡回全国参加各地的集会。对才工作一年就辞职住到长野的瞳来说，已成为大地之母重要人才的荣吉，是个遥不可及的大人物。他不像其他的干部，在讲道时开口闭口都是“过去生”、“现在生”等团体内的语言，虽然他还年轻，但他的讲道更亲近真实，而且带着相当的客观性，仿佛从远处遥望大地之母的理念。她对荣吉的感觉，如同孩子孺慕老师，少女崇拜电影明星，业余运动选手瞻仰奥运出场者一样。所以，当荣吉真的开始与她交往时，瞳简直难以相信。对于荣吉，她像弟子服侍师父般对待他。有了疑惑会去请他指导，并忠实地奉行他的教诲。直到与大地之母切断关系，与他结婚、生了两个孩子的今天，瞳认为这种关系仍旧存在。现在，瞳明了自己的丈夫并非圣人，也不是自己的师父，然而，当她向丈夫说出自己的意见时，依然害怕得心脏狂跳，担心丈夫一口咬定她错了。更恐惧自己不自觉间被说服，认为自己果然是错的。

瞳想过，在荣吉的眼中，自己一直还是刚进入大地之母的模样。或者，还是得了厌食症的高中生，又或是在东京受制于强迫观念的二十几岁女孩。荣吉从未体会到她已是个妻子、母亲，已变得坚强，在精神上能够自主、成长。所以，荣吉才会一如往昔地用教诲的口气对她说话，而她也全盘接受。总之，自己自然而然就会产生一种无能、无知、脆弱、不稳定的心情，像个想法错误百出的孩子一样。

“可是，我们再多想想吧。可不可以不要先断定国立不行，私立考不上呢？”瞳一面洗碗，一面拉高嗓子向客厅的荣吉说。

“好啊，反正还有时间，我们好好商量后再决定吧。看看什么样的条件，对小光和我们最好。”

荣吉深沉稳重的声音从客厅传来。“啊，太好了。”瞳洗着盘子，嘴里喃喃说着。“啊，太好了，他好像并没有完全反对，并没有劈头盖脸地否定。啊，太好了。”然而不知为何，在这种思绪之下，瞳却在强自压抑着一股完全相反的冲动，想把手上的盘子往地上摔去。

千花凝视着女性杂志里的微笑女子，那张脸是那么熟悉，却笑得像个陌生人。仔细端详之下，不安的心情就像杯子翻倒后不断漫开的水一般扩大开来，她知道只要合上杂志就没事了，但是却做不到。

杂志上封之为新锐珠宝设计师的女子，是她的妹妹茉莉。

比千花小两岁的茉莉，现在在德国生活，茉莉在任何方面，与千花都是两个极端的人。讨厌保守、讨厌安定，在千花的眼中，茉莉走的是一条毫无章法、支离破碎的人生路。小时候姐妹俩感情很好，但是进了中学之后，茉莉便逐渐和千花疏远，同时，她也渐渐不穿父母买的衣服，不时打破门禁时间。最后，虽然她和千花都进了直通大学的女校读书，却独自参加都立高中的考试，让父母大发雷霆。高中毕业之后，她开始搬出去独居，大学毕业后几乎都在国外生活。并不是有什么明确的目标，千花和父母都认为，她只是想逃避现实罢了。

她说要做少数民族的田野调查，想去寮国住一段时间，哪知马上就腻了，又表示要去上法国的点心学校。但是两年后，茉莉的兴趣转到美术，而且满不在乎向父母伸手要钱去上美术学校。之后不知道是什么样的缘由，但总之，茉莉现在住在德国，在饰品设计工作室工作。偶尔回日本，也只在家里停留几天，便又匆匆回去了。上一次茉莉回家也只待了四天。

听到开锁的声音，是贤回来了。千花有如得到解脱般，终于合上女性杂志，把它塞进旧报纸箱的深处，从客厅走到走廊。他应该是直接到小孩房去了，门是开着的。贤只要晚归，就会到雄太和桃子房里看看他们的睡相。千花从开着的门正要探头到黑暗中，贤出来了。

“回来啦？”

“抱歉，晚饭我已经吃过了。”他说着，直接往对门的卧室走去。没几分钟，换了运动服出来，对千花说：“喝点啤酒吧。”

千花走到厨房，不太确定地说：“要不要再来点茶泡饭。”

千花先将啤酒和杯子放在贤的面前，再把咸海带、梅干放在解冻的白饭上，与装了煎茶的茶壶一起端上桌。再从冰箱拿出装了酱菜的保鲜盒，换到小盘里。

“结果怎么样？雄太的学前班？”贤啜着茶泡饭说。

“嗯，阿姨说，荣光会那里很好，录取率特别高呢。不过每个月的学费好像很高。”

“就算学费高，但评价好的地方还是比较好。要不要把桃子也带去？才一岁可能没办法收吧？”

“荣光会里收的儿童最小是两岁。不过，只要满两岁，应该就可以进去。”

“桃子或许可以从幼儿园开始就进附幼，毕竟是女孩子。”

“是啊。”

“对了，听说茉莉已经回来了？”

“拜托！茉莉回来好些时日了。”

千花把酱菜端上桌，坐在贤的对面。

人家说的理想丈夫就是这种人吧？千花凝视着贤思忖着。她就是认为贤会成为理想丈夫才嫁给他的，在朋友的婚后酒会上与贤相识，经过一年半的交往后结婚。那年她二十六岁，比千花大两岁的贤，在交往时才刚从设计事务所独立出来。贤任职的公司并非建筑方面，而是造园或室外的专业设计事务所。千花曾考虑过，如果他独立创业后，经营不稳定的话，就不考虑结婚。

在一般公司担任一般职员的千花，与同期其他一般女职员一样，都是抱着结婚即离职的想法在工作。所以，绝不可能跟经济不安定的人结婚。然而，贤的工作却顺利地成长，即使在泡沫经济瓦解之后，也未受到太大打击。当贤向她求婚时，他的收入已比千花认识的同龄男性高出许多。当然，决定结婚的条件并不只是收入，虽然那也是一大要件，但最重要的是千花喜欢贤。身材修长的贤，不论是外表，还是不到三十岁便决定独立的行动力，以及对千花的用心和体贴，都让她满意。而当时最令她倾心的，可能是贤力争上游的志气。贤痛恨自己出生、长大的东北小镇。只要那小镇没有的、相反的事物他都喜爱。比方说进口车，高级餐厅的熟客身份，在市中心居住、飞机的商务舱、没有生活感的洗练住宅，千花也喜欢这些事物，但它们对自己有着不同的意义。至少她想，贤不会突然决定过起乡居生活、不会要她与自己的父母同住。跟这种人结婚的话，不用勉强就能自由自在地过着千花想过的生活。

事实上，千花觉得贤的确是个理想的丈夫。虽然她并没有时时刻刻想着，但偶尔空闲时便会浮起这个念头：跟他结婚是正确的。他会一起分担照顾孩子的辛苦，一起为孩子的事烦恼，从来没忘记在千花生日、结婚纪念日送礼物，年节扫墓也从不强求她一起回东北婆家。她想让雄太和桃子考私立，贤不但没反对，甚至还积极支持。他因为工作忙碌，平时一向很晚回家，周末也多忙于应酬和工作。但是，也多亏了这点，千花才能过着衣食无忧的生活。

“真好吃，谢啦，我去洗澡。”

贤站起来，走出客厅。千花走到餐桌边，注视着桌上的碗，里面没剩下一粒米，白溜溜的，然而筷子末端却沾了一粒饭粒。一阵空虚无预感地涌了上来。千花假装没放在心上，快速把碗盘收进厨房，垃圾箱旁的旧报纸箱映入眼帘，但不用翻开杂志，她都能想象得出茉莉的笑容。

千花直到长大后才察觉到，茉莉之所以疏远她，是因为讨厌她。回想起来，从十几岁开始，茉莉就把千花当成负面教材。千花进了直升大学的女校，茉莉便故意考进男女合校，惹父母生气。千花拣了个前途无量的好青年当男友，茉莉便跟一些来路不明的音乐家或艺术家同居。千花直到现在还不能忘记，茉莉特地回国参加她和贤的婚礼时，在休息室对父母说的话。

“从此以后，你们可以不用对我有任何期望了吧？反正结婚生子那种循规蹈矩的事，千花全都做齐了。算我对不起你们，现在还在靠男人过日子。”

当时，千花一点也没有复杂难过的情绪，而是极其冷静地认为，这丫头肯定会一事无成吧。她四处游历，学了点什么便放弃，一窍不通、一事无成，永远在逃避自己的平凡，却埋没在另一种平凡里。循规蹈矩也是她做不到的其中之一吧。

她对这妹妹已经彻底绝望，然而父母虽然口口声声说，只有她是他们的希望，但茉莉只要开口，他们便义无反顾地汇钱给她，一旦回国，他们必定会聚餐。千花结婚、生产后，茉莉也回来过几次，每次，她父母都要千花和贤带着孩子一起回去。茉莉还是依旧胡搞瞎搅、支离破碎，一事无成的样子。尽管如此，每次见完茉莉回家后，为什么她都有种无尽的空虚感呢？茉莉匆匆回到国外，原本理应完美的生活便突然褪了色，理应完美的丈夫吃剩的残渣、衬衫上沾到的汗渍，连偶尔咀嚼的声音，都令她无来由地感到厌烦。茉莉对千花已不再说什么，也很疼爱雄太和桃子。然而，茉莉的存在似乎就否定了千花现在的生活。

于是，渐渐地，千花有些惶然。如果茉莉真的当上了什么怎么办？如果茉莉真的在哪个领域中成功了怎么办？如果茉莉用了就算要我倒立也学不来的方法，一个人独立地活下去怎么办？

冒出这些想法，千花觉得羞愧。只是嫉妒而已。可是她又想，自己何必嫉妒一个一无所有的女人呢？然而，不断膨胀的不安心情，让她难以再忽视不见了。

两个月前，千花知道，她的不安果然成真了。在娘家举行的聚餐中，茉莉得意地拿出日本女性杂志，指着其中一页说：“快看快看，这是我。”千花偶尔也会买那本杂志，在“国外成功的女性”专题中，介绍茉莉是德国新锐宝石设计师。茉莉乐不可支地说，东京的精品店里已经摆出她的作品，百货公司也将在特定期间推出展示。

“真了不起。哎哟，这真的是茉莉呢！”——父母和邀来的几位亲戚异口同声地惊叹着。出名了呀，茉莉呀。坐在隔壁的母亲把杂志递给她时，她很想说，真的耶，茉莉，真厉害，可是却发不出声音来。她的悸动太过激烈，以至眼冒金星，只觉得一切都完了。

千花在娘家没仔细看的那本杂志，在茉莉回德国后，又到便利店买了一本。“国外成功的女性”专题里出现的女性有八位，一位是在洛杉矶活跃的美甲师，一位是意大利从事儿童福利的女性，另一个则是陪丈夫到韩国工作后，开设健身会馆。这三位约以一页的篇幅来介绍，而茉莉却占了下半页。千花几乎心脏狂跳，同时悲壮地喃喃说着“完了完了”，才能反复地读完报道。但她知道茉莉并非得到世界性的成功，在德国，茉莉的作品并没有专门店在销售，她工作的公司或工坊，是和其他设计者共有的。商品化的产品虽然在日本有专文介绍，但精品店也只是试摆而已。从文字的蛛丝马迹中，千花挖掘出这些安慰自己的材料。但是，她猜想，妹妹的成功也只是时间的问题。“你再多努力一点。”她想起母亲最近常说的话。早应被家人放弃的茉莉，光凭那一期杂志的介绍，又再度得到父母的认同。

千花再次感到坐立难安的忧虑。原本最爱帮忙带雄太和桃子的母亲，在茉莉前阵子回国后，便不时露出为难的表情。自从妹妹在德国成功、出名之后，父母似乎便只为妹妹感到骄傲，如果他们把一向赞美有加的长女，定位成平凡的主妇呢？如果连父母都认为她只是个会“循规蹈矩”的女儿呢？

千花呆望着正在工作的洗碗机，心绪不定地想着。洗碗机里水花上下跳动，发出惊人的声响。“我先去睡了？”贤出现在客厅里。

“好啊，晚安。”千花抬起头，扮出笑脸目送着贤走出客厅。

“我决定了。”千花在心底自语。

仰头看看时钟，已经过十一点了。无论如何，现在打电话都太晚了。明天中午再打吧。

她按下澡缸的加热键，把餐桌擦干净，再收拾散落在沙发和地板上的绘本和报纸。“我决定了。”千花再次出声说。

一定要让雄太进好学校，绝不能进公立。因为，进一般的公立学校，就得跟其他平庸之辈一起读，那就是“循规蹈矩”了。她一定要让雄太进一所好学校，让父母、亲戚不得不同声赞美“雄太、太棒了，你好用功呀”。她几乎已经看到雄太和桃子穿着校服，背着镶有校徽背包的模样。连母亲兴奋地按着快门、父亲玩摄影机，自己与贤精心打扮、得意微笑的模样，她都想象到了。

明天打电话给佳织，再跟她讨论讨论。她记得佳织婚外情对象的女儿，就是进了一所好学校。这件事，她也要问清楚。

决定了，决定了！千花唱歌似的自语着走向浴室。雄太的升学、桃子的升学。雄太的未来，桃子的未来。我和茉莉都不曾得到的东西，这两个孩子一定要得到。一出现就很难拂去的空虚感，在她浸入热水中时全都消散一空了。她想，一切都会变得美好，不可能失败。

千花并不觉得佳织介绍认识的大介有什么特别的长处，同时也感到不可思议，为什么像佳织那么优秀的女子，会跟这种男人藕断丝连。他很知性，举止也很聪明，但却多少透着点不知足，是个轻浮的中年男子。这就是千花对大介的印象。

而且，在大介身边时，佳织便显得毫无尊严。明明那么美丽、聪明，也有自己主张的女人，却像个傻姑娘似的对大介细心呵护，笑的时候，右手必定放在大介的大腿上。

决定雄太升学之事的第二天，千花打电话给佳织，希望和她谈谈私校升学的事，也表示如果有可能的话，希望见见大介。她的确是真心想谈谈升学方面的事，但也并非没有想一窥佳织对象的想法。她也想过，如果佳织拒绝大介的事就算了。没想到佳织却爽快答应，表示会问问对方的时间。

于是现在，千花坐在西麻布的一家中式餐厅，和他们两位一起吃饭。

虽然大介和今天佳织的印象另当别论，但三个人的午餐仍给千花奢华的感觉，宛如自己是什么特别的人物。

那天，佳织出人意表地泄露自己的秘密时，提到了大介的女儿们。佳织说两个女儿都考进一所“极好的”私立小学。该校不但偏差值高，而且从小学时期便可参加陶艺或骑马等多样化且正式的社团活动，另外暑期学校、滑雪宿营、传统庆典等样样不缺。虽然该校是国大附小，但大部分学生们并不直升，全都考进明星大学，因而她说她本也想让衿香在那里上学。

大介说的话没有太大的帮助。他似乎对补习班或才艺学习等事一无所知，只是再三强调“让她们自然学习最重要”和女儿进到该小学简直像“中大奖”。

只不过，千花想过，在席间感受到的奢华氛围，会不会是大介和佳织本身的自信和安定所带来的呢？大介虽然把照顾孩子的事完全交给妻子，却因为两个女儿没补习就考上明星学校而自信十足，更因为女儿们很快习惯学校生活而表现得安心。而佳织虽然没让衿香考上第一志愿，但还是进了第二志愿的私立小学。那股自信和安定是否因而转化成奢华的自在呢？

那是她与容子、瞳或其他幼儿园母亲在一起时，感受不到的氛围。

而且这种氛围让千花感到舒服。她也希望自己很快能像他们一样，在优雅和奢华包覆下，再像这样三个人一起吃饭。

走出西麻布的中式餐厅，她向坐进计程车的佳织和大介道别，往停车场走去。行驶在外苑西路、在红灯前停下时，千花的视线呆滞地停留在穿越斑马线的行人上。

她想起“名牌包”这个词，不知道是容子还是瞳说的，不对，应该是橘由里说的吧。把孩子送进名校的母亲，心情就像拎着名牌包在街上走一样。但是，那有什么不对？有本事买，而且也买了，把它拎上街也很正常呀。并不是想要炫耀什么，只是想拎上街，自然就这么做了，不是吗？

道路前方有一家超市，千花瞄了一下表，还有时间。虽然没有什么该买的东西，她还是打了闪灯开进超市的停车场，拿了一只购物篮，在店里闲逛起来。看到意大利进口的通心面酱和种类丰富的通心面、法国瓶装酸黄瓜和果酱，心里更舒畅起来。家附近的超市小得根本称不上超市，而且几乎没有进口货。马路上的小商店则是又老又旧，每次在附近购物，就让千花感到乏味，仿佛觉得自己活得既悲惨又暗淡。所以，千花尽可能到外资的超市去购物，不过也不可能天天去报到。她已经好久没逛过品项这么丰富的超市了，便伸手拿起不需要的酱汁。

排队结账时，皮包里的手机响了。她离开队伍，接起电话。是母亲打来的，问道：“还没回来吗？雄太怎么办？”

“不好意思，可以帮我把雄太送到教室去吗？计程车钱我来出，真抱歉弄到这么晚。有什么需要的东西，我帮你买吧？”

“啊？可是桃子也在呀，要不然教室那边请一天假吧？”

“我现在就在教室附近，妈，拜托你帮个忙，只要把他带来就好，我在教室门前等你。”“真是的，拿你没办法，你真的会在门前等我？”

“我现在就去了，就在附近，要买什么东西吗？”

“不用。”母亲说完挂了电话。

啊，惹她生气了。千花叹了一口气，把手机放回皮包，再排到结账队伍里。

把一整袋不需要的用品放到后座，千花加足了马力开车。她不是开往娘家，而是广尾的辅导班。从上个月起，她带雄太到阿姨说的荣光会去上课了。

荣光会位于住宅区一角，整个典雅的别墅便是教室。她在附近的投币停车场把车放好，到门前等待雄太和母亲到达。下课的孩子们在母亲带领下从门口出来。大家注意到千花，都打了招呼后离去。不久，一辆计程车驶来，母亲带着雄太和桃子下来。千花从母亲手上接过桃子，用充满感情的夸张口吻说：“妈，你真是帮了大忙了，谢谢。”

“你也多努力一点，别老是要别人帮你，自己的事应该自己处理。好，那我走了。”

母亲不带感情地说完，又坐上刚才那辆计程车，从窗口向雄太和桃子挥手。一眨眼，车子便开走了。“你也”是什么意思？加了个“也”字，是指“你也该像茉莉那样”吗？何时，那个妹妹已经升级到努力者的领域啦？注视着远去的计程车，千花在心里不满地嘀咕。

“妈妈，我跟你说，外婆她——”

“好了好了，小雄，今天也要用功啊。”

千花按下门上的电铃，告知姓名。上锁的大门开了，千花走进门内。

荣光会是专攻小学考试的少人数制学前班。一个班里包含雄太在内，共有四个孩子。课从两点开始，上四十五分钟、休息十五分钟之后，从三点开始上三十分钟。星期二主要是笔试和劳动，星期六是运动和团体活动，学习基本生活。母亲们原则上必须在教室外等待。偶尔也有让母亲参加的班，千花抱着桃子，走进玄关旁边的房间，在服务台请对方盖了章，送雄太到教室去。房间的沙发上，已经坐了好几个母亲。和她们寒暄之后，便抱着桃子在沙发坐下，从背包拿出绘本，小声地念给桃子听。上课钟响起，母亲们停止交谈，千花也暂停了念绘本。但桃子开始啼哭，她只好走出玄关，在院子里哄桃子睡。

荣光会是一家历史悠久的补习班，成立三十年了。它专攻小学入学考，因而录取率特别高。当千花决定雄太要参加入学考试后，便火速来报名了。这件事她没对容子或瞳说。

不知道容子和瞳是不是跟橘由里见过面了，暑假时突然打电话来，希望大家一起到学前班上体验课。那时候，千花还没考虑清楚升学的事，便问了几位有带孩子来上课的母亲，然后选定了两所去参观。

其实那些地方并不差，千花是真心这么认为的，只是觉得是否该再严格一点？如果只是单纯当做小学入学前的前期准备，的确是可以去。不过，她很确知，她不想让雄太和一俊、光太郎去同样的地方上课。

在第二家学前班的老师赞美光太郎的时候，千花不觉有些恼火。她下意识地开始计算雄太会而光太郎不会的项目，也觉得比起呆站一旁的一俊，雄太好太多了。察觉到自己的想法时，千花涌起一股厌烦的心情，甚至大为沮丧。比较好友的孩子和自己的孩子，努力寻找对方缺点是最卑劣的行为。但是，如果去同一所教室，可能自然而然便会如此。别的孩子会，雄太不会的话，可能会责备雄太；而雄太会，别的孩子不会的话，心里便松了一口气，到考试之前一定会这样锱铢必较地比量着。甚至还会把责任推给别人，认为就是因为大家一起上课，所以我家孩子才学不会之类的。而且不知不觉间，可能还对这种想法乐此不疲吧?

所以，如果她们说要让三家孩子上同一所教室，她打算拒绝。千花认为，她们两人应该能了解她的心情。

决定进入荣光会时，千花犹豫着该不该告诉两人，最后还是没说。她想，她们恐怕很难理解自己为什么最后决定参加考试，这其中的心情转折在于她不想输给妹妹。若是不解释给她们听，那两个人一定会像其他母亲那样，说她“偷跑”，而且学费也是个问题。荣光会比起其他的学前班，注册费、学费和管理费都高得惊人。她不清楚容子和瞳的经济状况，但她不想被人认为自己是在炫耀。

不说，当然会感到内疚，而且也有“偷跑”的感觉。并非只是罪恶感的缘故，开始到荣光会上课后，她与容子和瞳相聚的时间也减少了，不得不与她们保持距离。她们也是这么认为吧，千花也想过，就因为如此，容子才会疑神疑鬼地追问不休，说不定两个人正一起造她的谣呢。

然而，今天见到佳织和大介之后，心头一直在意的罪恶感却烟消云散了。她有了新的想法，为孩子的未来打算，当然比母亲之间的友谊重要多了。瞳和容子都是她的朋友，但也没有义务把孩子升学的事逐一向她们报告吧。千花把这想法当做罪恶感消失的原因，但心底知道这并非事实。今天愉快的会面和罪恶感的消失有直接的关系，千花意识到“那里才是我应该存在的地方”。与他们相处的时刻，就像摆满进口货的超市一般。而与容子或瞳、幼儿园妈妈之间的往来，就像现在住处附近的商业街。虽然千花并不讨厌她们，也并不想疏远她们，但是或许自己的性格跟所谓的“偷跑”、“大家”、“一起去”这些字眼合不来吧。在和佳织他们用餐之间，千花如此想。

听到说话声，千花抬起头，几位母亲带着孩子正从玄关出来。好像是下课了。他们向千花说再见，千花抱着桃子回到室内。正在跟大厅服务小姐说话的雄太回过头，神气十足地说：

“妈妈，你怎么这么慢！”

“咦，怎么可以这么对妈妈说话，应该说，我的课上完了。”

服务小姐纠正雄太。

“我的课上完了。”

雄太促狭似的深深鞠躬，小姐与千花对看一眼，笑了。

阳台前的玻璃窗上，喷了乘雪橇的圣诞老人和星星的白色假雪，上星期送到的沙发铺了红绿格子的棉布罩，墙角放了一株装点着各种饰品的圣诞树，客厅墙上贴了用荧光笔写的“圣诞快乐”壁饰，玄关挂着圣诞花环。茧子穿着在派对用品店买的圣诞老人式迷你洋装，让怜奈穿上为今天准备的红色天鹅绒洋装，领口和袖口都还围了一圈假毛皮。她要大家准备日币五百元以内的圣诞礼物，食物就请大家自行带来，茧子只准备了儿童喝的香槟、塑料瓶红茶和果汁。

策划这场圣诞派对的是茧子。最近这段时间，茧子有种被冷落的感觉。不只是夫人和千花，连瞳和容子都很忙碌的样子。再也不曾像从前那样，无所事事地聚在一起，到公园或照相馆去。虽然她知道孩子年纪的差距也有关系，所以也带了怜奈到附近公园或儿童馆去走走。其他有小孩、与怜奈同年的母亲们几乎都已自成一国，茧子加入她们的话，对方也会接纳，然而总有不踏实的感觉。而且，也不像和千花她们在一起时那么快乐。

有一次，在电梯里遇见千花，茧子问她：“咦，去找夫人吗？”千花笑着回答：“为了升学的事去请教一下。”她明白，商量升学的事当然不可能叫自己一起，可是，既然来到这么近了，却不弯进来打声招呼吗？这让茧子感到索然无趣。千花、夫人，还有容子和瞳，是否避着自己偷偷在谈些什么？虽然这只是孩子气的妄想，但茧子就是无法阻止自己那么想。

办个圣诞派对，像从前那样聚聚吧，顺便确定大家并没有把她排除在外。茧子是那么想的。

于是，为了今天，茧子除了圣诞饰品外，连餐桌、沙发、拖鞋和餐具都换新了。虽然不可能像夫人家那么高级，但她希望别人会觉得是个“小巧精致的家”。这些花费，茧子是用信用卡从ATM提取的，她已不像第一次借时那么紧张踌躇。

电铃响，她飞奔出去，是容子。

站在门外的容子穿着简陋的外套和牛仔裤，容子身边的一俊也是一身套头毛衣配灯芯绒长裤，看起来像是去街坊买东西的打扮。

“拜托，茧子，你不冷吗？”穿上茧子准备的拖鞋，容子皱起眉头。

“因为今天是派对呀，所以要炒热一下派对的气氛嘛。”

“我带了这些来，不知道合不合大家的口味。”容子没理会茧子的话，径自走上客厅，拿出用包巾包裹的保鲜盒。

“哇——谢谢，容做的菜最好吃了。”

茧子虽然发出欢呼，但看到容子带来的豆皮寿司和红烧鲑鱼、青花菜沙拉，不禁大失所望。她心想，自己什么也没做，难道不能带点更有派对气氛的东西吗？电铃跟着又响，她听到瞳说“午安”的声音。

“哇，茧子，你这打扮真辣！怜奈，你跟妈妈穿母女装啊，好可爱哟。”

听到瞳的赞美，茧子的心情才有几分好转。然而，瞳和光太郎、茜茜也都穿着家常服。“这是我带来的，请笑纳。容子带什么来？太好了，没有重复。”瞳把保鲜盒交给茧子，检查容子的菜后说。肉丸、萝卜沙拉、炸马铃薯和虾仁烧卖。将一个个保鲜盒摆在桌上，稍稍有点热闹起来，茧子才放下一颗心。但是没有鸡。圣诞节没有鸡怎么行。

“对不起，我什么也没做，如果烤只鸡就好了。”茧子说。

“没关系，茧子，你不是提供了场地吗？还做了这么棒的布置，花了一番工夫吧？”瞳说完，容子接口道：

“本来我想带鸡来的，但我猜一定有人带，所以才做别的。”

“千花铃会买蛋糕来吧。”

“哎呀糟糕，我压根儿就把蛋糕给忘了。”

“千花可能不会来。”容子不假思索地说。

“啊？为什么？千花铃有说她不来吗？”

“没有，不过千花最近好像很忙，所以我是这么猜啦。喂，茧子，你怎么搞的，别把保鲜盒就这么放着嘛，摆在盘子里不是比较好吗？你家没盘子吗？”

这个人怎么回事啊？茧子有点生气，居然说“你家没盘子吗”，太小看人了吧。

“当然有啊，我现在就去拿。”从橱柜里取出盘子回到客厅，容子带着孩子们在看圣诞树。

“哎，看不出来容太那么凶啊。”

趁瞳帮忙把保鲜盒里的菜移到盘里时，茧子小声在她耳边说。

“说到哪去了。”瞳用手肘轻轻撞一下茧子，扑哧一笑。

菜准备好，孩子们不是随手玩树上的饰物，就是去抠窗上的假雪。瞳和容子无聊地坐在沙发，或是回应孩子的需求。

“我们开始吧？”容子对茧子说。

“可是千花铃还没来。”

“不会来了啦，千花。”容子断然地说。

真的不来吗？茧子不安起来。如果千花不来，一切突然都显得没有意义了。不管是圣诞树、花环，还是穿着圣诞老人装的自己。

“好吧，那开动好了，可以边等边吃嘛。小朋友，快来排队拿你想吃的东西。”茧子对孩子们高呼。光太郎一个箭步跑上来，茜茜摇摇摆摆跟在后面。一俊傻傻站着，只晓得对着餐桌看。怜奈想跟在茜茜后面，腿却一软坐在地上，大家都大笑起来。众人围坐在簇新的餐椅上，举起儿童喝的香槟酒，在茧子带头下说：“圣诞快乐！”

“小俊快过来，你不来吃吗？”

孩子们都已经热热闹闹地开动了，一俊却还站在圣诞树旁。茧子叫他，他显得更僵硬了。“快点，小俊过来。”听到容子叫，一俊才慢吞吞地走到桌边。这孩子怎么跟以前不太一样？茧子心里暗忖着，却没说出口。

吃完饭，到了茧子放动画片给孩子看的时间。这时候，电铃终于又响起，千花到了。她只带了桃子，还抱了一个大纸袋。

“太好了，千花，我还以为你不来了呢。”

“抱歉、抱歉，我应该先告诉你我会迟到。喏，这是我带来的。”

茧子接过千花的纸袋，拿到厨房去。纸袋里多是百货公司买的熟食。烤牛肉与蔬菜沙拉、多种面包配奶酪、加了青菜的欧姆蛋和一盒大蛋糕。哇，太好了，终于有点圣诞节味道了。果然还是千花有品位。茧子一边将菜肴放到盘子上，一边开心地想。

“小雄呢？”

“哦，在我母亲那里。他好像有点发烧，我怕传染给大家。哇，这些装饰好漂亮哦。”“千花，你看，我们家怜奈也穿圣诞装。”

“真可爱。怜奈，阿姨抱抱好不好？”

听着客厅的吵闹声，茧子将餐盘端到桌上。大概是谁打算拔开香槟的软木塞，闹出一阵骚动。

千花拔开了，“砰”的声音再次引起欢呼。孩子们也很兴奋，把动画片晾在一边，像小狗一样又叫又跳。

“啊，真畅快！”大概是久未沾杯的关系，微醉的茧子舒展四肢坐在地上说，“大家最近好像都在忙，总是急急忙忙的，也不像以前一样找我出去玩，我还担心这个聚会大家都不会来呢。”坐在餐桌前的三个人瞬间互看了一眼。“奇怪！”茧子想，“奇怪，我说错了什么话吗？我没说什么吧。”

“对呀，以后说不定还会更忙呢。”容子说。这话听起来有点玄，茧子想，好像在责难谁。然而，容子想责难的是谁的什么事，茧子完全摸不着头绪。

“考试那些事，果然很辛苦啊？”

这次三个人都转开了视线，分别往不同方向看去。容子仔细观察香槟酒上的标签，瞳把盘里的奶酪用叉子切成丁状，千花则把烤牛肉盛进自己的盘子。

“不是因为考试。孩子进了大班，活动也增加了。”瞳像是想到什么地说。

“增加？有吗？”容子说。果然有鬼，茧子盯着容子想。

“容子，怎么这么说？”瞳困窘地笑笑。一时间，一股茧子无法理解的沉默弥漫在餐桌间。

“对了，我跟你们说过吗？我家的怜奈被星探挖去当模特儿了。”

茧子改变了话题。三人看向茧子，脸上都露出明亮的表情。“后来我们去了公司，前几天去试镜了。虽然没有录取，不过他们说只差一点点。”

“怜奈那么可爱，下次一定会中选的啦。他们会陆续介绍机会吧？”千花说。

“若是以我来说，模特儿是不错，不过我希望她能去当童星，跟杰尼斯一起演出。”

“如果真有那种机会，录像的时候要叫我们哦，大家一起去看。”千花像高中女生般兴奋地说。

“可是，被星探挖掘时，你都不紧张吗？而且还到那个公司去，你先生真体谅呢。”瞳说。

“我们家跟夫人或千花家不一样，不是靠老公老老实实赚钱就能生活的家庭，他可能还觉得别花太多钱在怜奈身上呢。所以被挖掘的时候，他搞不好还认为，怜奈可以自己赚钱也不错。”

“真夸张。”容子笑说。茧子说这话当然有一半是开玩笑，但容子的笑声却让她觉得刺耳。

“因为女孩子就是会花钱的嘛，容太。男孩的话，让他穿运动服和裤子就好了，可是现在女孩子，从这么小就得开始打扮，那些名牌也都推出童装了。”

吵闹声一时静了下来。孩子们都专注地看起卡通，唯有怜奈一摇一摆地走来。茧子张开手臂，她便向前扑倒在妈妈怀里。茧子把怜奈用力抱起来，左右摇晃。怜奈发出愉悦的笑声。

“那位夫人啊，送了我好多衣服哦。她那里真吓人，Burberry啦、Ralph Lauren啦，她全都慷慨地送给我呢。想到她买下的价格，我都快昏过去了。对不对呀，怜奈。”

“哦？佳织这么大方？也对，她女儿都上小学了。不过，那些衣服她也都还保留着，真不简单。”

“独生女嘛，当然会想保留啦。像我也想保留雄太小时候穿的衣服，因为每一件都有很多回忆，可是没那么大空间呀。瞳，你怎么处理？”

“我们家反正都先留起来。虽然是男孩的衣服，但还是可以给茜茜在家里穿，但是有些太旧的就丢了。我家是完全没有名牌货啦。”

“就算大特价，大家也不会去买吧。”

“可是千花家的衣服都很时髦，雄太穿不下的衣服，应该很多人都想要吧。”

“才不会呢。不过，瞳说得有道理，我也来让桃子穿哥哥的衣服吧。不过，女孩子以后长大了可能会抱怨，自己最讨厌捡兄姐的衣服穿。”

“对对，的确是。茜茜以后说不定会说，姐姐的衣服倒还无所谓，可是却让我穿哥哥的衣服，太过分了。”

千花和瞳聊了起来。容子把吃剩的菜集中到一个碟子上，空盘子叠好放到水槽去。

“我也再生一个好了。不过以我现在的经济状况，可能没办法。”茧子把怜奈放在一旁，起身夹了一块肉丸子。

“考虑那么多干吗，生了之后再说嘛。而且怜奈有个弟妹陪也比较好，不是吗？”

“是啊，我跟我姐虽然关系不融洽，可是生怜奈的时候，她帮了我好多忙。怜奈，你想要弟弟还是妹妹？”

把盘子放进水槽的容子，从茧子身边经过走到客厅，对着孩子说：“来，阿姨念绘本给你们听。”桃子目不转睛地盯着电视，一俊立刻站起来，光太郎则一脸狐疑地回头看母亲。

“茧子，你有绘本吗？”

“有是有啦。容太，不用读了啦，我租了三部卡通耶。容太再喝一点嘛，难得来一趟，而且大家都忙，很难像这样聚聚。”

“你没听说过吗？像这样打开了电视任孩子一直看是不好的，精神会出现不均衡的状态。如果没有绘本，图画纸也行。”

茧子再次被惹毛了。她默不做声地从卧室里拿出绘本，交给容子。那些是夫人给她的。容子把电视关掉，坐在地上，用高八度的声音说：“来，现在开始说故事喽。”茧子坐回桌边，挑着眉毛轮流看着千花和瞳。千花专注地擦着沾到玻璃杯上的口红，瞳则捡着掉在地上的面包屑。这几个人，一定有鬼。在我没参与的场合，一定出了什么事。

“哎，你们发生什么事了？”茧子没经思索，就把想说的话说出口，“怎么怪怪的？跟以前都不一样，是不是幼儿园出了什么事？啊？重新编班，所以派系也换了？”

“没事，什么事也没有。”瞳笑着说，“而且，幼儿园里哪有什么派系。”

“真的，茧子，你说的话真妙，还派系呢！”千花也笑了。

茧子往容子的方向瞄了一眼，容子端坐在地上念故事。专心听的有茜茜和一俊。光太郎在翻弄成堆的礼物，怜奈和桃子在玩掉在地上的指偶。

“各位，该吃蛋糕了吧？我来切，茧子，厨房借我一下？”千花轻快地说着，走到厨房。蛋糕！光太郎立刻往餐桌跑来。

“受不了，你哦，真是个贪吃鬼。”瞳轻轻戳了光太郎一下，千花和瞳都笑了。光太郎愣了一愣，也跟着笑，茜茜和怜奈也都站起来走到桌边。

大家各自拿了切好的蛋糕分别在餐桌和沙发吃起来，但茧子仍旧觉得尴尬的气氛并没有消失。她很想知道发生了什么事，然而，这里谁也不肯讲。就算她问，她们也会转移话题的。

“一俊！你小心一点嘛！不要掉下来，奶油掉在沙发上就糟糕了！”

容子严厉的话声响起。

“没关系，别骂他啦。不过是奶油嘛，等下擦掉就好了。”

“是呀，容子，你对一俊太严格了。”千花说。坐在千花腿上的桃子，甩手指挖了一口千花的蛋糕舔着吃。虽然千花的说法，茧子并不觉得有什么不妥，但容子却头也不回地，用尖锐的声音说：

“我叫他要有礼貌，哪里不对了？”

“我不是说你不对。小桃，好吃吗？草莓也给你吃。”千花也没转向容子，把头凑近桃子。

“一俊真的跟以前不一样。”茧子说。虽然不知道三个人之间有什么问题，但她觉得今天这种奇怪的氛围，是容子造成的。

“不一样？什么不一样？”容子用刺耳的声音问。茧子没回答，而去喂怜奈吃蛋糕。“茧子，我在问你，你说不一样是什么地方不一样？”一副兴师问罪的模样。

“呃，觉得他好像没什么精神，而且都不笑，看起来好像很害怕。”

“别说了，茧子。”瞳试图阻止她。

“他只是特别乖。我告诉他，今天到别人家做客一定要有礼貌。我们家跟千花家不同，不像千花不打不骂，放牛吃草地教育孩子。”

“容子，你这什么意思？”千花抬起头，脸上虽然在笑，但连茧子也看得出她的不快。

“每个人教养的方法都不同，我只是想说，你们不要随便干涉。”

“哪有干涉呢？”千花才开口，又把话吞了回去，用念书般慢条斯理的语调说道，“这么难得的圣诞派对，我们开心一点吧。”

茧子今天原本想让孩子们去睡午觉，好好跟她们三个人谈谈心的。

如果气氛像以前那么亲密，很多不能对佑辅说的话，她都能对她们说。

茧子第一次用信用卡从ATM机里借钱，是九月怜奈在新宿被星探发掘的时候。星探找上她之后，茧子就直接到那家公司帮怜奈登记为模特儿。负责婴幼儿的经纪人是位中年女性，她说，登记费和怜奈个人的宣传费等是日币二十万，不过只要有工作进来，就可以抵消。她补充说，何止是抵消，可能会加值好几倍奉还。二十万对茧子来说是个大数目。为谨慎起见，她要求出示二十万的账目。登记费一律三万元，宣传用的摄影费三万，将这些资料编列进公司固定手册里需要四万，制作也是宣传用、放有怜奈照片的艺人名鉴要八万，推销等业务活动的必要经费是两万，一共这么多。只有刚开始需要做推销宣传，不管多小的工作，只要做过一次，以后工作便会自动送上门来。经纪人一面出示账目一面顺便解释。茧子大致理解，并不像是诈骗集团的手法。犹豫了好久，才终于用信用卡借了那二十万，却简单得令她惊讶。她把钱汇进去后又到了经纪公司，帮怜奈拍照。上次那位经纪人用傻瓜相机帮她拍了。她心想，拍这种照片用得了三万元吗？不过，她又告诉自己，可能需要加工或其他相关费用吧，并没有把疑问说出口。

这三个月间，只被叫去试镜一次，面试却没录取。

而后来，茧子又用信用卡借了两次钱。第一次是因为看到拍卖的广告，说什么也想去买件衣服。只借了五万，带着怜奈去百货公司，买了怜奈和自己的衣服。第二次就是为今天准备。

从借钱开始，紊乱的不安便进驻茧子的心中。虽然以现在的状况，每个月两三万的分期还款都还付得出来，而且只要不用得太频繁，应该可以在佑辅不知情的情况下还完。可是，紊乱的情绪还是无法消除。

今天，她想向千花她们坦承这件事，她可以想象大家一定会叫她别再借了。她们会用训诲的口气说，每个月还款的金额虽然不大，但是跟那种地方借钱不好。听了她们的话，茧子便能理解不安的源头，也能下定决心不会再借第二次。

但是，她没说。现场的气氛不适合。而且，三个人也不打算把发生的事告诉她。

“好了，那我们来交换礼物吧？大家一起唱圣诞歌。”千花站起来。

真无趣。茧子边想，边从圣诞树底下拿起礼物。大家围成圆坐下，一边唱着《红鼻麋鹿鲁道夫》，一边开始传礼物。真没意思。这在干吗？这算什么？

一边唱歌，一边传礼物，停在一俊手上的是桃子送的礼物。虽然都是母亲准备的礼物，但每个孩子也都准备了一个五百元以下的礼物。而一俊带的礼物，在茜茜手上。

回家后，容子没脱大衣，也没帮一俊脱外套，就把礼物的包装拆开。里面是木盒装的蜡笔，上头有个男孩抱着狗的图案和褐色线条压印的“KINDER FEST”字样。看起来是外国货，但那几个英文字写些什么，容子看不懂。看不懂让她焦虑。五百块钱怎么可能买得起这种东西？何必在这种朋友聚会里摆派头呢？

“小俊，去脱外套吧，你会自己脱吗？”

一俊闻言，点一下头，跑进隔壁房间。容子把包装纸、缎带揉成一团，连同蜡笔盒一起丢进垃圾箱。

看不起我。看不起我。看不起我。

容子把包装纸和木盒塞到垃圾桶深处直到看不见，同时在心里一再说着。

她气千花摆出没空来这种地方的表情，还刻意迟到，也气她明知一俊和光太郎都会来，却不带雄太来，故意不让他们一起玩。而且，居然还大言不惭地批评她的育儿方法。自己那么放任孩子，母亲不在时雄太多么粗野任性，我都没多说一句呢。茧子不知情还情有可原，但不随便批评别人的教育方针，应该是基本礼节吧。瞳也一样，明知我的孩子流掉了，还神情自若地说什么衣服、传给弟妹的事。千花应该也注意到了吧。那次见面之后好几个月了，我的肚子一点迹象都没有。今天喝香槟酒的时候她也没说什么。如果她注意到的话，应该体贴一点吧。何必一直扬扬得意地强调自己有两个小孩呢？茧子是个笨蛋就算了，但是她对小孩完全没有章法，也实在太让人惊讶了。居然连带孩子去当模特儿那种不要脸的事都说得出口。只会把孩子放在地上随他们看电视，巧克力、零食随意吃，只要不哭就好。而且，最让人吃惊的是，回家的时候居然向每个人收三千块会费。哪来的会费？菜都是带来的，千花还买了那么多食物来。没人敢说什么，我就说了，茧子却用鄙视的眼光看我，而千花竟然说“才三千块，就付吧，毕竟她把房子挪出来给我们用”，好像我小气舍不得花钱似的。容子气冲冲地洗了手，打开冰箱。肚子虽然不饿，但再过两小时，丈夫就回来了，所以还是得准备。

“妈妈，那盒蜡笔呢？”

一回头，一俊站在厨房角落问。

容子随手关上冰箱，晚餐的菜还悬而未决。她倒了一杯水说：

“要玩等会儿再玩。你该去念书了吧，不是还有功课没写吗？”

一俊一声不吭，目不转睛地看着站立喝水的母亲，然后忽地转身跑去客厅。或许是很久没碰酒精了，脸颊热得发烫，容子沾湿了手贴在两颊上，叹口气再次打开冰箱。

真一快八点时回到家，容子把豆腐味噌汤、萝卜干、回锅肉炒青菜和煎蛋、胡萝卜沙拉等冰箱剩菜做的料理纷纷摆在桌上，开始说起今天的事。她尽可能装成开朗的旁述语气，说到怜奈要去当模特儿了，那么可爱，一定会走红的。又说大家一起唱歌，对，圣诞歌呢，还交换了礼物。可是雄太没来。你忘啦？就是千花家的雄太。千花啊，嘴上虽然不说，可是让那孩子去上补习班，忙得很呢。他可是要去考试的。光太郎越来越像哥哥了。果然有了弟妹，孩子就长大了。嗯，很愉快呀。大家好久没聚在一起了。茧子把家里布置得漂亮极了。我们家要不要也去买棵圣诞树呢？

“很好啊。”

真一没喝酒，努力扒着饭说道：“很好啊。家附近就有这么多好朋友，对不对呀，一俊？”

真一朝着餐桌对面，正用筷子拨菜的一俊望过去。

“嗯。爸爸，我送的礼物给茜茜拿去了。”

“你送的礼物是什么？”

“那个那个，是手帕。”

“那一俊拿到什么礼物呢？”

“蜡笔。”

“哇，那很好啊。”

很好啊，容子不断反思着丈夫对自己和一俊说的话。不知怎的，这话刺耳极了。她好想顶回去。顶一句让真一后悔不该说这种随口无心的话。然而，她按捺住了。容子不想听到丈夫说：“我不想再听你说话。”

“不过，有点奇怪，茧子好像很缺钱似的，她要我们出会费三千元呢。菜都是我们自己带去的呀。千花还买了看起来很高级的蛋糕和熟食，都是百货公司里买的，还付会费不是亏了？那些年轻人，想法真有意思。说是什么场地费，想出来的名堂还真绝。”

“所以，你也付了？”

“我跟她们说，这太奇怪吧。我和瞳是自己做了菜带去，可是千花出太多了。但是，千花却说，还是付钱比较好，所以瞳和我也付啦。千花就是这点不好，她怕别人说她小气，所以会说这种场面话。可是她这么做，茧子怎么会明白道理呢？她不会发现自己说错话，以后还会一而再、再而三地这么做呀。千花一定没考虑到这点吧。像今天，一定是雄太补习班上课的日子，她直说就好了嘛，可是却不告诉我们，找个借口糊弄过去，弄得大家好尴尬。结果茧子问我们是不是有什么派系斗争。都是因为千花没带雄太来，好像瞒着大家什么似的，话也不说清楚，所以茧子才会觉得气氛怪怪的吧。可是，千花居然还哈哈大笑。”停不了口了，容子一边说一边不安起来。她没说什么真一不想听的话吧？她有把今天的聚会说得很开心吧？心里虽然不安，她还是停不了口。“我以前就觉得茧子有点不太对劲。像今天，她自己想说话，就让孩子们去看动画片。我们幼儿园的老师说过，这种行为对孩子不好。所以，瞳和千花也应该提醒她才对呀，这也是为了怜奈好嘛。如果是以前，她们一定会说的，可是没有人提。就这么把孩子丢在电视前。所以，我就开口了，说要读书给大家听。这种事不说清楚，她根本不会放在心上呀。”一俊吃完饭，低着头在玩毛衣下摆，真一不再回应，尽顾着吃饭。别再说了，得停下来——虽然心里知道，但她找不到收尾的方法。“瞳也真是的，该说的话什么都不提，好像跟自己没关系一样，坐在一旁说些无关轻重的话。我流产的事，瞳是最知道的，她却一直说着老二的事，说是如果有两个女孩的话，就轻松了。奇怪了，难道她是故意的吗？我对瞳说不想让孩子去补习或才艺班，自己在家带就好了。但瞳还是让孩子去学前班了，她可能不太高兴吧。我走自己的方法，她可能看得碍眼吧。”

“是啊，真奇怪。我吃饱了。”真一两手“啪”地用力一合掌，然后站起来。

“我也吃饱了。” 一俊也学真一合掌。

“哦，真乖，我们去洗澡吧。”

真一抱起一俊走进浴室，里面传出了笑声。不久，浴室门关了，屋内再度回到寂静，只剩下容子一人坐在一桌子残羹剩饭前。说过头了，她想。说了太多真一觉得不愉快的话。但是，那叫我怎么办？我只是想找个人把我的想法说出来罢了，我只是想找个人同意我的做法罢了。容子俯视油汪汪的盘子，在荧光灯的反射下，闪着白亮的光。

真一和一俊入睡后，容子在漆黑的厨房里翻出今年年初收到的贺年片。抽掉给真一和一俊的卡片，给自己的卡片只有五张。高中同学佑子生产之后，每件都会寄来有全家福照片的贺年片来。贺词是印刷的，个人的信息完全没写。大学同寝室的早百合，虽然毕业之后一直没见面，但贺年片却从没少过。一张是洗衣店的，一张是大学老师的。工作时候的同事香苗则写了几个字：“你好吗？今年见个面吧？”她记得去年、前年的内容都一样。

我一个朋友也没有，容子反复看着这五张贺年卡心里想着。我没有无话不谈的朋友。为什么不和佑子和早百合继续联系呢？为什么自己除了贺年片，不打电话约吃饭，关心一下近况呢？为什么把香苗的“今年见个面吧”当做社交辞令，而不具体付诸实现呢？空白了这么长的时间，现在再想亲切地拿起电话联系，恐怕也难了吧。佑子有一个上小学、一个上幼儿园的孩子，早百合两年前生了女儿，两个人都住在乡下，不可能见到面。对于育儿、与其他母亲间的关系、对丈夫的不满，她们应该都能有共鸣才是。

千花她们又如何呢？容子想。千花的朋友多，跟幼儿园的母亲们也都很熟。因为生在东京，与老同学见面的机会也比较多吧。茧子那种性格，故乡应该有不少可以联系的朋友。那么瞳呢？瞳会怎么样？瞳说过，她高中的时候，曾经没办法读下去。学校的老同学可能不太多吧，其他的朋友应该也不算多才对，学前班也交不到什么好友。若是这样的话，她想跟谁说说话的时候，会怎么做呢？她的老公会听她说话吗？会像个好友一样倾听她的苦恼吗？

刚买的贺年卡上，正要写下早百合在富山家的地址时，容子停下笔，看看墙上的时钟，她把笔放在一旁，拿起电话子机。才刚过十一点，瞳一定也才忙完家事，哄茜茜和光太郎去睡觉，稍微有点喘息的时间吧。

按下印象中瞳家的电话号码，把子机拿到耳边，听到的却是忙音。瞳家的电话没有插拨服务。挂了电话，容子把子机放桌上，继续写贺年片。写完地址，容子再次拿起电话，按了重拨键，可是仍然在通话中。

“你好吗？女儿现在是最可爱的时候吧？如果有机会来东京，一定要告诉我。好想跟你谈谈孩子、家人。”她在画了兔子图案的明信片背面写下这样的信息，接着写给早百合的贺年片。明天也叫一俊写贺年片，顺便教他十二生肖。这一阵子，容子买了小学考试的问题集和生活态度的书，自己做了题目给一俊写。一方面是学费等经济因素，同时她也认为真一不会赞成让孩子去考试。不过，容子对自己说，不让一俊去学前班上课，绝不是因为这个理由。一俊沉静乖巧、怕生，任何事都礼让别人。所以，与其强迫让他面对新环境，不如让他在家里学习。她告诉自己，是因为这个缘故才不让他去的。明年秋天，她要带一俊去参加国立大学附小的初试，初试抽签中选的话，再说服真一带孩子去参加面试。就算真一先前反对，但知道一俊抽中学费便宜、竞争性高的国立小学，应该也会高兴地帮忙才对。就算落选也无所谓，反正原本就不抱希望，只是走回老路，在地区小学就读即可。虽说如此，容子却有着莫名的把握，她有预感一俊十拿九稳会抽中学校。

看看时钟，距离刚才打电话已经过了三十分钟，容子整理好贺年片，按下重拨键。但是，还是通话中。

瞳在跟谁说话呢？这么晚了，而且还说得这么久。到底在跟谁说话？是母亲，住在远方的朋友，还是千花？她难不成正跟千花聊着今天的事？——容子虽然叫我不要说，其实她肚子里那个流掉了，所以今天的话题或许听了难过吧。她们会说那件事吗？不会吧，想太多了。那么会说些什么呢？光太郎和雄太的事？瞳也带光太郎去上学前班了，两人可能在交换什么情报吧？

容子把电话子机摆在桌上，淡淡地笑了。我是怎么了，她想，怎么净想这种事，我到底是怎么了。她虽然自觉不对，然而右手还是伸出去拿起刚放下的子机，心里告诉自己别打了，却仍按下重拨键。通话中。挂断，再拨。还是通话中。挂断，再拨。还是通话中。

别再打了，不准再打了。我是怎么了，简直无聊透顶。然而，为什么我还要继续打电话呢？

容子把仿佛永远在通话中的子机摔在桌上，朝玄关走去。悄然无声的黑暗中，脚伸进运动鞋时出奇的冷，容子呆望着被冰冷鞋子包起来的脚。

我到底想做什么？到瞳的家门前，也没法知道瞳在跟谁讲电话呀。不，那不是我的目的。我只是想确认一下，瞳的家会不会出了什么事。电话这么久不通一定有问题，会不会发生了火灾，瞳说着电话昏倒了，还是有什么异常状况？我因为担心才去看看的。不是，真的不是，我不该有这种借口的，我只是，我只是——我想做什么呢？

容子蹲在地上，用手抱住运动鞋里冰冻的脚。她没办法这样站起来。

容子记起来了。住在女生宿舍那时、卡在又长又窄的洞孔中的感觉。在那个洞孔承受着别人故作不知、鄙视、转开视线下的黑暗与寂静。自己动弹不得地卡在那个洞里，头顶上却不断掠过如光线般嘈杂的笑声。除了自己之外，其他人都伶俐地跳过那个敞开的洞，继续前进。这是容子最痛恨她们的地方。轻浮浅薄的白痴女人，由白痴女人形成的白痴城镇。结婚之后，生产之后，认识千花之后，一俊通过幼儿园考查之后，她每每告诉自己，终于从那个地方爬出来了。

但是这次，我更必须爬出来。容子抬起凝视运动鞋的视线。这次，我真的得从那里爬出来。转开冷得发麻的门锁，她走到屋外。小心不发出声音地锁上门。呼吸一下子便化成白汽。

第六章 一九九九年二月——

沉睡在森林里的鱼

先出手的不是光太郎。并不是她袒护自己的孩子，任何人看了都知道是亚里莎先动手的。向日葵班的五个孩子在玩钓鱼游戏，外表看起来温柔可爱的亚里莎，趁着老师在看别的孩子时，去抢光太郎钓起来的鱼。见光太郎想阻拦，她一把朝他的手背捏下去。又惊又痛的光太郎，做出把她推开的动作。瞳觉得应该没有太大力，可是亚里莎却仰身摔了个大跤。然后就这么躺着，以惊天动地之势大哭起来，并且向走近的老师说："光太郎把亚里莎的鱼抢走了。""光太郎，现在是在玩游戏，并不是钓得多的人才算赢。"被老师指正的光太郎，涨红着脸看着母亲。

老师，你误会了，先动手的是亚里莎。瞳的话已经到了舌尖，嘴巴一开一合地动着。但是按规定不论发生什么事，坐在教室后面的母亲都不准干涉。瞳向光太郎点了几次头，转头向隔三个位子的亚里莎母亲瞥了一眼。那位母亲看上去才二十五六岁，正恶狠狠地瞪着光太郎。

上星期也发生过类似的事。进行笔试测验的时候，亚里莎抢走光太郎的橡皮擦，光太郎想拿回来，却被老师警告。

就算老师温和地责备，光太郎也没有哭，只是红着脸望着母亲。“跟亚里莎说对不起。”老师敦促着。“对不起。”光太郎小声说了，把玩具钓竿再次丢进池塘，继续玩钓鱼游戏。瞳想，等一下一定要好好赞美他。

再三考虑之下，三个月前，也就是去年十一月，瞳帮光太郎报名了学前班。他们去的是位于大塚光太郎得到褒奖的那家。一星期两次，一个月两万五千元。瞳并非已经决定要送光太郎到需要考试的小学，到时候还是以光太郎的意思为主。然而，就像由里说的，光太郎到底能不能作出“冷静的判断”，令人怀疑。瞳也不否认，经过多方调查，她的确想让光太郎去读学费低廉、设备完善的国立学校。反正还有一年，把能做的事尽量先为他做了再说。这是去年秋天瞳得出的结论。不过，瞳虽然没说出口，也没有自觉，但其实还有一个原因，那就是她希望和千花、容子，也就是幼儿园母亲的世界保持一点距离。

最近，瞳对容子感到些许恐惧。到幼儿园接送孩子遇到容子时，她身上仿佛总带着一股杀气。当她发现瞳而走近时，似乎不想让她与其他母亲，甚至是千花继续说话，来电的次数也变多，偶尔不在家，容子便会追根究底地问她行踪。或许是容子没有好脸色的关系，千花也显得拒人于外。瞳希望与千花保持友谊的关系，因而总是主动找千花说话，想改善隔阂的感觉。偶尔她也会担心，这么做会不会让千花困扰。说不定都是自己多虑吧，瞳想。但她也对自己多心，然后再安慰自己感到厌烦了。因而她模糊地感觉到，如果让光太郎和自己都走出幼儿园的世界，与大家保持距离，就能和容子、千花恢复从前的安定关系，自己也不会有多余的想法或怀疑了。

带光太郎去大塚学前班的事，她对千花和容子都说了。她不想听到容子说她偷偷摸摸，或想隐瞒什么，而且也觉得告诉她是理所当然的。算是一种友好的宣示。

她告知千花时，也顺便感谢对方的推荐。“那里肯定不会错的啦，很适合光太郎，而且小班的菅原太太、千野太太的孩子也在那里上课。”千花说。她没有问光太郎要不要参加考试，也不说雄太在哪里就读。容子听她说时，表情带着些许困惑，沉默了几秒钟，才淡淡吐出一句：“应该不错吧。”然而第二天夜里，容子却特地打电话来跟她谈了很久。“我不想让一俊去那种地方。我这个儿子很容易受人家影响，所以觉得那种地方不适合他。不过，我已经决定要让他上国立，所以尽可能在家里自己教。反正我没在上班，时间多的是，考卷或读书在家里也可以做，这样对亲子的感情也有帮助。不过，光太郎很适合去那间教室呀。你还有茜茜要照顾，不可能一天到晚盯着光太郎。”深夜的电话和谈话的内容，都让瞳不由自主地感到不舒服。但是，她还是用愉快的声音回应：“嗯，是啊，谢谢。”

轻快的音乐响起，课程结束了。孩子们排成一列向老师鞠完躬，立刻各自冲到母亲身边。

“亚里莎，有没有受伤？痛不痛？”亚里莎的母亲小题大做地搓搓她的脸说，然后笔直往瞳走去，“你家的孩子到底有没有教养？他会不会太粗鲁了点？这里是孩子上课的教室，跟幼儿园不一样。”

“可是，刚才是亚里莎先……”

“男孩子跟女孩子的力气不一样。男孩子随手一推，可能就会出大事了。这种事你应该教教孩子吧，考试前就该学会才对。”

呛鼻浓重的香水味，垂在肩上的娇艳大波浪鬈发，全身名牌套装的年轻母亲，瞳看了直皱眉，遇上这种人，恐怕是有理说不清吧。才进来一个月，她便已听说皆传亚里莎和母亲的传闻。女儿满嘴谎话，母亲则不可救药的“爱女如命”。而且一旦出了问题解决不了，父亲就会出面，用黑道的口吻要挟。一家人与外人的关系都很差。这些是同班的其他母亲告诉她的。

“如果我女儿再被他欺负，我一定会去告诉老师，要他们作出处置。”撂下话之后，她便牵起亚里莎的手走出教室。其他的母亲看着瞳，面带同情地走出教室。“别太放在心上。”有个母亲若无其事地说。瞳走到正在整理教具的老师身边，战战兢兢地开口：

“老师，刚才对不起了。不过，老师，我并不是袒护我儿子，但他不会无缘无故推亚里莎的，上次也发生过类似的情形……”

“你的心情我了解。”画着黑黑一圈眼线、年龄不详的老师既没停下手边的工作，也没看瞳便说，“可是，你不觉得，就算分清楚是谁先动手谁做错，又有什么用？而且他们都是小孩，是个不讲道理的世界。最重要的是培养他们不论发生什么事都不动心的强韧意志。已经进来三个多月了，贵家长和光太郎都该早点调整心态，对你们自己比较好。”

铿锵有力地说完这几句话，老师便抱着教具箱走出教室。教室中，只剩下瞳。她低头注视光太郎，他双耳通红，正瞪视着墙上贴的画。瞳蹲下来将光太郎抱住。

“妈妈都看见了。小光很了不起哦，今天真的很棒。”

瞳在耳边一说，光太郎小小的身躯颤抖起来。瞳知道他在忍泪，于是把他抱得更紧。

下了地下铁车站，瞳拉着光太郎的手往茧子的家走去。还没到五点，但天色已经相当暗了。星期六的课，母亲不能进入教室，所以她会带茜茜去。但是星期二的课，母亲必须坐在教室后面，所以才把茜茜托给茧子。一开始她把茜茜带在身边，但她不时哭闹，弄得其他母亲都投以困扰的眼神。她正考虑要不要找个保姆按钟点照顾，茧子却主动表示可以放在她那里。三千块怎么样？茧子直截了当的口气，让瞳有点吃惊，但对方拿了钱，她当然也比较没有心理负担。两小时五千块上下，比起还要多付入会费、保险费的保姆，自然便宜得多。

按下一楼大门的电铃，走进大厅自动门时，瞳迎面遇上千花。

“啊，阿姨，你好。”直到刚才一直压抑心情的光太郎，终于展开笑颜，愉快地打招呼。

“哦，吓了我一跳呢。去茧子那里？”瞳一边说着，心里蓦地发现看到千花，自己有多么欣慰。

“是呀，真巧呢。我是去佳织那里坐一下。瞳呢？去茧子家？”

“是的，我请她帮我照顾茜茜。”

“哦，对，你说过。一次三千？真像茧子的作风哩。今天是去上课吗？”

“是呀，真不好受。有个动手动脚的孩子，母亲又霸道，我和小光都被整惨了。偶尔一次还没关系，但是幼儿园里有这种小孩，我们两个真的疲于应付。”她一吐而尽，刚才在心头亮起的安慰扩散到全身。

“真的呀？怎么会这样。不过这是常有的事，你别太在意了，那种蠢父母到处都是。”

“还被老师骂了呢，说是小朋友应该养成有事也不会乱动的意志。”

“啊？老师说这种话？那我真是对不起你，介绍你去那种地方。”

“别这么说，这完全不是你的错呀。不过，别的地方也像这样吗？班上的母亲们都很冷淡，气氛跟幼儿园完全没办法比……”说到这里，瞳几乎想靠在千花身上大哭。啊，我一直想说出来的，瞳重新领悟到，而且不是别人，我就只想对千花说。因此，即使看到千花在看表，瞳还是继续说："大家虽然会互相寒暄、说话，但都是不着边际的对话，完全不是能令人放心融入的气氛。对了，千花，你家雄太上的是哪一家？你们也有上吧？那边是什么样的气氛呢？大家也是这么冷淡吗？"

"瞳，真抱歉，我有点赶时间。"

"啊，对不起。是我不好，在这里挡你的路。如果你不嫌烦的话，我再找个时间问你吧？今天遇到你真是太好了，好像海上遇到浮木一般。"

"哎呀，哪有这么严重，随时都可以打电话给我呀，不过我常不在就是了。"

"下次再一起去喝茶吧？幼儿园等下课的时间。"

"好呀，容子不在的时候都可以。那我先走了。"千花把披肩扣紧，向光太郎挥挥手，转过身去。

"啊，什么意思，为什么要在容子不在的时候？"

瞳追上往自动门走出去的千花问道。

"没什么啦。没什么意思，只不过最近，她说话老是带刺，好像对带孩子去学前班的母亲都抱着敌意呢。走喽，拜——"

千花快速说完，匆匆走出自动门。

"妈妈，我，我想上厕所。"

光太郎拉着瞳的大衣衣角。

"哦，对不起对不起。你等很久了吧？我们快去跟茧子阿姨借厕所。"

瞳握住光太郎的小手，快步走向电梯。

原来如此，千花也不太满意容子的作风。并不是我多心，才认为容子有点变了。千花表现得淡漠，是因为容子也在场。如果她不在，只有我的话，千花就会像刚才那样推心置腹地跟我聊天了。一如从前，完全没变。

“你们动作真慢！”

茧子开着玄关门，大声嚷道。瞳吃了一惊。

“哦，对、对不起。呃……可不可以借一下洗手间？”

还没说完，光太郎已经脱了鞋往洗手间跑去。

“怎么搞的？忍很久了吗？”茧子不太高兴地嘀咕，往客厅走去。

“刚才在楼下跟千花谈了一会儿，所以上来晚了。真的不好意思。”瞳跟在茧子后面进到客厅，却傻住了。地上到处散着零食包装袋，还丢着外送比萨的空盒。怜奈在纸层中央睡成“大”字形，旁边的茜茜一见到瞳，马上走过来放声大哭。瞳注意到她的脸颊上已有几条干了的泪痕。

“受不了，可能是等累了吧。茜茜一直哭、一直哭，我真拿她没办法。”

“对不起，真抱歉。”为了哄她不哭，才让她吃这么多零食吗？瞳愕然地想着：“这些，这些都是两个孩子吃的？”

“几乎都是茜茜吃的。而且，瞳，时间延长，零食费也超出预算，所以今天能不能算五千？”

瞳目瞪口呆地望着茧子。“妈，我上完了。”光太郎从厕所出来。瞳默不做声地从皮包取出皮夹，抽了五千元递出去。

“多谢惠顾——下星期请早一点，别再迟到了啊。”茧子用开玩笑的口气说着，又把睡在地上的怜奈抱起来，亲着她的脸。

刚才跟千花说话时的欣慰感消失殆尽，瞳带着满腹的不悦坐电梯下楼。怀中的茜茜仍不停抽泣，头发和呼气中还飘荡着零食的油腻味儿。每周把茜茜送到茧子这里，之前也出过问题。她吩咐尽量不要让茜茜睡，但回来时却跟怜奈睡得又熟又香。有时跟怜奈打架，腿上还有被捏过的痕迹。茧子的屋子似乎从来没打扫过，永远脏乱不堪，看到茜茜钻到沙发下、躺在桌子下，都让瞳不以为然。不过茧子会帮茜茜换尿布，也不会让孩子饿肚子。怜奈和茜茜感情很好，虽然偶尔也会一言不合，但大多数时间两人都玩得很开心。

然而，真的可以把茜茜一直寄在茧子家吗？

外面天色已暗，瞳出了大厅，走在住宅相间的小巷里。“妈妈，我们直接回家吗？”身旁的光太郎问。“是呀，直接回家了哦，茜茜。”体重已相当沉的茜茜，可能是害怕夜晚的黑暗，脸贴在瞳的颈旁。晚饭煮什么好呢？鱼还有剩吧。她跟茜茜和光太郎说着，强烈地感到母子三人不是走在归途，而是漂泊在陌生的异国街头。

难得八点过后就回家的护，见到桌上两人份的餐点，才如梦初醒地问：“咦，小衿呢？”

“在睡觉，她说她头痛。”

佳织忍住焦虑的心情，尽可能沉着地回答，同时打开红酒的木塞。衿香从两星期前就开始借口说头痛、肚子痛把自己关在房里。之前回家太晚见不到面也就算了，但佳织还是忍不住愤愤地想，都什么时候了还说这种话！这两星期，衿香只有两天到校。上星期的星期天，衿香入睡之后，佳织向护说，衿香没发烧，却因为身体不适向学校请了好几天假。但护只说，某处的医院听说很好，某处的医院最好别去。第二天深夜回到家，护似乎把这事忘得一干二净，连衿香有没有去学校也没问。于是，佳织也没敢提。

星期一、二衿都说身体不舒服而请假，佳织想带她去医院，但衿香却以“没那么严重”拒绝。星期三虽然去了学校，但今天又请假。她换好校服、拿着便当走到门口，突然蹲下来，说：“我不舒服、头痛。”

她面色如纸，看起来不像装病，便还是让她休息。接近中午的时候，佳织做好外出准备，叫衿香“去看医生吧”。衿香却说：“已经好多了，不用。”她的脸色的确恢复了不少，也没有发烧。但是到了晚上，她又宣称“头痛”，七点多便回床上躺着。

佳织不禁担心，是不是有什么不妙的事态在发生。再这样下去，下个星期、再下个星期，一直到寒假前，衿香都不能去学校了。想到这里，佳织感到背脊一阵凉意。

夫妻俩面对面开始吃饭。护自己倒了啤酒喝，佳织则喝红酒。桌上只有餐具的尖锐撞击声回响着。

“寒假，我们去哪里旅行吧？”护打破沉默说。

“也好，你可以休几天假？”

“三四天的话应该没问题。”

“那就在国内吧，我想去洗温泉，不过衿香不太喜欢。”

“小孩觉得温泉就是洗澡，嫌无聊吧。我小的时候，也不了解为什么大人老爱去洗温泉。”

“去福岛吧，你记得吗，我们在衿香出生前去的地方，怎么样？那里有别院，而且每个小屋都有露天风吕。”

“福岛吗，可以呀。不过那里真的只有温泉，衿会很无聊吧？”

“那么去九州？衿香之前一直想去豪斯登堡的。”

“嗯，那也好，九州好玩的地方不少。”

衿香或许会变成拒绝上学的孩子，说不定还会发生难以预料的麻烦。佳织按捺住这些话，说些可有可无的话题。汤布院也不错呀，还记得吗，那次我们预约了旅馆，没想到前一天衿香发烧，只好退掉。

说不出口。她对护说不出口。护一定会说“你看吧，我就知道会这样”。就算他不说，也一定会露出那种表情，佳织思索着。所以我才反对的呀。才五六岁大的小孩子，硬把她塞到那么紧绷的规矩里，现在反弹了吧。衿已经累了呀。我不是说过吗，小孩子就该让他们快乐地成长。他一定会用那种表情看着自己，绝口不提如何解决，只会摆出你闯出来的麻烦你自己解决的态度，佳织揣想着。

“我也来一点红酒吧。”

“我去拿酒杯。”

明天一定要想办法带衿香去医院，把她仔细检查一遍。就算衿香再怎么哭怎么吵，就算拖也要把她拖去。佳织一面在心里对自己说着，一面走到厨房去拿酒杯。

怎么会这样？！佳织好不容易才忍住站起来尖叫的冲动。如果现在待在大介的办公室或饭店房间，她就这么做了。但这里是下午时分的咖啡厅，所有的位子几乎都被一群中年太太占满了。众人是特地找一家较好的餐厅吃午饭吧，每个人都十分满足地在聊天。

“是千花主动联系你的吗？想跟你见面？”佳织尽可能平静地抓住茶杯的杯柄说道。她察觉自己的手在发抖，刚拿起茶杯，又放回茶盘里。

“也不是想见面，她是说有很多事要问我。”

“很多事？上次不是才问了吗？”

“嗯，她说已经决定把我女儿那所学校，作为她大儿子的第二志愿。所以，才想进一步谈谈。”

“还有什么好谈的？上次都谈得很仔细了，不是吗？我就是为了她，才费心安排你们见面呀。”佳织不自觉放大了声音，眼角映出右边的座位上，一位唇色红艳的中年太太正饶有兴味地看着她。

“啊——怎么说呢？她好像是想作长期性的咨询吧。”大介拉长了尾音说。他喝了一口咖啡，用佳织看来特意缓慢的动作点了烟。大介朝天空喷了一口烟之后，左边位子的胖太太突然拿起菜单扇空气。“啊，不好意思。”大介刻意低了一下头。

“管她呢，这里本来就是吸烟区呀。”佳织像是找到出气筒似的说，“所以，你们见面了？跟千花？居然没让我知道？”她紧盯着大介说。

“嗯，可是，不是两个人单独见面，你那个口气好像我们背着人偷鸡摸狗咧。不是像你想的那样。”

“小姐，”左邻的太太依旧右手扇着菜单，用左手招来店员，“能不能帮我换个位子呀。”

然而室内全满，店员一脸困窘地站在原地。

“不用了，我们要走了。”大介没好气地对左邻的女子说，熄灭香烟后站起来。说到一半被打断，让佳织怒不可遏，因而朝那女人狠狠瞪了一眼，故意发出大声响站起来。她很明白那也只是发泄。

屋外晴空万里，空气却仍是二月的冷气，寒风刺骨。大介好像已有目的地，迈着坚定的步伐往前走。佳织跟在几步之后。

说是千花主动联系，表示决定把大介女儿的学校，作为儿子的第一志愿。想多了解一些考试的内容，所以才请他抽时间出来的。在咖啡厅坐了半天，直到十分钟前，大介才恍如临时记起般说了这些话。而且，一月中也见过一次。最过分的是，那次见面，大介带着妻子和两个女儿，与千花、丈夫六个人约在赤坂的餐厅用餐。这三个星期她与千花见了好几次面，千花对这件事却只字未提。和大介也电话联系了几次，他也完全没说。大介虽然自夸说“两个人并没有在偷鸡摸狗”，但她听了难道不可以不高兴吗？而且，连太太女儿都带去。这算什么，两个家庭的聚餐吗？越想就越火冒三丈，好几次都冲动得想把皮包摔在地上。

千花也太过分了，为什么对她保密到家？而且她真的说过第一志愿的话吗？若是那样，那也太无礼了。我应该说过女儿衿香没考上那个学校，她居然不顾我的面子，公开宣布“决定当做第一志愿”？还是因为顾及我的面子，才对我保密？若是那样，那也太没道理了。亏我那么殷勤地招待她到家里来，还好意帮她介绍大介……

“喝茶都喝饱了，接下来呢？到哪里坐坐？今天我时间很多，怎么陪你都行。”

大介云淡风轻地说着，仿佛刚才的话题已经结束了。

“到底是怎么回事？简直莫名其妙！你们太过分了。”佳织站在路上大吼起来。她的怒气沸腾到顶点，已无心顾虑别人的眼光。

“又不是我开口邀她去饭店的，你别想歪了嘛。”大介想替她消气，放缓口气走过来说。

“我不是说这个！”佳织抓起皮包把手，往大介身上砸去，声音更激愤了，“什么叫‘我和太太一起’，而且连女儿也带去。为什么你们两家人要见面吃饭？这也太奇怪了吧，为什么不告诉我一声？”

“可是，如果让你也来的话，那不是更奇怪吗？难道你要我向我太太说，这位是介绍高原太太给我认识的江田太太？这样很诡异吧？”

“好啊，你们！所有人都把我晾在一边糊弄我。”佳织膝盖一弯便蹲在地上。蹲下之后她才察觉到，自己怎么会做出这么丢脸的事。

“喂，别这样。”大介一面困窘地说着，一面把佳织拉起来。佳织甩开大介的手往前走去，发现有几个人正看着自己，便加快了脚步。在阳光的反射下，柏油路和摩天楼都炫成一片白，失去了现实感。

“衿香说不定会变成拒绝上学的孩子。”

待大介追上来并肩走时，佳织说道。她没打算说的，然而一旦说出口，心情却突然放松了。气愤的情绪虽然一时还无法抚平，但在心里的另一个角落，却瞬间得到解放。

“啊，怎么会呢？她不是好好的吗？今天一个人待在家里吗？”

“今天她去上学了。可是昨天请假了，前天，再前天都请假。去了医院，医生说没什么异常现象，叫我带她去看身心科。”

“真的吗？不过，你别太紧张了，最近大家有什么事都跑去看身心科，不用大惊小怪。连我也去专属的心理咨询师那里，每星期两次呢。心理太疲倦，或是睡不着，就得去看心理咨询，真是受不了。不过有压力是很平常的事呀。像今天，增谷也被诊断有轻度忧郁症，现在在家休息呢。”

大介大约是发现佳织发脾气、一会儿蹲下一会儿暴怒，都是衿香的事引发了精神上的焦躁，并不是针对自己，心里松了口气，话也多了起来。

“她并没有受到霸凌。我以为她瞒着不说，偷偷检查了她的东西。课本用具都没有被捣乱的痕迹，也没有东西不见。同学也会打电话到家里来呀。所以，到底是什么问题，我实在查不出来。难道原因出在我身上？可是我对她严格要求，是三四年前的事了呀，为什么现在才发生状况呢？”

走在办公商圈里，佳织几乎像自言自语般低喃着。不过，借着这样的低语，她总算暂时把大介和千花吃饭的事放在一边，压在心头的沉重情绪也稍微纾缓了下来。

“不是你造成的。现在哪个孩子不为考试烦恼？有些孩子还会把自己逼到死角哩。如你所说，那已经是几年前的事，孩子早就忘了吧。再不久就是寒假，你安心吧，说不定寒假一结束，她又什么事都没有似的上学去了。”

佳织停下脚步，心头不断萦绕着大介的话。仿佛遮住心头的厚重灰云中，透出一丝光线。

“孩子心情的变化比我们想象的剧烈，但他们忘记的速度，也令人意外。我说的话可能有点过分，不过，她在这个时期发作还值得庆幸，因为马上就放寒假了。只要带她出门旅行玩玩，调整一下心情，应该很容易就能恢复正常吧。”

“有道理，”佳织低语着，“一定是这样。”大介说得肯定没错。就因为大介会告诉她这些话，所以从以前她就需要大介，现在也需要。佳织无意识地想着。所以他们俩，不对，是她自己，才无法终止这段关系。霎时，她觉得眼前的景色放射出难以正视的强烈光线，两脚一软，佳织再次蹲了下去。这次她没意识到自己丢脸。为什么？为什么呢？为什么她不能对护说，不能说衿香的事呢？为什么只有大介能说出这番让她解困的话？她蹲在地上，注视着在阳光照射中发出耀眼光芒的柏油路，一次又一次发不出声地喃喃低语。

“喂，佳织，你还好吧？哪里不舒服吗？”

她听到大介的声音从远处传来，感觉到有力的臂膀扶住自己。那双手臂把自己扶着站起来。佳织往前走了几步，在冰凉的石凳上坐下。“你脸色很差，要不要去哪里休息一下呢？”那声音听起来仍在远处飘浮，如同微弱的手电筒光线照在黑暗森林里的自己。

如果千花的儿子进了大介女儿的学校，两个家庭应该会来往得更密切吧。佳织无来由地思索起这件事。千花的家人将在没有我的地方，与我不认识的大介妻子和我从没见过的两个女儿快乐地聚餐，假日一起出游，到彼此家中做客吧。千花一定每事必问：老师说孩子的成绩没进步，经常忘记带东西，老师说他躁动不安，不想去学校。她一定会在大介妻子的默许之下，逐一向大介报告吧。不对，千花的儿子应该不至于出现不想去学校的状态，因为那个学校是多么的理想，多么重视个性发展和自主性，多么完美的学校！大介那对天真又可爱的女儿，一定能成为他的好友，大介和他太太也一定会提供有益的建言。

不能让他们这么做！怎么能让这种事发生？一定要阻止他们。衿香进不了的学校，为什么千花的儿子一定能进去。我得不到的东西，为什么非得让那女人得到。佳织弯下腰抱住头。我真蠢，竟然会如此胡思乱想，我真蠢、真蠢。佳织抱着头仔细聆听，但刚才那如同手电筒光般的遥远声音，现在却听不见了。

那孩子好眼熟啊，茧子停下脚步思索着。孩子站在陈列架前凝视着各种糖果，好像在搜寻什么。啊，对了，那不是夫人家的衿香吗？她想起的同时，便“呀”地叫了出来。然而衿香的脸上不是惊讶，而是恐惧。她这才留意到，自己这声招呼，似乎不太妥当。仔细一想，今天是上课日，而且还没过中午，衿香穿着状似校服的外套，背上背着书包。逃课啊，茧子恍然大悟，而且还是第一次逃课。虽然这不是离家最近的便利店，但毕竟从家里徒步可及的范围，而且还穿校服，一定不是惯犯。

“哎，这个你吃过没有？非常好吃哦，虽然热量高得离谱。姐姐买给你吃吧？要肥一起肥。”

为了解除她的戒备，茧子一面换上轻松的口吻，一面朝衿香走近。茧子拿起一包零食给她看。瞄了一眼，发现衿香没有反应。细发中隐约可见通红的耳朵。

“啊，这个是新产品，而且是草莓口味，以前没见过呢。要不然买这种吧。怎么办，很难选择了。……算了，管他的，胖就胖吧。反正对小衿来说，我已经是欧巴桑了。”茧子瞥了衿香两三眼说，果然如茧子所料，衿香隐约笑了，“哎，等下到姐姐家，跟我们怜奈、茜茜一起大吃特吃好不好？我们来开个零食派对！等我一下哦，我去拿篮子。”茧子迅速从收银台旁拿了个篮子过来，把巧克力、洋芋片一一放进篮里，“来呀，小衿也把自己喜欢的饼干放进来。”

衿香疑惑地来回看着篮子和茧子，怯生生地伸手拿下刚才茧子说好吃的炸米果，不太好意思地放进篮子里。

茧子把提篮放在收银台上，买了一盒烟。离家最近的超商没有卖烟，所以她走到这么远来。不论是茧子结账，还是提着一大袋零食、饮料走出店门时，衿香都没有说一句话。她沉默着，仿佛放弃了所有意志，顺从地跟在茧子后面。

“你看过茜茜吗？就是小姨家的小宝宝，小衿见过她们吧？偶尔会暂放在我们家里。我并不是经常把她们两个放在家里，自己出来买东西的哟。反正去去就回来，所以我想没关系吧。小衿，有时候也来跟我们怜奈和茜茜一起玩嘛。”

为了化解衿香的紧张，茧子喋喋不休地说着零碎不全的话。她不知道自己为什么要把这孩子带回家，也不知道带回去之后该怎么做，只是茧子感到异常的兴奋。为什么衿香会背着书包，在这种时间出现在那个地方？她为什么逃学？是第一次吗，还是第二次？夫人知不知道呢？她好奇得难以自抑。

天色灰蒙蒙的，寒意冷彻。马路上行人稀疏，只有几辆车掠过茧子身旁。茧子冷得很想快跑起来，衿香却一味低头拖脚走着，她只好配合孩子的步伐前进。

“我记得，小衿的学校好像很远吧？学校里全是头脑聪明、家境又好的千金小姐吧。像我啦，只读过公立，我们学校全是些说话像猴子一样的同学。那些笨蛋男生什么都不会，每天只晓得掀女生裙子。女生嘛，也都是些没教养的人。因为我很强，她们不敢欺负我，不过，有时候觉得无聊，也会假装去上学，其实溜到别处去玩。”

“去哪里？”衿香小声地问。

“坐上公车到闹区呀，游乐场啊，或是去奶奶家。”茧子说了谎。学校里流行掀裙子、很多孩子有坏心眼的确是事实，但是她从来没有逃过学。她最乐于和那些掀裙子的男生斗，也会领头欺负其他好学生，在学校里玩得乐在其中。

“如果大人问，今天在学校做了什么？你只要说校庆放假一天——就可以了。啊，不过衿香穿校服，好像不行。”

“头。”衿香依然低着头小声说，“我头痛。”

“哦——嗯，这种情形也是会有的呀。头痛的时候当然不能去学校呀，去了会更痛嘛。”

衿香又笑了。这次的笑容看起来比刚才舒缓些。茧子放心了。

“我没跟妈妈说。”

在大楼大厅处，衿香用快消失的声音说。

“那是当然的啦。我不会跟妈妈说的，她一定会担心的嘛，如果说你头痛，她一定会马上带你去医院。去了医院要打针很痛的。你可以到我家休息一下，吃吃糖果，看看电视，等头不痛了再回家就行啦。反正你家就在楼上。啊，可是妈妈今天在家吗？会不会在电梯遇到？”

“没关系。妈妈今天不在，傍晚才回来。”

听到茧子表示不会告诉妈妈，可能放心了吧。衿香仰头瞅着茧子笑，快步走进大厅。

哭声从门外就听得到。茧子开了锁，飞奔到屋里。怜奈和茜茜四脚朝天地躺在客厅号啕大哭。茧子立刻跑到怜奈身边，把她抱起来。

“怎么啦，怎么啦？妈妈不在家，很寂寞啊。妈妈现在回来啦。”茧子大力摇起怜奈哄着，怜奈在茧子肩头磨蹭，又哭了一会儿，声音才慢慢转小。但是，茜茜还是躺在地上哭。

“小衿，你随便找个地方坐下来吃糖果。果汁放在冰箱里，你自己去拿。”见衿香还呆呆地站在客厅入口，茧子对她说着，继续哄着怜奈。衿香把书包放在脚边，脱下外套，像大人一样把它翻过来叠好，抱着衣服慢吞吞地在沙发上坐下。她仿佛十分稀奇地环视客厅，然后低头瞧着大声号哭的茜茜。

“啊，别担心，那孩子超级撒娇。她只是想撒娇才哭的啦，不理她一会儿就没事了。哎，小衿，要不要抱抱我们家怜奈？她很可爱吧？现在要当模特儿了哟。”

茧子把停止哭泣的怜奈递出去。衿香诚惶诚恐地接过来，让她坐在腿上。怜奈一笑，衿香露出羞涩的表情望着茧子。

“喂，茜茜，别哭了啦，要不要吃这个？”茧子从塑料袋拿出巧克力，把包装打开后，放在哭泣的茜茜身边。她不管茜茜的哭声，拿出烟坐到换气扇下面点火。

怀孕以后她就一直没碰烟了，直到最近才又开始抽。因为佑辅讨厌烟味，所以她尽可能不买，只有烟瘾犯了，才会出门去买一包。不过到了最近，她几乎天天买了。站着连抽两根才回到客厅，盘腿坐在地上，打开饼干吃将起来。

“啊，果然好吃。小衿，你也要来一点吗？”

茧子把整袋饼干交给衿香，但衿香面露尬尴之色，并没有接过去。茧子领悟到，她是因为两手抱着怜奈，没办法拿，所以抱回怜奈，把饼干塞到衿香手上。衿香把外套放到一旁，但还是不太敢伸手。茜茜仍然嘹亮地号哭着，茧子让怜奈坐在她盘着的腿上，拆开巧克力包装。还没放进嘴里，怜奈已经抢过去吃了。

“你不吃吗？难道你妈说过，不准你吃这种东西？”

茧子提高声音，想压过茜茜的哭声。

“请问，盘子呢？”

衿香拎着饼干袋，困惑地问。就在这时，茧子抓住仰躺啼哭的茜茜的手用力一拉，大吼道：“你给我安静点，吵死啦。”

霎时，屋里一片安静。茜茜吓得不敢哭了，衿香睁大了眼睛盯着茜茜和茧子。怜奈张着沾满巧克力的嘴仰望茧子。茧子的右手残留着某种软趴趴的触感，仿佛那不是茜茜的手臂，而是一条湿毛巾。不过安静只维持了一秒钟，茜茜的哭声再度如同着了火般爆炸。茧子急忙拆开包装纸，把巧克力放进自己嘴里。一面品尝口中散发出的甘甜滋味，同时一面厌烦地瞪着茜茜。她并不觉得自己那么用力，然而，却有种不妙的感觉，好像手断了。不会吧，最多只是扭到而已，茧子想。哭那么大声只是在演戏。她想向瞳和光太郎撒娇，所以一点小不舒服就小题大做地哭。

“呃，她没关系吗？”

衿香怯怯地问。

“什么？”

“宝宝哭成这样，没关系吗？她的脸都涨红了，而且刚才有个声音怪怪的。”

茧子听到这话，才终于明白，刚才那一秒钟，当衿香问她有没有盘子的时候，心中的怒火以自己也无法掌握的速度，在自己也难以理解的沸点下，突然沸腾起来。她意识到，眼前这个整齐别着发卡、把大衣折好放在一边，穿着既无毛球也没褪色的藏青色长筒袜、漂过的白衬衫和一丝皱痕也没有的百褶裙、外套的少女，这个刚刚才被她从便利店拯救出来的夫人之女，挑出了她的问题。她仿佛觉得，连自己就着包装袋吃饼干的习惯、空包装袋、塑料空瓶和用过的尿布、报纸、杂志、广告单，几天前丢进洗衣机的脏衣服，刚才脱下的外套和堆在流理台的脏污碗盘，使用信用卡几乎成癖，还有茜茜不断啼哭，最近都靠零食充当午餐，以及这两个月胖了三公斤的事实，都被这少女看透、鄙视、责备。

“应该没关系吧。”茧子轻快地说着，把怜奈放在地上，再抱起茜茜。茜茜刚才被她拉住的右手，无力地垂在一边。不妙的预感再次涌起，茜茜转开脸继续哭，声音已转为嘶哑。

“对了，小衿，如果你头痛的话就躺下来，不用坐得那么端正。”

茧子站起来边哄茜茜边说。她很想问衿香为什么逃课，可是茜茜实在吵得不可开交，气氛不太适合。怜奈一步步爬着，把散在地上的饼干袋捡起来，包装也没开就含在嘴里。

电话响了，茧子想一定是瞳。她不想去接，但是茜茜还在这里，事后她一定会追问自己到哪里去了。茧子把哭泣的茜茜塞给衿香，接起电话子机。

“茧子，我马上就回去了。茜茜还好吧，乖不乖？”

果不其然是瞳。

“嗯，很好啊。”

“对不起哦，你托我买的熟食，我去买了就回去。咦，是茜茜在哭吗？”

“嗯，哭了一会儿，可能因为刚醒来吧。”

“我马上就过去。”

挂断电话，放回子机。茧子呆站着咬起指甲。如果茜茜真的受伤了该怎么办？就说，她自己从沙发上掉下来好了。衿香应该也不会说什么才对。茧子又走到换气扇下抽了根烟。

大约是哭累了吧。回头一看，茜茜已在沙发上睡着了。怜奈趴在衿香腿上，伸进衿香拿的饼干袋，吃起饼干来。

“哦，茜茜终于睡着了。小衿，你妈今天何时才回来？我可以到小衿家玩吗？”

捻熄香烟，茧子这么说。她没想过要趁夫人不在时到衿香家里去，但这话一说出口，她便觉得真是个绝妙的主意。“可以吧。”衿香愕然地看着茧子。

“我只去一下下就好了。有点像去冒险，好好玩哦。我想看看小衿的房间啊。茜茜的妈妈很快就来了，所以我只是去看一下就回来，好吗？”

衿香眼也不眨地望着茧子良久，瞄了一眼墙上的钟之后站起来，大衣和书包都没拿，便走到玄关。茧子把睡着的茜茜和正在吃饼干的怜奈放在一边，跟在衿香后面。“如果你不答应，我就把今天的事告诉你妈妈——”茧子感觉这无声的要挟有点难为情，所以在电梯里不断找话讲。

“小衿的家真的好漂亮哦。不过，你妈太忙了，所以都不找我过去。我最羡慕你们家了，真想住在那么漂亮的房子里。而且，我还没有看过你的房间，小衿也来我们家玩了，所以去你房间玩也可以吧？谁让我们是好朋友嘛。”

衿香一声不吭地走出电梯，从外套口袋取出钥匙开门。

“妈妈还没有回来吧？”

茧子闻到门里散出的别人家的味道，问道。

“嗯，她昨天打电话时说，今天一定会到四点以后。小衿也要跟小纯他们去画画。”衿香走上台阶，茧子跟在后面。茧子想看的是客厅、厨房和主人房，但衿香笔直走到自己房间，打开房门，笑着对茧子说：“请进。” 一副大人的口吻。

衿香的房间也宛如样品屋里的儿童房。床上铺的格子床套一丝不乱，书桌虽然是学童用的，但看起来又大又稳固。屋里还有化妆台和柜子。柜子上有如展示般摆着相框和布偶。墙上挂了一张画，不知道是谁的作品，是一张狗的画像。白门另一面是更衣间吧。从小茧子就一直想住在这种房子里。

为什么我会想搬到这栋大楼来呢？参观着房间时，茧子倏地浮起这个疑问。婆婆都还没把钱拿出来，她为什么会那么急躁地坚持搬家呢。不想住在那种破屋子，想搬到市中心，住在又大又美的大厦。茧子很快便想起自己那近乎焦虑的愿望，但现在却感觉像是别人的记忆。

“整理得真干净呢。”茧子说，耳里听到的是孩子气的声音。

衿香在书桌前的椅子坐下，说道：“这里还有一个房间呢。”她指着抽屉，表情甚是得意。

“什么房间？”茧子虽然没太大兴趣，但还是问了。

“是小衿的秘密空间。因为可以上锁，所以连妈妈也不知道。”

“真的？”茧子倒是急着想参观厨房和主卧室。冰箱里放了些什么呀？主卧室里一定有的衣柜，摆了什么样的衣服呢？她思索着该用什么理由离开这房间。

衿香说：“我给你看吧？如果你不把今天的事告诉妈妈，就让你看我的秘密。”

“嗯，好啊。”

茧子说完，衿香用手指伸进笔筒深处，挖出一支小小的钥匙，插进钥匙孔里转了一圈，慢慢地拉出抽屉。茧子不经意地瞧了一眼，却差点尖叫出声，继而惊愕地瞪视着抽屉，只觉得背脊发凉。抽屉里放着六个塑胶材质的人偶，分别穿着洋装、浴衣或T恤、牛仔裤，各有不同款式和造型。然而这些人偶都没有头，头部如同橡皮擦般排列在抽屉的更里层。茧子呆望着抽屉说不出话来，耳边听见衿香低声轻笑。

“这些娃娃还有个假的家。”衿香站起来打开衣柜门，拿出一个相当大型的娃娃屋，但茧子的眼光无法转离抽屉，“他们真的家在抽屉里。白天就会在假的家里玩，晚上再回到真的家。”

“为什么没有头呢？”茧子问，连她自己都听得出声音在飘。

“娃娃说她们不需要。”

茧子好不容易把目光从抽屉移开，说：

“我想喝饮料，可以去冰箱拿点饮料吗？”

“嗯，好呀。”衿香回答，并把无头的人偶摆好。茧子几乎是逃也似的跑出儿童房，穿过阴暗的走廊往客厅去。阴天的关系，没开灯的屋里也显得昏暗。茧子绕过吧台走进厨房，打开冰箱，内部整理得有如广告宣传。标签雅致的瓶罐、堆叠整齐的保鲜盒，陌生品牌的蘸酱和酱油。她伸手拿了瓶矿泉水，直接对着口喝下。一直憧憬的夫人家，一直想看个究竟的冰箱内部，不知为何却让茧子有些反胃。不管是玻璃瓶上漂亮的标签、一尘不染的客厅地板，还是寂静。她把瓶子放回原位，大声嚷道：

“我要回去喽，小衿，我有点担心怜奈她们。”

茧子和衿香搭电梯下到四楼，瞳和光太郎已经站在门口。瞳两手抱着纸袋，光太郎拎着上钢琴课用的布袋。

“啊，茧子，你到哪儿去了？我按了半天电铃也没有回应，还以为发生什么事了呢。”

从看到抽屉那瞬间便笼住心头的不快，变得更浓厚了。

“我只是去夫人那里一下。”

她推开瞳和光太郎，开了门锁。背后听到衿香“你们好”的礼貌寒暄。什么玩意儿！明明收集那些恶心的娃娃，还装什么乖！

“咦？怜奈和茜茜呢？你不会把她们俩丢在家里，到楼上去吧？”

瞳说着，跟在茧子后面进了房间。瞳的话就像爱挑剔她的母亲一样。

“你不要一下子就发脾气嘛，我只不过去了两三分钟。”

混乱不堪的客厅里，怜奈身上沾满了零食屑睡着，茜茜在沙发上也睡了，脸颊留着两道像蜗牛爬过的泪痕。

“我没有发脾气，可是……”

“真受不了，有什么大不了的。有点急事上去罢了，而且这两个孩子都在睡呀。既然托给我，就少多嘴！”

瞳张口想说话，但最后还是没说出来。把手上的纸袋往前一伸，说：

“这些是你要买的菜，青菜也放在里面。”

“今天从上午开始算，所以四千。”

茧子转开脸说。瞳静静盯着她好一会儿才拿出钱包，抽出钞票放在桌上。抱起茜茜时，茜茜醒了过来，立即爆发出尖锐的哭声。茧子侧眼瞄了一眼茜茜，只见她左手虽然勾住瞳的脖子，刚才她拉过的右手，却仍是无力地垂着。茜茜的哭声越来越大，吵得似乎连屋子都要震动起来。“怎么啦？别哭啦，我们要回家了哟。”屋子里只有瞳安抚的声音，在远处飘浮。一身校服的衿香站在屋角，面无表情地看着茧子。茜茜的哭闹声直入脑髓，让茧子好想塞住耳朵蹲下来。但她还是动也不动地僵立着，回过神时，屋里一片死寂。茜茜、光太郎和瞳都不在了，只剩下茧子、沉睡的怜奈和沉默而立的衿香。

为什么会想搬到这里来？为什么那个居民楼不能满足我？为什么我要来住在市中心？为什么我……我到底要的是什么？追求的是什么？静谧的问号宛如无声的落雪一般，在茧子的心头化开。

瞳只开着流理台上的小灯，站在昏暗的厨房里，一口又一口地吃着法国面包。放进嘴里，咀嚼，吞下，不知道是什么味道，也不知道自己是饿着还是饱了，只是无法停手。帮孩子准备早餐买的法国面包，她整袋抱着，吃完一根，又无意识地伸到袋里剥开新的一根。

瞳第一次感受到杀意。当然，她并不是真的想杀人。只是，这是她第一次对别人怀有这么大的恨意，连自己都无法应付的愤怒，可以称之为杀意吧，瞳想。

今天出了很多事，太多了。

三天前，向日葵计划的砂原铃子打电话给她，说起这星期六他们要举办大规模的活动，请演唱歌手到区民活动中心来表演，所以问她可否多少来帮个忙。她当然应允了，也很高兴在他们人手不足的时候会想到自己。她把光太郎送到幼儿园，回到家，再带茜茜到茧子家去。这时还没有任何问题。虽然零食和午睡依旧，但并没有把三千元调升到五千元。茜茜看上去和怜奈相处和睦，自己也想去怜奈家玩。茧子应该习惯了吧。自己之前对茧子生活态度和育儿方式的不满，瞳感到惭愧。

到了向日葵计划中心，成员一如往常地热情迎接她。瞳按着铃子等人的指示，将老人院送来的参加者做成名单，制作大厅装饰用的假花，打电话到巴士公司确认，以及影印散发给参加者的传单。好久没这样工作过，不论是打电脑，或甚至只是影印，她都开心得快跳起来。当她像从前一样，跟大家一边聊天一边工作时，有个人走进房间。这地方出出入入的人很多，瞳并没有特别注意，也没转过头去看，不过铃子叫她：“瞳，介绍新人给你认识。”

她回头一看，不禁瞪大眼睛。铃子身边站着容子。

“哎，瞳，是你。”容子一脸诧异地说，但在瞳看起来，那只是拙劣的演技。

“哦，你们认识呀？”铃子问。

“是呀，我们儿子在同一所幼儿园。瞳说过她在当义工，可是我不知道她在这里。真是巧啊，太好了。”容子宛如念着背好的台词说道。

她不可能不知道我在这里。十天前，容子问她："对了，瞳，你不是在做义工吗？在哪里？"于是，瞳很清楚地告诉她，是大学里设的志愿中心，一个叫向日葵计划的设施。因为生了茜茜，所以不太有时间过去，打算等茜茜上了幼儿园，再回去工作。

"原来你们认识呀，太好了。"铃子不带心眼地说道，她拜托容子和瞳去买东西，采购活动用的点心。

"想来这里怎么不说一声呢？"走在往超市的路上时，瞳说道，"若是我先知道，一定会好好帮你介绍。"

"瞳，你来当义工是为了孩子考试吧？这种活动好像很有利。"容子歪起嘴角说。

"才不是呢，光太郎还没出生前，我就加入那里了！"瞳强烈的口气，连她自己都有点惊讶。她语气急促地解释为什么要加入那里，以前参加过什么活动，还有光太郎出生时，成员们如何为她高兴的事。她滔滔不绝地说着，然而容子打断了她。

"我可以开门见山地告诉你，我是为了考试才来的。我做过很多调查，发现那里最轻松，所以才选择它的。当然，如果做起来有成就感，等小俊考完之后我会考虑继续。我们家只有一个儿子，要做的话马上就可以开始。以后也请你多关照喽。"容子大咧咧地说道。

瞳觉得脸颊发热。怒火中的她，不论在购物还是归程，都没再理会容子。虽然她知道自己的行为很孩子气，但实在没办法继续跟容子谈笑风生。

她想起老人见到便当送达时喜悦的脸，帮他们打杂后的感谢，一幕幕让她哽咽的小小感动，都历历在目。因为有助于孩子考试才来参加？怎么会有这么可恶的想法呢？容子自己都不觉得可耻吗？而且，还认为我也是为了相同原因才加入，把我想得那么低劣！

接近幼儿园下课的时间，瞳和容子离开了志愿中心。今天是上学前班的日子，所以瞳没骑自行车，而是坐了电车过来。也因此她得跟容子同行。瞳甚为冷淡的回应，容子似乎并不介意，仍然津津乐道起电视上报道令人咋舌的学前班实况。像是老师把母亲集合起来痛斥一顿，有些母亲哭了。孩子们在这一年里做的试卷堆起来比个子还高，等等。这个话题也让瞳恼火。当容子说出还好没让一俊去读的结论时，她几乎差点拉高嗓门说："那你是在针对我了？"然而，即使说了，容子也不会放在心上吧。她会一脸疑问的表情说：咦？你说什么？还有一年，再过一年就好了。路途中，瞳像念经似的不断在心里说着，继续不理会容子。再过一年，光太郎从幼儿园毕业，就不用再忍受跟这种人对话了。反正，她的儿子进了小学之后，就不会再来志工团体了吧。

带着光太郎，到茧子家去接茜茜。由于从早上就托放在这里，下午她想把茜茜带在身边到学前班去。然而茧子却说："反正她很乖，下午就放在这儿吧。"而茜茜也想跟怜奈玩，所以才把孩子留下来。茧子送瞳到门口时，再次老实不客气地说："我不能出去买东西，你回来的时候可不可以帮我买点菜？"那还用说？瞳心想，在这次之前茧子已经托她买过好几次东西，而且从来不付钱。但是她要照顾两个年幼的孩子，确实没有闲暇准备晚餐用的食材，所以瞳也无法拒绝。

学前班上完，在池袋的百货公司买了熟食，火速赶回茧子的家。但是按了几次门铃，都没人出来。正好大楼的住户从里面出来，她赶忙从大厅的自动门钻进去。然而茧子家门口的门铃也没人应答。她想起有一次，茧子把刚出生的怜奈放在房里就想上六楼去的事。瞳急如热锅蚂蚁，怀疑之前茧子会不会也曾把两个孩子丢着，像这样自己出门去。于是明知没人在家，她还是执拗地不断按着门铃。

"茜茜呢？"光太郎问。

“别担心，她一定在里面睡觉觉吧。”瞳虽然如此回答，却不知不觉打了阵寒战。

没过五分钟，茧子回来了。她面无愧色地说到六楼去了。一个穿校服的小女孩跟在后面，是六楼那位江田佳织的女儿吗？瞳不清楚，但随即想到，或许茧子也在照顾她，顺便赚点外快吧。

屋子里脏乱得令人诧异，怜奈和茜茜都在睡。零食袋开了口，里面的食物散落一地。怜奈的嘴边，甚至头发和手指都沾着零食碎片，圆滚滚的大腿也沾了不少。她反感地把茜茜抱起，茜茜一转醒便跟着号啕大哭。

瞳在回家的路上察觉到，茜茜的哭声不太寻常。左手紧紧抱着自己的脖子，右手却不自然地垂放着。心里升起一种不祥的感觉，便直接奔往附近的医院。医院下午的看诊时间已经快结束了，但瞳再三请求之下，总算让医生点头看了。茜茜右肩关节脱臼了，当医生问她怎么回事，瞳哑口无言，最后吞吞吐吐地说：“我请一个朋友照顾她的……”医生诊断是外伤性脱臼，如果没有尽早处置，可能会伤及神经或留下后遗症。听到这些话，瞳虽然庆幸自己当机立断，脑中却一片空白。小茜茜为了固定手腕，必须套上三角形的臂巾，肩膀和手臂也都要固定。完全治愈需要花三个星期，此外还必须做轻量的复健。

“孩子是交给托婴中心吗？”医生写病历时问道。

“不是，是……是朋友的家……因为我刚好有点急事……”

这位医生不会以为孩子遭到虐待吧？瞳想到这点，回答也支支吾吾起来。医生瞥了瞳一眼，目光又转回病历表上。

“怎么样？需要我开证明吗？”

瞳呆住了。医生并不是怀疑她虐待，而在暗示她，如果是某人导致孩子受伤的话，可以诉诸法律。

然而瞳还是说："不用了。"

回家的路上，茜茜因为哭太久，喉咙发出沙哑的嗞嗞声。光太郎可能是不忍心看到茜茜身上穿戴着奇怪的医疗工具，一直默默跟在瞳后面。

既然托给我就少多嘴！瞳的脑海中不断回荡着茧子先前的严词厉色。懊恼、困窘和愤怒逼出了泪水。茜茜还这么小，没办法说明事情的经过。是谁对她做了什么？是跟怜奈玩的时候从沙发上跌下来，还是茧子虐待她呢？她连自己有多痛都没办法说呀。自己怎么会把茜茜交给那么没责任感的人照顾？说不定之前发生过什么，自己也茫然不知。除了哭之外她不知道自己还能做什么。瞳用大衣袖口擦去泪水，咬牙忍住，唯独鼻水仍不住流出来。

想打电话向茧子抱怨，但最后还是放弃了。反正不管她说什么，茧子都会一概否认，只会让自己更生气、更丢脸罢了。只要别再把孩子带去就行，只要跟茧子断绝关系就行。她又没有与光太郎同年的孩子，只要不想见她，就没必要再见面。就算是自己搞错，她也不要让茜茜跟怜奈进同一所幼儿园，选一所怜奈绝不会进的幼儿园就行了。千花一定会帮自己出主意吧，绝不能让茜茜跟那种睡在零食堆中的粗鲁小孩当朋友。没有怜奈还有桃子呀。她得帮茜茜找个像样的朋友，像桃子那样的朋友。

瞳思索着，手边则忙着准备晚餐。她觉得自己真是不可思议，发生了这么严重的事件，心情如此激动，却还是能按部就班完成她必须准备的晚餐。

张罗好孩子的晚饭之后，瞳意识到一个新的问题——关于茜茜的伤，她该怎么跟荣吉交代？

荣吉一向反对孩子上学前班，他一再说，没必要送孩子去那种地方，让他们自然成长就好了。她好不容易才说服他，答应“只要小光不愿意去，就马上停止”。这才得到他的首肯。此外，她也没有告诉荣吉，光太郎去上课的期间，把茜茜暂放在茧子家的事。瞳心想，正义感十足、凡事讲求正道的荣吉，绝对会反对把孩子交给没有保姆资格的茧子吧。万一发生事情怎么办？不只是我们家的孩子遭殃，那位太太也会有很大的负担呀。瞳几乎可以听到丈夫这么说。话虽如此，荣吉应该也不喜欢托婴中心或保姆，经济上没有这个条件也是原因之一。荣吉一定会再跟她争辩，有必要为了让光太郎去上课，而把茜茜托给人照顾吗？所以，荣吉一直以为，瞳是带着茜茜去学前班的。或者他压根没想过光太郎上课的时间，该怎么安置茜茜。

不管如何，该怎么跟荣吉说呢？在茧子家遭到那种待遇，瞳实在好想找个人吐吐苦水，同仇敌忾一番，但看来是没办法对荣吉坦白的。就算从椅子上跌落、在车站楼梯跌倒、学步器翻筋斗……瞳沮丧地想，不管她怎么说，丈夫都会责备她“你跟在她身边，怎么也会发生这种事”！

八点多，荣吉回到家时，瞳最后还是说了谎：“在车站被人推挤，摔到楼梯上。”荣吉没有生气，也没有说出“你跟在身边也会……”那种预料中的责备。只是表情严肃地望着瞳，仿佛想从她的眼底搜寻出什么。

饭后，荣吉照例与光太郎一起去洗澡。茜茜今天不能下水，所以瞳小心地把茜茜的固定绷带拆掉，再脱下衣服，抱她到浴室外的更衣间帮她擦洗。正当瞳用拧干的毛巾帮她擦身体时，听见荣吉问光太郎的声音：“茜茜真的是在车站摔倒的吗？怎么摔的？不是在家里摔的吧？妈妈那时候也在身边吗？”小声而不厌其烦地问道。

瞳顿时觉得头皮发麻，想起刚才荣吉看自己的眼神。原来如此，丈夫难道是在怀疑她虐待女儿。荣吉的怀疑是有根据的。因为在荣吉心中，她还是个没有能力、无知、脆弱、不稳定，一向提出错误主张的小孩子。瞳帮茜茜换上睡衣，侧耳聆听光太郎的回答。“我不知道啊，茜茜跌倒的时候我不在。”光太郎的说法让瞳放下心来，但又对自己的这种心态感到不齿。

洗完澡，她带光太郎和茜茜上床，陪他们一起入睡。茜茜或许是吃了一天苦头而筋疲力尽。让瞳拍几下背，便呼呼入睡了。

“妈妈，”光太郎在棉被里小心翼翼地说，“妈妈，茜茜会好吗？”

“一定会好的。”瞳想给他一个微笑，眼中却涌出泪水。

“明天她可以玩吗？”

“可能还没那么快，茜茜的手臂不能动呀，所以小光要读故事书给她听啊。”

“好，我读故事给她听，翻花绳给她看。”

光太郎好像察觉到今天的气氛不同以往，于是用朗诵般的口气说道。

回到餐桌，平常已经就寝的荣吉还没睡，一人独自坐在暗淡的荧光灯下看晚报。那种光线照得人眼花，应该没认真看吧，瞳心中暗忖，把荣吉的碗盘拿去洗。

“小光学得好吗？”荣吉在背后问道。

“还不错，好像渐渐投入了。以前很抗拒的考卷，也好像有一点接受了。要看他的考卷吗？”

“幼儿园也没有问题？”荣吉没有回答瞳的问题，又问道。

“没有呀，每天都乐得不得了。不是我老王卖瓜，那孩子真的很受欢迎啊。”

“有什么事都可以跟我商量。”荣吉温和地说着。那声调就像翻报纸一样干。

“你还记得吗，结婚的时候我不是说过，我们要当一对无话不说的夫妻，建立一个彼此分享、没有隔阂的家庭吗？”

“是。”

“我觉得交谈虽然很简单，却是最重要的事。”

“有道理。”

“我不是说任何事都要裸裎以对，而是如果因为顾虑对方的感受，有些话想说却不敢说，对谁都不好。”

“我知道！”

瞳的声音带着愠意，心想“完蛋了” 。她急忙拧开水龙头，回头向荣吉笑道：

“别老用那种察探内情的口气说话好吗？我现在既没烦恼，也没压力。或许你以为茜茜的伤是我造成的，怎么可能会有那种事呢？而且，就算我曾经糟蹋自己的身体，但我拼了命也会保护孩子呀。我希望你明白，我不是那种人，不用偷偷摸摸地去问孩子。”

鼻子顿时一阵酸，但瞳告诉自己，现在绝对不能哭。如果哭出来的话，荣吉就会更加坚信她是个软弱、不稳定的女人了。瞳脸上努力扮出笑脸说完，又转过身去。

“我并不是认为你会害孩子。因为我太忙，没有机会好好听你说话，我是抱着反省的心情这么说的嘛。”

荣吉近乎撒娇般的口气如此说道。瞳没有回答，背后传来荣吉道晚安的声音，瞳回头，说：“对不起，我没把茜茜照顾好。”

“你也不是故意的。不过，虽然白天很辛苦，我还是会尽量帮忙的。”

荣吉说着，往卧室走去。听到拉门关上的声音，一阵饥饿感猛然袭来，很想随便找点东西把肚子塞饱。洗好碗，瞳机械性地打开冰箱，喝了酸奶，又把晚饭剩下的通心面沙拉、炒羊栖菜都吃了，饥饿感却越来越强。她拆开冷藏的火腿，连煮也没煮，就这么站着把整包吃完。但还是觉得不够，又开了纳豆盒，没加葱和黄芥末，只蘸了酱油用筷子拌开吃下，然后喝了买给光太郎的果汁。

交谈虽然很简单，却是最重要的事。瞳想起来了，婚前他们俩确实曾经有过这个共识。当时，她衷心感谢老天赐给她这么完美的丈夫。她可以跟这个男人商量任何事，而且也会得到平等的对待，直到今天她仍这么想。荣吉是个完美的人，没有瑕疵的丈夫。只是荣吉没注意到，别人只有在自己不被否定的时候，才会敞开心房。尽管她费了那么多口舌，但荣吉心底不也还是反对光太郎去考试吗？即使与我交谈，你也不可能突然从反对翻转为全力支持，不是吗？之所以没法告诉你把茜茜托给茧子照顾，之所以没法跟你商量未来该怎么做，还不是因为你总是坚持自己的主张来否定我吗？

吃完两大盒纳豆，还是填不满饥饿感，瞳开始咬起保鲜盒里的小黄瓜。但越是把各种食物塞进嘴里，憎恶自己的情绪就越膨胀。眼前浮起容子说“对考试有利吧”的嘴脸，浮起茧子说“既然托给我就少多嘴”的嘴脸，浮起脸颊、大腿沾着饼干屑的怜奈，浮起荣吉深深注视自己的表情。那些景象挥之不去，在瞳的心里不断打转。吃完小黄瓜，又把手伸进法国面包的纸袋，站在流理台前狂啃起来。直到袋子里全空了，瞳才终于回到现实。水槽中胡乱丢着面包和火腿的空袋、酸奶空盒、用过的盘子和纳豆盒。瞳无暇思及其他，先计算吃下了多少东西。还好，没那么多。今天因为心情低落，晚饭几乎没吃，所以肚子才会那么饿。跟之前不同，跟过去不同。瞳不断对自己说着，开始洗容器。她不能让荣吉发现这些残骸，如果解释这些量还不算暴食，不知道荣吉会怎么想。

不能让他看到自己的弱点。再也不能让荣吉发现自己的软弱。

对座的橘由里不停地从烟盒抽出烟、点火。大众餐厅的吸烟区设在没有窗的角落，窗边明亮的位子则成了禁烟区。送孩子上幼儿园之后的白天时分，妈妈们占满了禁烟区位子，吸烟区里空无一人。虽然觉得人少说话方便，但容子认为楼间的明暗，才是划分她和那些靓丽母亲的决定性因素。

“所以呢？”

容子扫视着禁烟区，想看看那些女人当中有没有熟人，但由里催着她往下说。那种口气太粗鲁了，让容子有点不高兴。这个女人是怎么回事？明明是她自己说希望见个面聊一聊，时间可以配合的。

“所以，我觉得女儿节还叫我去太过分了，真搞不懂她们是什么心态。”

“但是，别人没有直接邀请你去女儿节，是你自己跟去的吧？”

容子察觉到橘由里的愠意，她第一次发现自己或许不善表达，是到东京来念书的时候。当时，她渐渐觉得自己说话老是激怒那些好友，没来由地提高声音，像由里那样用她的话推断她的想法。

“话不能这么说呀。虽然我是去了没错，可是女儿节的聚会，别人都招呼了，就是不告诉我，这不是很奇怪吗？以前一定都会叫上每个人的，圣诞节时也是大家都有份呀。”

“那是因为你没有女儿呀，高原太太和小林太太顾及你的心情，所以才故意不叫你的吧。”

“话是没错，但是，如果是这样，可以不要庆祝女儿节呀，找别的理由聚会嘛……”

“简单说，”由里鼻里喷了口烟，深深靠进沙发里说，“根据你刚才的意思，就是说大家刻意疏远久野太太你了？”

“我可没这么说……”

“但是听起来就是这样呀。她们两个人热烈地谈着自家的老二，想以此疏远没有两个孩子的你。你的话就是这意思嘛。”

“书写得怎么样？”容子改变话题。自己的话归纳起来，或许听起来真是那样，但是，由里不了解她们的状况，她不想让她下这个断言。而且，大家又不是国中生，说什么疏远呢！简直无聊。然而，她们真的在疏远自己，故意保持距离吧？

“上次见面之后，我又修改了好几次，已经快完成了。”由里向经过的服务生招手，请她续杯咖啡，然后把烟掐灭在烟灰缸里。“这种书又不是采访个一年半载就可以出书的，需要多花点时间慢慢写。”

“所以，你现在还在采访喽？”

“对呀，还在采访。”服务生在由里的杯里注入咖啡，用公式化的声音对容子说：“您也要续杯吗？”虽然她不想再喝，但还是回答：“好，麻烦你。”

“所以，你说的那种事，我已经见怪不怪了。孩子考试需要收集情报吧？所以众母亲们会团结起来。虽然团结，却也在互相观察，随时准备把对方挤掉。那些跟考试无关的母亲，根本进不到那种团体去啦，这是我观察的心得。所以，你被她们疏远，并不是因为她们讨厌你，或其他原因。只是因为就考试来说，你毫无利害关系可言，也没有交往的必要而已。”

“对，我明白你的意思。”

并不是讨厌她，只是因为没有好处，所以保持距离……是不是如此，容子不敢确定，但由里看过无数为考试发狂的母亲，由她口里说出这些话，让容子不可思议地感到平静。虽然她很想大声向由里宣告，她和瞳之间的友谊没那么简单，我们不会变成那样，但又觉得那只是个有现实感的梦。

“但，以后会变成怎么样呢？”容子问。

“什么怎么样？”

“考试结束之后，团结的母亲们会怎么样？那些没有好处所以保持距离的母亲们又会怎么样？”

“考试结束之后，大家都没有关联了呀。就像求职考试的时候呀，你记不记得？常常在试场遇到的考生们会聚在一起喝酒、联系，大方地交换情报，但同时也打听对方的动向。等结果一出来，大家便立刻成了陌路人。跟那种感觉很类似吧。”

也就是说，一俊他们升到小学之后，千花和瞳也会各走各的，我们都回到点头之交吗？想到这里，容子叹了一口气。然而由里继续说：

“于是，接下来是国中考试。如果全体都在无条件直升国中的学校，就没什么问题。但是如果有成绩排行，或是国中入学测验的话，那又重新来过了。”容子心情更加沮丧，心头快速掠过几个假设。

如果一俊没抽中国大附小，光太郎和雄太也没考上，三人又读同一所小学的话，她们还会继续躲着她吗？一俊没抽中，但光太郎和雄太都上榜的话，她们两人会更密切，而自己只能站在远处，看着她们从街头经过吗？若是一俊抽中，光太郎和雄太各自读不同小学的话，她们也会形同陌路吗？而若是一俊和光太郎上同一所小学，只有雄太上另一所小学的话，她和瞳的关系会更亲密？还是……

一个个浮出脑海的假设，都让容子陷入不安，而这些跟她对一俊一定上榜的莫名自信是两回事。容子越想越茫然，不知道自己到底想要什么。是和以前一样，与瞳、千花保持亲密的友谊，还是拆散瞳和千花的关系？或是只跟瞳，只跟千花交往，又或是独自去一个跟两人都没有关系的地方呢？

“所以，久野太太，具体来说，你到底是怎样被排挤？圣诞派对没人理你，知道你流产还故意谈自家老二的话题，问她们学前班的事，她们也不回答你，还有高原太太刻意不让孩子跟一俊玩，除此之外呢？”

由里从旁座的皮包里取出笔记本，再从格外闪亮的笔盒拿出一支笔后，坐正姿势。我被排挤了吗……容子在心里自语着，然后说：

“就是女儿节的事……”

“女儿节你已经说过了。她们明知道你为了流产心情不好，还硬要你参加二女儿的女儿节聚会对吧？”

“她们没有勉强我……”

“其他呢？还有什么嫌弃你的行为？”

“其他啊……”我被嫌弃了吗？她们都嫌弃我了吗？“像是她们让光太郎和雄太一起玩，却不让我家一俊加入……或是我家一俊想跟瞳阿姨说话，她却假装没看到……还有BBQ派对的时候，责备我准备得不够……说我的打扮奇怪……说我是个协调性不足的母亲……还有爸爸们参加的酒会，只有我家没被通知……”容子越说越混乱了。在幼儿园活动中，责备她准备不周的并不是瞳或千花，而是担任活动主持的另一位母亲，而且难为情的是，她完全忘了自己负责做饭团，而带了青菜去。爸爸们的酒会本来决定在郊游之后举办的，但也是自己想到真一不喝酒，所以没叫他去。至于服装和协调性，并没有人对她这么说，而是她自己认为别人用这种眼光看她。而且到底是现在幼儿园里发生的事，还是从前学生时代的印象，容子也搞不清楚了。容子怔怔地看着由里快速笔记的手和簿子上娟秀的字迹。那些文字渲染开来，她才发现自己在哭。于是匆匆拿起纸巾擦过双眼。

“总之，当你表示不参加考试之后，母亲们的态度就陡然一变，开始疏远你了。是这个意思吧，告知你不属于她们的战线。久野太太，你遭到这种待遇，还受得了吧？觉得有什么压力？情绪不稳定，睡不着吗，还是去医院检查过？”

“是还没有到需要看医生的地步。……当然，有时晚上想东想西的就睡不着，还有参加活动必须和其他母亲接触，真是痛苦万分。”

虽然并没有想哭的意思，可是一开口眼泪便扑簌簌地流下来。由里抬起头注视着容子。她朝由里瞥了一眼，发现先前的愠怒已经消失，取而代之的是包容的安详。泪水不停地溢出，然后容子发现，原来在别人面前哭泣，是多么甜美的事啊。她沉浸在这甜美的氛围中，看着由里快速写下“情绪不稳定”五个字。她怀疑自己是否真的情绪不稳，然而她没有否认。尽管写得夸张一点吧，容子想，把那些母亲们的残酷和心机都写出来，把自己遭到别人排挤的事写出来。最好大家读了之后都感到惭愧，都自我厌恶。

“我得先走一步了。如果又有什么情形，请不用客气，随时联系我。我也可以介绍好的诊所给你。今天我请客。”

由里合上笔记，匆忙收拾起物品，拿着账单爽快地起身。“请问……”容子刚要开口，由里已经往收银台走去。容子连忙用纸巾拭去眼泪，从皮包里拿出面纸擤去鼻水。其实她想说的，只有女儿节的事。

那是三天前的星期六，她堵住最近总是匆忙回家的瞳，邀她同行，说有事想跟她商量。瞳一再追问是什么事，她才困难地说出，千花家举行女儿节聚会的事。是容子自己表示“我也要去”。而且，当瞳迟疑时，也是她自己说出“难道没有女儿的人就不能参加吗”这种讨人厌的话。她们并没有邀请她，是她自己硬要参加的。

千花的家，跟之前拜访的江田佳织家十分相似。空间宽敞，家具用品也流露出高级感。客厅旁的和室摆了七层雏人偶。茧子没来，只有瞳、千花和她们的孩子而已。从瞳和千花的样子看来，容子知道自己是个不速之客。她们在谈什么呢？儿子们的考试，还是女儿们的幼儿园呢？虽然知道自己不受欢迎，但容子没走。在尴尬的气氛中喝着千花泡的红茶，吃着她端出来的烤饼。桃子和茜茜，雄太和光太郎各自玩在一起，一俊孤零零地坐在容子身边。她见茜茜右臂吊着，于是问瞳发生了什么事。但瞳顾左右而言他，没有回答。不能告诉我吗？容子暗想。不过，千花似乎为了制造气氛，还是丢了好些话题出来，只是都说到一半就没了下文。从那几个话题中，容子相信，待今年秋天小学考试结束后，千花和瞳明年一定会让桃子和茜茜参加幼儿园考试。

那天夜里，容子要求丈夫做爱。已经有段时间没量基础体温，所以她也不清楚是不是排卵日，但她还是焦虑得辗转难眠。她对丈夫说："今晚来做吧？这次一定可以好好生下来的。"可是真一拒绝了。"这种事又不是突然说做就能做的。"丢下这句话就翻身背对她。

容子冲下床，跑到阴暗的厨房大哭。然而她并不明白是什么伤了自己的心。不，所有的事都伤了自己吧，她想。千花和瞳，桃子和茜茜，雄太和光太郎，幼儿园里的母亲和老师，还有真一，都令她伤心。明知不能做、不能做，但她还是习惯性地拿起电话。通话音响了好多声，但瞳没来接。于是，容子再次走上夜里的街，仰望瞳的住处，确定屋里的灯已经灭了，绕大楼一圈之后再回家。这种行为连她自己都感到害怕，觉得自己再不找个人谈谈，脑袋恐怕就要出问题了。她猜想千花和瞳都不会抽时间跟她说话，不得已才打了电话给橘由里。

然而，即使和橘由里说了话，她还是无法得到纾解。她真正想说的话，由里根本不想听。她想说的是，她希望受邀参加女儿节的聚会。她希望她们不用在意流产的事。这样我就能祝福桃子和茜茜，七层雏人偶真的很气派。她应该说出来的。她应该笑着说，真是气派，害我也想要个女儿。她应该说，希望幼儿园考试顺利考上。应该说，小学考试多加油哦。然而她却说不出口。不知道为什么，但就是说不出口。只是作为一个气氛的破坏者，闷着头坐在那里。唉，告诉我，我到底怎么了，我会变成怎么样呢？她想对由里说的是这些呀，容子独留在吸烟区里暗自想着。

她的心情比和由里见面前更窒闷低落。禁烟区里坐着一堆不知哪个幼儿园的母亲，打扮得仿佛在高级餐厅约会一般，三五成群热烈聊着天。容子转开视线离开了餐厅。霎时浓郁的花香味袭来，是那些女人的香水味吧，容子想。

这女人叫我来，就是为了让我看这种东西？坐在茧子狭隘的客厅里，千花忍不住想，但又对自己的想法感到诧异。才不过半年前，她还觉得这正是茧子的优点。在幼儿园里，一个没交情的母亲不经大脑地说她“偷跑”，容子莫名其妙地开始说话带刺，瞳突然过度依赖她，还有其他母亲拐弯抹角地提醒她雄太有暴力倾向。当她渐渐喘不过气来的时候，茧子的不做作、没心眼、不矫饰对千花而言，有如没有一抹乌云的蓝天。然而现在，站在这个肮脏、混乱的屋子一角所摆设的三层崭新雏人偶面前，自己莫名地感到心烦意乱。

“桃子，要不要吃米果？千花铃，你要吃也行啊。”

包装袋里的米果没装进盘子里，便直接递给她。桃子看看千花，犹豫着要不要接受时，怜奈却冷不防爬过来抢走，用沾满口水的手伸入，抓了一把放进嘴里。没塞进去的都从嘴边散落下来。

“对了，我们家怜奈前一阵子参加广告试镜录取了哟。”

茧子背靠进沙发，两脚跨在茶几上说道。“哦，那很好呀。”千花虚应答道。

“妈妈，小光没来吗？”在隔壁房间看绘本的雄太问。

“今天没来。因为我没邀请他们呀，最近小姨凶巴巴的哩。”

“凶巴巴的哩。”雄太模仿茧子说话，窃笑起来。最近，雄太对别人骂人的话很敏感，只要一听到这些话就马上学起来，然后一说再说。回家之后，一定又会再听他说几百遍吧。一定得好好教他，这是不好的话。

“虽然还不知道结果，但我有预感一定是怜奈。因为别的孩子都没有怜奈可爱嘛。我可不是夸自己的儿子好哦。”

“嗯，怜奈是很可爱。”

桃子捡起掉在地上的塑胶娃娃，千花急忙将它拿走。若是把那种沾了灰尘的东西拿上拿下，之后再去摸嘴的话，不知会把多少细菌吃到肚里去。

“哪有，桃子也很可爱呀。喂，要不要让桃子也加入？我可以帮你推荐啊。我猜一定马上就有机会的。”

不知为何，茧子的话让千花更加心烦。

“桃子明年要考幼儿园，没有时间去拍广告。”话一出口便觉得不对，于是马上补充，“而且，桃子的胆子只有芝麻大，她不像怜奈那么大方啦。”

“哦？不是只有雄太要考试吗？桃子也要考？”

“嗯，两人一起考，一下子就结束了。”还是说起这个话题了，不过千花不在乎。她认为茧子不会有样学样，尽管如此，为什么自己无法保持沉默呢？千花想。今年年初，跟大介一家人聚餐后，越听越想让雄太去上大介女儿的学校。幸运的是，那所学校还有附属幼儿园，因此千花打算让雄太进小学，桃子进幼儿园。大介的女儿们考幼儿园时没考上，录取率极低，不过还是有赌一把的价值。外形利落、一头短发，出乎千花想象的大介妻子也说："哥哥录取的话，桃子进去的概率也比较高啊。"贤对桃子参加考试，似乎比对雄太的期望还高，大介那对乖巧有礼的女儿让他大为感动，回家的路上甚至喘着粗气说："绝对要让她考上。"

她没多想便把这话告诉了瞳。虽然不打算隐瞒，但实在没必要说出学校的名字。因为几天后，瞳告诉她也想让茜茜去考的时候，千花真后悔自己多言。她感觉得到，今年以来，瞳更依靠自己了。或许用依赖这个词更贴切吧。据她说，光太郎好像要去考国大附小，虽然跟雄太没有重叠，但学前班有什么课、做了什么，瞳都会逐一向她报告。如果只是这样那还没关系，当千花说正在考虑让桃子学什么才艺时，她竟正色说也要让茜茜去学。虽然一起上课也没什么不好，但她心里就是不乐意。一旦决定要学，瞳肯定是被人牵着鼻子走。打听各学前班的情报、好坏的判断到申请的手续，瞳肯定是全权拜托她，自己什么也不做。从桃子考幼儿园的事可见一斑。从大介那里找到好学校的是我，调查教育方针和学费的也是我。掏腰包请他们吃饭、问问题的还是我。虽然大介的太太亲切地送资料来给我，但送礼给她的是我，而未来向大介和他太太征询建议，到时候再送礼的都是我呀。瞳只要走过来，不费吹灰之力地就能得到那些情报，然后跟我作同样的准备。如果是这样，自己委实没必要把自己的做法告诉她，也没有义务跟她分享情报。只是千花觉得，自己不想当个心胸狭窄、任何事都隐而不告的人。毕竟瞳并不是她的对手或敌人，而是一个普通的朋友。但是，一想到有可能靠着自己得来的情报，只有茜茜上榜桃子落选，千花认为自己还是没那么大的度量。

两星期前，瞳打电话向她哭诉，说她把茜茜暂放在茧子家，因而受伤了。"千花，你说该怎么办好？"面对瞳求助的口气，她实在有些不耐烦。于是便直截了当地说："你想怎么办都行！如果是我，就跟茧子正面对决，不排除告上法庭。”但是瞳却回答：“可是没有证据，她如果说她不知道，那我也没办法。怎么办嘛！你觉得该怎么办？”从一再反复的“怎么办”中，千花听到的却是“请你帮我处理”的依赖心态。她好像听到瞳在说：“跟我一起去谴责茧子吧，跟我一起查明真相吧。跟我一起排挤茧子、疏远茧子吧。好不好吗？千花。”这种感觉让千花浑身不自在。

“哎哎，我们家怜奈也去考那里好不好？”几乎快躺到沙发上的茧子，坐起身眼睛发亮地说。

“啊？”

“因为这样比较放心嘛。桃子在的话，怜奈就不怕。千花铃在我也安心。”

“可是，那里不是想去就能去得了的，我们丫头也有可能会落榜呀。”

“没去考怎么知道。哎，那家幼儿园在哪里？什么样的环境？”

“而且注册费和学费也比其他地方高。”

“那里接不接受演艺活动？喂，考试内容是什么样的？”

“我说茧子，听说茜茜来这里玩，结果受伤了，这是怎么一回事呀？”

她很清楚自己恶意地转变话题，坐直身子的茧子明显地表情一变，又躺回沙发上去。

“真讨厌，小姨是不是到处去说啊？我什么事都没做呀，我怎么可能伤害她嘛。说起来，小姨那个人也太自我中心了，自己有事就把孩子丢给人家，受了伤又怪到我头上。”

“不是你自告奋勇要帮她带孩子的吗？”

“因为我看她很烦恼呀。但是，我觉得她也很奸诈，把孩子丢给别人，去做自己喜欢做的事。虽然是我主动说要帮她带孩子，可是我不可能随时盯着孩子呀。她自己跌倒，怎么能怪我呢？”

“可是你不是收了钱吗？”

结果，她还是满足了瞳的心愿，用谴责的口气讯问茧子。千花对自己感到厌烦。

“这什么意思！千花铃，你这话太过分了吧。是她自己把钱放我桌上的，因为她说我比保姆便宜多了。”

捡地上米果放进嘴里的怜奈突然躁动起来，茧子没理，反而拿起眼前的香烟点了火。千花再也难以忍耐这个肮脏又弥漫烟味的地方，她站起来叫和桃子一起玩的雄太。

“别说这件事了。千花铃，你是不是跟夫人吵架啦？”

茧子改变话题，似要阻止千花离开。

“什么？”

“我是问你，是不是跟夫人吵架？”

“怎么了？”

“没事。”茧子脸上露出一丝得意，顿了一顿。

“怎么了？佳织说了什么吗？”

“该怎么说呢——”茧子故作姿态地说道，捡起掉在地上的巧克力盒，拿起一粒放进嘴里，怜奈伸手想拿，尖声嚷着：“要——要——”“她好像是说千花铃太没常识了。我今天也请了她，可是她没来。啊，不过那应该没关系吧。最近，小衿常常来我家。不过她来我家的事，没对夫人说。她可能叫小衿别来吧。因为逃课才跑来这里玩。”茧子喋喋说着意义不明的话。

“没常识是什么意思？她是指哪件事？”会是跟大介一家见面的事吗？不过，他们三个人见面的时候，大介曾把他的手机号码和公司联系方式给她，叫她“有事随时联系”，当时佳织在旁并没有说什么，所以她以为直接跟大介联系，佳织应该不会生气才对。而且，又不是要佳织挪出时间，非得得到佳织的首肯。还是她误会了？误以为我跟大介之间有什么。不会吧。千花立刻抹去这个念头。但是——她又想——但是，她对大介的迷恋，简直就像个高中女生，说不定会无中生有，进而产生嫉妒。不过，佳织那样的女人，真的会那么幼稚吗？

“妈妈，我们要不要回家了？”雄太似乎已经坐不住了。

“嗯，我们回去了。不打扰你了，谢谢你今天的招待。”千花将意识拉回现实，抱起桃子。

“原来没有吵架啊，那最好。难得大家成为朋友，如果都避不见面，就太无趣了。”

“我们没有吵架，别瞎说。”千花丢下这句话，走到玄关。

“哎，千花铃，你们家桃子长大了很多啊。”

送到门口的茧子，讨好似的看着千花说道。

“有吗？”千花穿好鞋，一面蹲下来帮桃子穿。“哎哟，雄太，你自己会穿吧。你已经是哥哥了啊。”一面催促还在玩鞋子的雄太。

“嗯，她比怜奈大呀，所以呢——如果桃子有穿不下的衣服，可不可以给我？”

这个女人到底在说什么？千花蹲着没动，抬头注视茧子。

“反正没用了嘛。所以，如果有穿不下的衣服，就给我们家怜奈吧。夫人也常常送我哦，慷慨得很。”

千花没有答话，催着雄太帮他穿好鞋，连再见也没说便走出门口，搭上电梯。

“妈妈，可以去超市吗？”雄太问。怀中的桃子娇软的声音喊着“包人、包人”，笑了。

“好好，你要面包超人的糖果对吧？”

“才不是呢，本大爷想要的是集点卡。”

“怎么可以用‘本大爷’，应该说‘我’。”

如常的母子对话中，千花三人出了电梯，离开大厅。大楼的夹缝间看得到橙色的太阳。猛然间，千花茫然自失，不知自己为何会站在这里。为什么会把茧子或瞳那种只想利用别人的人当成朋友？为什么会对佳织崇拜到那样？那把平庸的婚外情当宝的女人，为什么会住在这种狭窄又贫乏的市区？又为什么不能像茉莉那样，没有包袱地走出广阔的天空？现在才这么想已经太迟了。这是我自己选的空间，这是我自己选的生活，不可能脱离了。手上抱着的桃子，有千斤般沉重。千花站定，把桃子放下来，右手牵雄太，左手牵桃子，走在日渐西斜的路上。然而，虽然放下了桃子，全身却仍旧沉重，宛如有块大石压在背上。

晚上十点后，佳织打电话来。孩子们已经就寝，贤在洗澡，千花正在准备明天的早餐时，从厨房的电话子机接起电话。哦，是佳织呀。她用明朗的声音应答，却听到刺耳的尖叫声：

“我哪有胡乱瞎说！”

千花莫名其妙，哑然无言。

“没见过你这种没常识的人！是我把田山先生介绍给你，你要跟他单独会面，按常理，至少也该跟我说一声吧。居然说我胡乱瞎说，真亏你说得出口！”

啊，千花终于想起来了。今天下午，她是对茧子说，叫她不要胡乱瞎说。但她的本意是告诉茧子，不要隔岸观火地胡乱瞎编吵架的事。茧子大概照本宣科地告诉佳织了吧。千花铃说，叫夫人不要胡乱瞎说哦，之类的。

“我不是……”她想辩解，但佳织根本没在听，一味地开骂。

“你以为我是在嫉妒你吗？别开玩笑了！我知道你眼里只有你儿子考试的事，可是，这种事有点常识的人都懂吧。我真没想到你居然那么厚脸皮，去跟他们一家人吃饭。我气的是这件事。有事想问田山先生的话，不会来问我吗？想见面也可以跟我联系呀。结果，把对方的家庭都拉进来，而且我好心帮你介绍田山先生，你居然说我胡乱瞎说？”

“我说佳织呀，你为什么要说那些傻话呢？你又不是高中生，难道你以为我跟田山先生之间有什么不可告人的事吗？你应该更聪明、更懂事才对呀？你要什么有什么，不是吗？你还想要什么呢？”千花在心里喊着，但自己的声音听起来却是极尽安抚之能事。

“佳织，你误会了啦。我并没有说你胡乱瞎说，是因为茧子问东问西……”

然而佳织不但没有消气，反而更加激动，几近歇斯底里地说：

“你儿子也未必会考上，那种有暴力倾向的小孩，不可能会被录取啦。”

“佳织，你太过分了。”这话惹得千花也动了怒，这女人在说什么？为什么一牵扯大介，她就变成了疯女人呢？他只是个到处可见的中年男人罢了。“我话先说在前头，是田山先生约我吃饭的。我总不能问他，要不要请佳织一家人一起来吧？还是你家里已经知道了，所以我应该一起邀？另外，谢谢你关心我们家儿子，不过，我也要给你一个忠告。你家的小衿逃课跑到茧子家去，我建议你最好别让她再去了。我是不知道小衿的学校是如何放任，不过茧子家既不卫生，又是烟味，根本不知道那个女人会对孩子做什么事，而且……”

电话被切断了，千花耳边听着断讯的机器声，瞪视着沙发上贤脱下的袜子，卷成一团，宛如有生命。

将话筒归位后，铃声又立即再次响起。是佳织？她还没骂够吗，还是想道歉？千花疑惑地拿起电话。

“千花吗？”

然而听到的却是瞳压低的声音，千花突然觉得全身快要虚脱。

“千花，你跟茧子见过面了没？她说了什么？千花，你问她了吗？”

千花把话筒拿开耳边，瞳继续说话的声音，像是若有似无的收音机声，那种调不准电台时的刺耳噪声。从那当中，千花仿佛微微听见茉莉得意非凡地说，结婚生子那种循规蹈矩的事，千花全都做齐了。那声音时远时近地传到耳边，千花拿开话筒，使劲把它往电话扔去。

她走在深夜的街。沿路的商店几乎都已拉下铁门，便利店和大众餐厅的灯光，在幽暗的街区形成一条光带。这样的暗夜里，还是有人在街头行走，不知是要回家还是去向何处。有他们同行，让她觉得自己好像也有事待办。她踩着和行人同样稳健的步伐，但突然发现，那几个人被便利店和地铁站吸进去了，只剩她漫无目的地走着。虽然如此，她并没有回家的打算。

道路的尾端有一座大庙。掩蔽庙门的树林，让人觉得道路突然被截断般漆黑。她想，走到那里就折返吧。

我为什么要出门？是牛奶喝完了，明天没有面包了，还是，只是想呼吸一下外面的空气呢？

她努力寻找在这种时间出门的理由，以便告诉自己，这是很平常、很常见的事。然而，她能想出的那些看似有理的理由，却在浮出脑际的瞬间如同干掉的沙砾般碎裂了。

终于，她走到马路的末端。穿过斑马线，就是寺庙的入口。几辆车经过后，红绿灯变绿。她伫立着没往前走，只是凝视前面广阔的黑。绿灯开始闪烁，变红，车子又开始流动。她把目光从幽暗的森林移开，回到来时路。她想，回去吧，回家吧。再烧个热水，帮孩子盖好被，洗个澡，设定好闹钟，睡觉吧。

但是，她不觉得自己返回刚才走来的马路，反而有种错觉，像是走进背后那个枝繁叶茂的树林里。为什么呢？明明折返了，却觉得在前进。好像这么走下去，也不会回到家。

我想去什么地方呢？不，我不是为了去哪里才出门的，而是被自己所在之处赶出来，才来到这里的吧。

她的所在之处，塞了内衣和毛巾的洗衣篮、沾了油污的茶壶和堆积如山的旧报纸，凌乱不堪。但确实就是我的所在之处，她想。孩子甜腻的味道，残留在厨房里酱油混着砂糖的气味，然而，她觉得那已经是很久以前的记忆。

是谁说的，说那孩子面无表情？她知道的。在那个人说之前，她就发现了，只是不想承认罢了。别的孩子都会做的事，他却不会，让她又急又气。一切都是我的错，是我把那孩子的表情夺走的。只要想到这样下去如何是好，她就心里发毛。越是焦急，便叱骂得越严重。

很早之前她就想过，自己必须修正做法了。应该赞美再赞美、抱着他说自己有多爱他，她想这么做的，可是却做不到。做不到都是因为那些人吧，她不禁这么觉得。那些人一直睁大眼睛看着，盯着我如何失败，犯什么样的错误，陷入多为难的境地吧。

对，就是他们，是他们盯着我。他们并不是为了找个笑柄，他们只是要确定自己站在比我更高更好的地方，为了肯定自己的育儿方法比我更正确，自己的孩子比我的孩子更优秀。所以我才气急败坏，督促孩子做那些事。

若是这样，那就离开他们好了。因为别人是别人，我是我呀。她心里很明白，然而却做不到。她不懂自己为什么做不到，犹如一个软弱无力的小孩，当她察觉时，自己已在寻找那些人了。是那些人，还是那个人，她已经无法辨别。为什么要冷落我？为什么要伤害我？她使劲思索的同时，却没有远离，而是起步追赶。理智告诉她该这么做，身体的行动却有极大的落差，她觉得自己快被撕裂了。

之所以感觉自己被所在之处驱赶出来，难道不是那个人的错吗？她想。虽然她并不能找到这个意念的理由。难道不是那个人把我带到黑暗中吗？这么一想时，她仿佛在一片混沌不明中找到了答案。所以她持续地想，我之所以在这种时间徘徊街头，我之所以回不了家，不都是她的错吗？

路上已无半个行人，街道有如树林掩覆般幽暗，她像拨开等身高的杂草般，头也不回地走着。朝着现在已距离她极其遥远、温暖而凌乱的家，不停地走着。

深夜的厨房里，她凝视着火上的茶壶。茶壶表面的水滴逐渐地蒸发、干掉、消失。没有光亮的黑暗中，橘色的火舌在茶壶底下晃动。她盯着火咬起指甲。

什么是对是错，她已经不知道了。她应该几乎都选对了才是。跟对的人，正确地结婚，也确实感到幸福。辞去工作是自己的意愿。当然，因为我想当个母亲。她很确定自己想要的东西，除了那些，她没有更多的欲望。

她把视线从灶台的火焰上移开，转向暗淡的客厅。悄静无声的房间里，只有瓦斯和时钟的秒针在响着。房间全都整理得一干二净，孩子的玩具并未散置在地上，也没有随意脱下的衣物。这是我打造的空间，她想着。在每个充实的日子打造起来的空间。

前一阵子，不对，应该是昨天以前，对她而言，每一天都是坚实的，她很清楚。即使考试分数太差被父母责骂，即使昨天以前都还是好友的人突然不跟她说话，即使一直盼望相伴的爱人要跟她分手，她伤心、痛苦、难过，以为世界末日就要到来，但日子还是一如往常的坚实，世界丝毫没有结束的迹象。

所以她从身体、从感觉中知道，若是发生什么事，就把自己交给日子吧。比起当学生的时候，比起工作的时候，成为妻子、母亲以后，现在她更容易把自己交托给日子。早上醒来，起床，设定咖啡机、烤面包、煎蛋。叫家人起床。在全家人回来前整理屋子。准备午饭，思考晚上的菜单。不用她费心，所有的事都会朝她而来，她只要一件件整理妥当，一天就会结束。只要不对这顽固的周而复始产生疑问，日子便也不能动摇她，这是她再清楚不过的事。

幽暗里一片静谧的客厅，就是在这样坚实的日子里建立起来的。现在它们就在自己眼前，然而，那光景却跟她昨天看到的不一样。好像哪里歪曲、皲裂了。

热水滚了，茶壶发出喷气的噪声。她绷直了身体，视线缓缓转回茶壶，关了火，茶壶嘴“咻——”地猛喷出热气。为什么要烧这么多热水，她已想不起来，只是愣愣地看着不断冒着蒸气的茶壶。

她不记得自己选错了路。孩子诞生时，她觉得终于体会到“满足”这个词的意思。我要把这一生得到的所有美好和得不到的所有美好，都毫不保留地送给这个孩子。事实上，她一直这么做，现在也是。

然而，现在她却觉得自己和孩子被关在一个漆黑讨厌的地方。什么地方错了呢？在哪里错了？不，不是我错了，她倏地想到。不是我错了，是某个错误的人闯入了我的空间里。这个念头奇妙地令她窒闷的心情为之一轻。因为这样就有解决方法了呀，只要把那个错误的闯入者赶出我的空间就行了。她把忘了用途的开水倒进水槽，蒸气一股脑儿地直冲而上，在水槽里发出偌大的声响。

准备煎蛋的平底锅放在火上，她却看着冰箱门上的月历傻了。丈夫慌忙地提醒她：已经在冒烟啦。送走丈夫，启动洗衣机，打开吸尘器，但忘了叫孩子起床。孩子醒来总要拖磨一阵子，但她心一烦打了他屁股。力气之大以至皮肤上留下了红色的掌痕。想思考晚餐的菜单，脑袋浮现的却是菜刀刀刃。刚磨好的锐利菜刀在脑中浮现后并未消失，犹如眼前的鲜明影像。晚上洗头的时候，不知不觉落下泪来，拼命与大声哭喊的冲动对抗。

我脑袋坏了吗？我的生活完蛋了吗？她想。于是她才第一次发现，自己有多爱眼前的生活。

虽然她以前一直以为太平凡，任何人都能拥有，任何人都能做到，无聊而重复的日子。衣服再怎么洗了还是会脏，房间再怎么整理还是会乱。有时烦躁，有时也想丢着不管。但是现在真的快要失去时，才觉得这重复是多么可爱。想到这里，她感到背脊发凉。这样重复的日子，就要失去了吗？永远？不可能，不可能会有那种事的。

开始准备晚餐时，她凝视着砧板上的青菜。虽然切好了，但接下来该怎么做，她却想不起来。要炒？要煮？要烫？考虑了半天，又觉得什么也不想做。全身瘫软，连举手的力气都没有。她听到孩子在远处的哭声，很想跑到她身边把她抱起来，两脚不听使唤。脚上沾到什么黏黏的东西，反射性地往外一踢，眼帘中却映出孩子坐在地上号哭的身影。孩子就在眼前，哭声却像在远方。怎么了，我到底怎么了？她热泪盈眶，想抱起孩子跟他抱歉，自己却一屁股蹲在地上啜泣。我好像迷路的孩子，她想，宛如身在太阳下山、温度下降的森林里，徘徊着找不到回家的路。

丈夫回到家，看到砧板上干掉的青菜，满满一锅的清水，啼哭的孩子，成堆的脏衣服和呆坐在地上的妻子，显得一脸狼狈。她看得出他的狼狈，心想，得快点整理好才行，得招呼说“回来啦”才行，得笑着说“累了吗”才行。虽然心里这么想，但是站不起来。“怎么了？”丈夫带着警戒之色问道。突然间，一股猛烈的无明火从她心底涌起。

什么怎么了？你问的不是我吧？你问的只是晚饭怎么了，脏衣服怎么了，孩子怎么了，难道不是吗？

在丈夫面前哭吧，她想，把砧板弄翻吧。但是，她对着丈夫笑。在这里哭的话，在这里把砧板翻了的话，我们一家的生活铁定完了，永远失去了，再也回不来了。她这么想着，笑了。“身体有点不舒服。”她说。自己的声音听起来跟陌生人一样。

静谧的屋里，她独自坐在餐桌边。究竟是从什么时候开始变成这样的？她专注地盯着餐桌上的一个点，努力地回想。昨天的事，前天的事，大前天的事……依序回想下去。就像拨开茂密的草丛，找到黑暗森林的入口般，寻找某个脱轨的开端。然而一直寻不到。她焦急起来，便回溯到一年、两年前继续寻找。

然后，她猛然抬起头，记忆戛然停在某个画面。那是当她叫唤那个人的时候。

原来是这样。她几乎想笑出声。什么嘛，这么简单。当时别叫她就没事了。根本就不该奢望结交能谈孩子的朋友。

不在就好了。她心里不觉冒出这句话。而这句话一发不可收拾地又衍生出好多话来。对呀，那个人不在就好了，到别处去就没事了。吃点苦就行了。遇到麻烦就行了。教她痛哭就行了。掉进生活缝隙中的应该是她，不是我。永远失去就行了，失去之后呆若木鸡就行了。把她关进空无一人的黑暗森林就没事了。

她眨了眨眼，好像对自己心里的话感到诧异般。头上的日光灯，白晃晃地照着深夜的屋子。

走出大门，蝉声如同雨声一般倾泻而下，强烈的阳光让她皱起脸来。衬衫的腋下瞬间便濡湿了。才刚过中午，就听到庙会的乐音。那嘈杂的音乐宛如在嘲笑自己一般，令她心浮气躁。究竟是谁在哪里演奏？她朝马道四下张望，才注意到并不是演奏，而是电灯杆上的喇叭放出来的声音，却仍压制不住心中的不快。

今天和明天举行的庙会祭典，并不是非参加不可。主办单位是町内会[⑧]区域内的幼儿园和小学虽然出力协助，但志愿者要帮忙缘日[⑨]开店、盆舞会场的摆设、神轿的准备等。孩子也想去庙会，但她不想去。反正一定会在某处遇到那个人吧。她不是讨厌遇见，而是害怕。只是害怕而已。

即使孩子一直吵着要去，她还是不为所动。所以，星期六休假的丈夫，下午带孩子去了。听说下午神轿会出巡，所以，他们是去看神轿吧，她想。

家人都出去之后，她开始清洗中午的碗盘。远远传来隐约的庙会乐音，夹杂在水声中的乐音飘进耳中时，出现了笑声，那像是洒落在阳光中的爽朗笑声。她侧耳聆听，关上水龙头。笑声消失了，只剩庙会的奏乐懒洋洋地响着。洗涤灵的泡沫从手背上滑下，她扭开水龙头，水再次流出，又听见笑声了，像是几个女人在笑。她关上水龙头，确认听不见笑声之后，用小水流冲洗盘子，但又听见憋着气的笑。她费了好大劲儿才压抑住把盘子摔个粉碎的冲动，一颗颗从额头流到太阳穴，再从太阳

⑧ 译注：日本都市以町为单位所成立的居民自治组织。

⑨ 译注：指与神佛特别有缘的固定日子，那几天去庙里拜拜特别灵验。

穴流到下颌、带着黏意的汗水，不停地滴进水槽里，宛如泪水。

今天一整天，她都没打算出门。不想去，不想去，不想去。不想见到那些女人，不想见到她。虽然是这么想，但是她没法平心静气地坐着。她站起来，开始换衣服。于是，虽然没有打算去哪里，她还是来到阳光炽烈的马道上。

四周看起来都亮得耀眼。电灯杆上挂的灯笼，一家家并立的商店，耸立在道路两侧的大厦，来往的车辆，清一色的白，没有深浅，也因此失去了现实感。她踩着梦游般的步伐，走上白而扁平的步道。

马道的末端是一间占地广大的寺庙，附属的停车场里正举行缘日拍卖。附近的小学和幼儿园的母亲们组成团体，卖炒面、刨冰、棉花糖或小圆饼。盆舞从下午四点开始，在小学的校园举行。这部分的准备工作，也由有小朋友的家长组队参加。

不论是缘日或盆舞，她都没有兴趣。她只是一边走，一边留神寻找那个不想遇见的人。寻找她不想见到的女人，她并不觉得矛盾。因为不想见她，更有必要先知道她在哪里。越接近寺庙，奏乐似乎更大声了，而且又再次隐约听见笑声。

哪里？她在哪里？她在哪里嘲笑我？

庙门已经近在眼前，平常寺院都被树林掩蔽，如在树荫下沉睡般宁静，但今天庙会的热闹气氛覆盖了整座寺庙。枝叶茂盛满溢的大树后面，传出奏乐、欢呼和孩子的笑闹声。她目不斜视地笔直走进停车场。在哪里？在哪里？宛如与父母走散的孩子一般，她寻找着那个人的踪影。

走进寺庙的停车场，她意识到刚才的一切都是她的幻觉，欢呼、孩子笑闹声都是。马道喇叭放出的庙会奏乐，这里已经听不见了。偌大的停车场还没有推出缘日的生意摊子，只有几个人来来回回忙着准备开店，显得闲散。几个女人正架起营业用的巨大铁板，打扮相似的男人们在设置大型棚架。每个人都默默工作着，没有人欢呼。她僵立在停车场入口，只用眼光来回逡巡有无熟面孔。那些默默工作的人偶尔会抬起头，交换只字片语、扬起笑声。他们的孩子分成几个圈圈，蹲在树荫底下玩耍。四周所有声音宛如被树木吸进去一般幽静，她的耳朵只听到自己急促的呼吸。

那个人不在这里。若是如此，应该会在小学的盆舞会场吧。她一定在那里的。那个人一定满面笑容地跟其他人一起准备吧。

她不想看到那个情景，虽然不想看到，但非看到不可。为了不想遇到她，必须先确认她的所在。她转过身，想走出停车场，但又停下脚步。

入口大门旁一棵特别高的杉树下，有个熟悉的孩子蹲在树影的环抱中。她屏住气，缓缓移动视线，寻找那孩子的父母，他们应该就在附近的，不可能不在。然而却没看见。他是自己一个人到这里来的吧，怎么可能？她站定仔细凝视，那孩子突然抬起脸，眯眼看着逆光中伫立的她。他认出了她是谁吧。孩子脸上浮起了笑容，犹如冰淇淋在热气中融化一般。孩子站起来，童稚的步伐走近。

“怎么啦？一个人？”自己问话的声音好像也被树林吸进去一样，听不太清楚。孩子仰头笑着看她，回答了什么，但也听不见。

一只温暖的手摸着她的脚。她低头，那个人的孩子正摸着她的脚，仰头对她笑。他在说话。什么？她蹲下来，把耳朵凑近孩子的唇边，但还是听不到声音。

“跟阿姨一起去看庙会吧？”

自己的声音听起来就像飞蚊的嗡嗡声。孩子点头，头发被汗水黏在头上。她握住孩子的手，小小、湿润的掌心。她拉着小小孩的手，转身想走出停车场。刚才那些陌生的家长倏地不见人影，棚架和铁板架到一半放在地上。太阳热辣辣地晒在后脑勺上。

庙会在哪里举行呢？我为什么到这里来？

她握紧小小孩的手，没走出寺院，反而再次回到停车场里。大家都到哪里去了？庙会在哪里举行？我该去哪里才对？我那个孩子在哪里？为什么这么安静呢？

她拉着小孩的手走在停车场中。手心另一边的孩子既没有哭泣，也没有问些无意义的问题，只是乖乖跟在她身边。

走了许久，却还没走到停车场的另一端。刚才一直在准备开店的年轻父母依旧不见踪影。毒辣的阳光越来越强，连平常扰人的蝉声也不见了。她渐渐搞不清楚自己要去哪里，白花花的树林、柏油路、向阳处、落在向阳处蕾丝般的影子。庙会在哪里举行？大家都到哪里去了？为什么把我留在这里？连握在手心的孩子是谁，她都渐渐分不清了。我是跟什么人一起走着，跟谁到什么地方去，原本的目的地在哪里，还是，我根本只是漫无目的地徘徊呢？

眼前出现一栋四方形的水泥建筑。树影包围的粗糙建筑，是公共厕所。黑色的长方形在她看来，好像是这里的出口。仿佛从那里出去，就会找到一个正确的世界。但是她难以举步。明知必须进去那里，但头脑里某个人命令她不准去。

她陡然想起，得让这孩子去上厕所才行。这个借口让她安下心来，举步走进黑色四方形入口。

比起不见人影的停车场，厕所内更为寂静。习惯光线的眼睛，觉得前方快速陷进黑暗。慢慢地，黑暗退去，才看见晕染似的轮廓。水龙头，干涸的洗手台，拆去镜子的墙，单间厕所门，银色门锁。她仿佛被牵引地握住门锁，转开。她在孩子的背上一推，孩子便顺从地进到厕所里。她也跟在后面，反手关上门，锁上。咔嚓，门锁按上的声音，像波纹扩散般静静响起。

厕所间里热如蒸笼，靠在墙边仰头看她的孩子，成了一个剪影，面目难辨。他在笑吗？还是快哭了呢？或者他根本不是自己认识的那个人的孩子，但现在她也糊涂了。

庙会在哪里？大家都到哪里去了？我的孩子在哪里？我在哪里？这孩子为什么在这里？熨斗的开关关上了没？这里是哪里？为什么这么热？支离破碎的思绪像汽水泡沫般在她心里浮胀、消失。纷乱不定的思绪让她心焦，从指尖到背脊、从背脊到后脑勺都因焦虑而起了疙瘩。

得让它结束，她好想这么大叫。是的，得让它结束，不结束不行。

她朝眼前的瘦小黑影伸出双手，触到柔软的发丝，弹性的脸颊，触到那看似快折断的细颈。

得让它结束。是我开始的，就必须让它结束。

她在手指上施力。皮肤似有蠕动的生物在爬般，不断生出疙瘩。脑袋像被坚硬的金属箍住般疼痛。从下腹部涌起的尖叫，好不容易冲到喉咙。这个孩子要消失，这样就会结束。只要这个孩子不在，那个孩子就没人可比。只要这个孩子不在，我们就不用再见面。只要这个孩子不在。只要那个孩子不在。只要我不在。她的思绪支离破碎地扩散开。结束。结束。结束。结束。马上就结束了。像要排除脑中其他思绪般，她反复地对自己说。

为什么这里这么黑？这么一想，她才察觉自己正紧闭着眼睛。想睁开眼又害怕睁开。她用力把眼睑撑开，幽暗的视野里，映入一丝淡淡的灰光，宛如黎明时晕染的灰暗慢慢扩散开来。在那里面，她看到了。

她看到了嘴边挂着笑意、仰头直视自己的小孩的脸。

没有一丝怀疑，没有一点害怕，没有责备，清澈的眼眸，明亮的瞳孔，圆胖的脸颊，小小的嘴，无邪的笑脸。这种时候，这孩子居然在笑。对着我笑。

她蹲到地上，拥住那个在灰暗中挺立的小小身躯，小小的头颅完全包在她掌心中。细软的头发纠缠在指间。柔嫩的脸颊热得发烫，散发出融合了汗和阳光的熟悉气味。

可能是惊恐于她的力气，耳边听到了号啕哭声。

是呀，孩子就是用这种声音哭的。她麻痹的头脑思忖着。像这样直接、清澈，毫不怀疑会得到伸援的声音哭着。这声音不知呼唤了她多少次，不管是半夜还是黎明，这声音一响起，我就醒了。因为我知道有人在找寻我，因为连我这种人，都有人那么拼命地找寻，因为我必须守护这个孩子。

然后，她察觉到了，耳边那清亮的哭泣声，不是出自怀中的这个孩子，而是来自自己。

除了那像犬吠般的哭声外，她还听见外面的蝉声。听到有人在呼唤的声音，听到嬉笑的孩童声。听到树林被风笼住、婆娑树叶的声音。声音溢出后又回来。她不在乎裙摆沾到马桶里的水，紧抱着孩子发热的身体放声痛哭。她相信这么做的话，总会有人发现迷失在森林深处的他们。

第七章 二〇〇〇年二月——

沉睡在森林里的鱼

从快餐店窗口，可以看到灰蒙蒙的宽广国道。斜对面是拉面店，再前面一点是皮鞋大卖场。茧子记得这光景是她高中时最痛恨的，曾经那么痛恨的景象，现在却觉得舒坦，真是不可思议。

“结果啊，直哉不是在那里告白了吗？害我看了一下就冷掉了。”

“哦，真的？可是他如果不在那里告白的话，不就会被恭介抢走了吗？”

初春阴霾的天空下，茧子注视着拉面店的长形布旗，漫不经心地听着别人的对话，她不知道坐在对面那些女孩说的是电视剧，还是杂志连载的漫画。

“小心点，爱理，不可以那样推人。”

坐在茧子身旁的利惠子大声嚷道。转头一看，怜奈正趴在地上哭。茧子站起来，抱起怜奈回到座位。

“对不起哦，她平常都跟哥哥玩，所以粗鲁得很。”

"没关系，没关系。怜奈，你也别哭了。要不要喝果汁？"

剩下一半的奶昔一凑近，怜奈立刻停止哭泣，含着吸管用力吸起来。

"她能喝吗？不是很难吸？"对面的菜摘说。

"没关系，已经融化了啦。"茧子答道。

眼光转离在禁烟区一角玩耍的孩子们，母亲们又回到话题。"对了，知道新开了一家回转寿司店吗？""是吗？在哪在哪？""既便宜又好吃哦，可是至少要排一小时，很累耶，不过听说是有那个价值。"

坐在隔壁的利惠子和对面的菜摘和久江，都是茧子的国中同学。她和菜摘还一起上高中。她不记得国中时和久江说过话，但回乡之后，每天都见面。

"茧子啊，你要在哪儿生？内藤医院？"利惠子突然想起似的问道。她有两个孩子，五岁的儿子上幼儿园，女儿三岁。

"唉？真的，虽然有点远，可是要不要换桥爪诊所啊？那里的坐月子餐很好吃哦，而且餐具用的是陶器。"说这话的是久江，她现在怀孕二十一周，这是她第一次怀孕。

"久江，你要在那里生啊？什么月子餐啊，选医生比较重要啦。喂，小真，不可以玩店里的东西！"回头斥责的菜摘是她们当中最早结婚的，现在是一对小一、幼儿园的姐妹和两岁男孩的母亲。

"怜奈是在内藤医院生的，可是那里一生马上就要你下床走路。有个护士又老又可怕，简直像虎姑婆。"

茧子抚摸着三十周鼓起的肚子说完，笑了。哭完的怜奈从茧子腿上下来，回到其他孩子那边去。

孩子们手拿着附赠的玩具，兴奋得大声尖叫。利惠子再度回头开骂。茧子注意到，坐在角落的年轻女子盯着这里看。

她一直以为自己不会变成聊天聊得忘了孩子的那种母亲。茧子想，是何时的事呢？她想起自己也曾经盯着那样的年轻母亲。那是何时呢？好像是夏天，在哪个地方呢？想不起来。但有一点她记得很清楚，看着那些说话像连珠炮的金发妈妈，她感到羡慕。

“不是有个人叫诺斯特拉达姆士吗？”久江拾起托盘里剩下的薯条碎屑放进嘴里说道。

“你是说那个诺斯特拉达姆士？”

“国中时候很流行的那个呀。”

“他怎么了？”

“他不是说过，九九年地球会发生核子战争，然后就是世界末日吗？”

“啊？那他不就是可怕的大魔王？”

“那个只是比喻吧？”

“可是，世界末日并没有来。”

“你在说什么呀？”

“我听到那个说法的时候，计算过自己的年龄。九九年的话刚满三十岁。所以我就想，啊，我那么早就会死，什么事都还没做呢。就算真的找到工作，也才做到一半，结婚的话连孩子都没机会生。”

“那个你也信啊。”菜摘俯向桌面，“你该不会为了等那个才没生孩子吧？去年平安无事，所以才敢生？”

“不是只有那样啦，不过那也是原因之一。”久江若有深意地说道。菜摘和利惠子笑得前俯后仰，茧子也陪着笑了一下，眼睛却注视着托盘宣传纸上的油渍。“真的假的？我不相信。别闹了。”两人面面相觑地笑。孩子们各自回到母亲身边。

“妈妈，你在笑什么？”爱理趴在利惠子腿上说。

“啊，我得先走一步。”菜摘看看店里的时钟，站起来。

“我要去大卖场，有人要去的话可以搭我的车。”

“我要去！茧子呢？”

“我没东西要买，直接回家。”

“那再见喽，再联系。”

整理好托盘，大家各自带着孩子走出店外。空气冰冷，对着往停车场的利惠子和久江挥挥手，对步伐匆忙的菜摘说“拜拜”后，茧子握住怜奈的手，沿着国道走。她唱起《大家的歌》[10]里放的曲子，怜奈也小声应和着。茧子渐次拉大了嗓门，迎面而来的高中女生露出讶异的表情，但她不在乎。

这是个讨厌的城市。以前，她觉得在这个城里跟当上母亲的同学在快餐店里聊八卦、刹那间，是件无聊透顶的事。和高中的时候一样，一起哀叹一起笑闹。然而，现在茧子却无法用言语说明，自己从前为什么会那么想。因为如今是这么简单，这么简单地感到快乐。

吃完晚饭，在电视前躺下，被母亲唠叨“吃完都不收”时，手机响了，佑辅打来的。“一切正常？怜奈还好吗？”内容跟昨天完全一样。“嗯嗯，身体都正常，怜奈也好。她仍躺在地上没动。”听见她的回答，怜奈摇摇摆摆地走过来，睁圆了眼问：“爸爸？爸爸？”于是茧子把手机拿给她。不给她听她就哭，但不知是不是看到手机就紧张，怜奈老实地把电话贴在耳朵上，一句话也不说。茧子可以听到话筒里佑辅叫着：“喂喂——怜奈，我是爸爸。晚饭吃了没？现在在玩什么？”

⑩ 译注：ＮＨＫ自一九六一年开始播出的五分钟音乐节目，音乐以国内外民谣为主，主要客层设定在十岁到青少年的观众。

茧子侧卧着，瞅着呆立不动、不知如何是好的怜奈，脑中浮现佑辅的房间。走进玄关就是个大厨房。后面是铺了地毯的客厅，旁边是和室，是比半年前住的大厦小一点的公寓楼房。窗户还是没加窗帘。餐桌椅由于体积太大，卖给了旧货商，换到两千元。

去年夏天，她把用信用卡借钱的事告诉佑辅。借款超过百万元。佑辅没有生气，可能吓呆了吧，但他并没有表现出来，只说了一句："搬家，把这儿卖了。"

想到就此放弃才刚买的大楼，茧子觉得仿佛世界末日一样，急得快疯了，但她无法说不。跟房屋中介接洽的两个月后，找到了买家。价格比买时低，所以茧子卖不出手。但房屋中介一再苦劝："你们运气好，难得这么快就找到了买家。"最后终于卖了。把剩余的贷款和手续费缴清后所剩无几，茧子的借款和搬家费，佑辅隐瞒了理由，哭求母亲代为出了。接下来佑辅应该会从每个月的薪水里还给母亲。

虽然搬到较窄的旧公寓，世界末日并没有到来。到都心得花四十分钟的住处，茧子还是不太满意，所以连选窗帘的心情都没有。跟佑辅之间有种说不出的尴尬，对话也减少了。就在这时候，她发现又怀孕了。"打掉吧？"茧子迎合地说，得到的却是更强有力的回答——生吧！茧子心底舒了一口气，但想到一家四口得住在这么狭窄的地方，便烦恼不已。离预产期还有半年，她便逃难似的回到娘家。主要是因为她不想待在那间公寓，也难以忍耐跟佑辅之间僵硬的气氛。然而，回到娘家，又得听父母唠叨，还要帮忙家务。跟同学联系见了面后，觉得不如从一开始就别搬家，住在那个居民楼就好。

茧子想起中午久江说的话。九九年的夏天，世界并没有结束。但是，或许我的世界结束了，茧子想。这样是好还是不好，她还无法判断。

怜奈把手机还给茧子，茧子维持半躺的姿势接听，电话已经挂断了。厨房传来母亲尖锐的吼声：“你别老躺着，快把怜奈带去洗澡。”“好——知道啦。”茧子回答，按着遥控器不断切换频道。

搬家的事，她没跟瞳、千花、容子和夫人说。庆幸的是，搬家之前都没有遇见她们。偶尔她会听到笑声。洗衣服的时候，哄怜奈睡的时候，或是走在满是尘土的国道，她都仿佛听到灿烂的笑声。好几次茧子回头，当然千花或夫人并不在那里，只有静悄悄的空间。她努力地在那空间中，把大家一起到公园、照相馆、在自家客厅的开怀大笑的身影嵌进去。

“喂，到底要不要洗啊？不洗我先洗喽。”父亲不耐烦地说。茧子不大情愿地站起来。

“怜奈，要不要跟阿公一起洗澡啊？”对自己老是凶巴巴的父亲，马上转成沾了蜜一般的声调对怜奈说。

茧子护住肚子，把怜奈抱起来往浴室走去。在更衣处蹲下来，帮怜奈脱了毛衣、裤子，然后冷不防地把光溜溜的女儿抱紧。“妈妈，会痛啦。”怀里的怜奈咯咯笑道。再一会儿，她就会真的讨厌，扭身跑开，但茧子更用力地抱紧了女儿。

茧子和家人吃饭时，千花正在逛百货公司。走在前面的贤右手牵着雄太，千花的右手牵着桃子。

“等一下，我进去看看。”

千花叫住贤，走进童装专柜。

“妈妈，我想去那边看看行吗？”

雄太注视着玩具卖场方向说。

“不行，今天也要买小雄的衣服。”

千花答道，顺手拿起衣架上的儿童套装，在雄太胸前比一比。

“妈妈，桃子的呢？”

“桃子的衣服已经买了，所以你耐心地等一下。孩子爸，这件怎么样？”

矗立在儿童卖场的贤，看起来就像被小人国包围的格列佛。“嗯，应该不错吧。”“格列佛”无精打采地说。

“那这件？”

“也不错。”

虽然不抱期望，但千花还是在心里叹了口气。为什么看到新功能摄影机时眼睛发亮，对儿子开学典礼要穿的套装却一点兴趣也没有。

“开学典礼要穿的吗？”中年店员走过来。

“是呀，这件好吗？”

“这种款式今年很热门，如果喜欢，不妨拿几件去试穿。”

“好呀，小雄，你去穿穿看。”

千花把桃子交给贤，带着雄太进试衣间。一面帮他换衣服，心里苦涩地想：“如果那间学校录取，就有校服穿了。”

去年秋天，千花带雄太参加两所学校的考试。一所是大介女儿就读的学校，一所是直升大学的私立小学。直到最后她还一直犹豫，要不要去参加国大附小的初试抽签，赌一赌运气，然而还是放弃了。因为瞳和容子的儿子都有参加。容子看到千花，嘴上就不留情，瞳则是什么都依赖她。若要说她不想在她们面前说“我跟你们不一样，不是用学费多少来选学校”，那是骗人的。虽然千花也百思不解，自己到底是从何时、又为什么会有这种念头。

虽然在荣光会的保证下参加考试，但雄太两所学校都落榜了。模拟考试、面试、笔记、团体游戏从来都难不倒雄太，但他在大介女儿小学的考试中，一句话也说不出口。团体游戏时拗起来，不但不加入其他人，还坐在屋角发呆。休息时间，千花一急之下向雄太招手，她脑袋陷入一片空白，几乎濒临昏厥地对着他大吼："你这样为难妈妈，有什么好玩？"如果不是贤阻止，她还不知道会做出什么事来。她第一次动手打了雄太，虽然那是在几乎无法思考下的冲动行为，但热辣辣的触感，直到现在还残留在千花手上。

私立学校考试，正确地说等于放弃了。上午笔试到一半，雄太坐在位子上呕吐起来，便直接送进保健室。团体游戏时间、面试时间，雄太都脸色发青地昏沉入睡。千花向学校单位请求，盼望能再考一次，也请荣光会帮忙说情，但校方还是没有举行补考。荣光会介绍另一所私立学校，考试时间还赶得上，虽然千花没听过那所学校，而且通学时间将近一小时，但她还是想带雄太去考。最后是贤阻止了。贤说："第一次考试时的沉默，和第二次考试的身体不适，不都是雄太用自己的方式抗拒的结果吗？这几年，雄太累了吧。上才艺班、学前班，随着考试逼近还要做成堆的试题，他已经厌烦了吧。所以雄太才用这种方式告诉我们，他受不了了呀。"千花听了这话哭了，想起面试时的雄太、团体游戏时的雄太，写考卷时的雄太，体会到他小小的身躯充满了愤怒。

"这件好热啊。"

穿上三件式藏青色西装的雄太，发出不满的抱怨。

打开试衣间的门，外面只剩店员一人，贤和桃子都不在。

"咦，爸爸呢……"

"您家小姐说要去那边看看，先生说马上就回来。啊，很合身嘛。很酷哦，小帅哥。"店员弯下腰对雄太说。可能是害羞吧，雄太转开身子。

“是吗？可是好像太隆重了点……”

“那，要不要试试这件？灰色，而且没有背心。”

“也好，那穿这件试试。”

拿起另一套西装，千花为渐渐垮下脸的雄太换上。

“帮你买好衣服，我们先去上面喝冰果汁吧。等下再去帮桃子买洋装。雄太，那个很好吃哦，哈密瓜加冰淇淋的圣代。”

千花哄着帮他穿好灰色西装，走出试衣间，贤还是不见人影。

“这件感觉比较简单清爽。”

“是呀，这件也很合身，而且如果买这套，平常外出的时候也可以穿呢。”

“可是，你说刚才那套比较流行？”

“对呀，今年不知道为什么，那种设计销路特别好。”

千花正想接着说，那就买那件好了，然而话又吞了回去。

她决心不要再在意别人的看法。

“还是买这套灰的好了。有没有搭配的鞋子呢？”

“有的，我过去拿，请稍等一下。”

“还要穿吗？这件可以脱了吧？”

“再等一下嘛，等下就去吃圣代，忍一下。”

话说到一半，贤把桃子扛在肩上回来了。桃子手上握着纸袋，看来又是拗不过女儿买的，但千花还没来得及发难，贤已大声叫道：“哦，雄太，好帅啊。”

雄太不太好意思地笑笑。

“像个大男人喽，若是参加开学典礼就迷倒一票人，那可伤脑筋了。”

“爸，你真啰唆。”

“是真的很帅呀，雄太。妈妈，对不对？我看你每天都穿这套上学好了。桃子，哥哥很帅吧？”

从雄太参加考试之后，她和瞳、容子就不太交谈了。她不想被她们追问考试的事，也不想关心对方的动向。一旦交谈，就不得不触及那个话题。千花只和其他母亲——那些公开表示要考试，而且已经决定志愿的母亲联系。但跟她们在一起，总觉得苦闷，不像和瞳她们交往时那么快乐。不过想到半年后，孩子们都上了不同学校，就不用再联系了，心里也就轻松了一点。

因此，光太郎去哪家学校考试，一俊是否要考，细节她一概不知。当然，会有消息传到她耳朵里。像是孤注瞄准某国大附小，或是考虑到学费问题而只能考国立，等等。

所以，她也风闻到光太郎考上私立的事。听到的时候，千花全身发抖。这消息比她听到其他母亲的儿女考上第一志愿还令她震惊。太荒谬了，怎么会这样？虽然对自己的想法感到可耻，但她忍不住这么想。

听到这个传闻后，她什么事也做不了。一回神，脑海中便出现光太郎穿着校服走在街上和瞳得意扬扬跟在一旁的身影。只要犯了杯子弄翻或是厕所弄脏等小错，她就对雄太和桃子加倍责骂。但对这行为最惊讶的却是千花本人。以前，她会为了茉莉而想东想西，但就记忆所及，自己从来没有羡慕或嫉妒过别人。理性告诉她，自己是真心为瞳感到高兴，但一旦放松下来，想起瞳和光太郎便又烦躁不安。直到最后，她都没有直接问瞳到底结果如何，因为她害怕自己不知会作出什么反应。

每当想起瞳的时候，千花就会努力回想手掌留下的，第一次打雄太时的热辣感触，把它当成护身符。仿佛徐徐从掌心蔓延开来的热辣感，冷静地向她诉说："别人家怎么样又如何？雄太跟别人无关，未来他一定能开拓自己的美好人生呀。"

第二个月，雄太在区立小学注册，是她从数个候选小学中慎重挑选出来的。接到两个学校的不录取书面通知时，虽然她已有了心理准备，但还是体会到世界末日般的绝望。然而，世界没有结束。每天，贤出外上班，孩子们起床叫饿，待洗的衣物两天就满，小学的注册手续也开始办了。绝望并没有消失，对光太郎的事还耿耿于怀，桃子未来该怎么办也还没有决定。去年因为跟大介见面，与佳织决裂的友谊，也还没有修复。然而，千花明白一点，就算她体会到世界末日般的震撼，世界并不会结束。太阳终究会升起，正确而残酷地。雄太就快是小学生了。

买完桃子的家居服后，带孩子们到饮食街的咖啡座吃圣代时，已经是傍晚了。

"晚餐在外面吃吧？回家还要准备，太麻烦了。"

贤结完账走出来时说道。

"也好。有孩子们能进去的地方吗？"

"时间还早，不如走远一点，到中国城去吧？中国城那里每家店都能让孩子进去。"

"哇——走那么远啊？不过也好，去吧去吧。"

"去吧去吧。"雄太和桃子模仿妈妈，又跳又叫。

走到地下停车场的途中，千花蓦地站定，走在前面的贤回头问："怎么了？"

"我想去花店一下。"

"那我在车里等你。"

千花把手上的提袋交给贤，往百货公司一楼的花店走去。

两个月前，听说茉莉成为饰品店驻东京分店的店长，专柜设在银座时尚大楼的一角。开张快一个多月了吧。茉莉似乎经常往返东京和德国。

如果在另一个时间听到这件事，她或许还会应酬地说声恭喜。但是在她为雄太落榜、光太郎的传闻而沮丧时听到这消息，千花只回了声“是吗”便挂断母亲打来的电话。茉莉回国的聚餐她没去参加，那通电话之后，她也没在娘家露面。甚至，她完全不打算走进银座那家时尚大楼。

然而，这件事不像想象中那么有杀伤力。大概对自己来说，光太郎和雄太的事，比起茉莉的现况更重要吧，千花想。而且，在这段不如意的日子当中，她不禁要感谢这些穷于应付的意外。如果雄太考试通过的话，茉莉的成功一定让自己更加痛苦。

在花店前，千花订了一束一万元左右的花篮，在配送单上写下母亲告诉她的银座大楼所在地。开张那么久才送花，实在不合时宜，而且直到前一刻她还在犹豫。不过刚才在试衣间时千花决定了，还是送吧，祝福茉莉。

她不知道未来有一天，能不能像母亲那样为茉莉的成功感到骄傲。但茉莉说她的那些话，她应该不会忘记吧。而在杂志上看到茉莉后感到焦虑，因而对眼前生活产生的不满，恐怕也不会改变。

但是，还是祝福她。这个一无是处、只会反驳她的小妹，一个人远赴异乡、费尽苦心找到想做的事，而且得到成功，自己说什么也该为她祝贺。茉莉不是竞争对象，只是一个选择跟我不同人生的亲人。而且，世界不会结束，太阳照样会升起。

在配送单上写完地址，又在现场买了一张卡片，写下短短的信息。付了钱，千花走到地下楼。偌大的停车场里找不到熟悉的车，正想找时，突然涌起大哭的冲动。如果现在哭出来，心情一定会畅快多了吧。在地上躺成“大”字形，使劲扭动四肢大哭，应该会有人把我从这地方带出去吧。

“孩子妈，这里这里。”

是贤的声音。千花挤出笑脸，往车子方向跑去，心里想着，能带自己从这里出去的，不是别人，不是丈夫，更不是孩子，而是自己，只有自己。

千花坐在丈夫车上驶往横滨方向时，佳织正坐在医院诊疗室里，和看上去与自己年纪相仿的女医生对话。窗帘是鲑鱼红，墙上挂的日历是米飞，医师桌上放了一只黑猫玩偶。

“不过，小衿的状况还是极轻度的，我不认为可以因此断定她是强迫症。妈妈应该也有经验吧？有时候锁了门之后，不放心地确认了好几次，或是出门后担心燃气没关……请把它想成类似的状况。你听过小衿说过坡道的事吗？”

佳织的眼光从黑猫的玻璃球眼珠转回医师脸上，摇摇头。

“她说上学的路有一段坡道。”医师陷入回忆般笑道。

“我知道。”佳织说。她不想被认为是个无知的母亲。事实上，这反而更让人觉得她的无知。

“是，那条坡道上有几个防滑用的圆垫。小衿说，如果上学时踩到那些圆垫，那天就会发生讨厌的事。像是便当翻了，上课打瞌睡被老师盯上，或是游泳之后吐了。孩子读小学的时候，会对这种芝麻小事感到疑惑：为什么会发生这种事？认为是无法挽回的失败。小衿某一天把这些倒霉事跟坡道上的圆垫联结在一起，钻起牛角尖了。所以，她走路会避开圆垫。这么一来她的步伐变慢很多，结果上课迟到，同学看到她那个古怪的走路模样，便嘲笑她。所以她才不想到学校去的。”

“可是，也有别的路可以走呀，不必非通过那条坡道不可。”

“是的。但是，绕其他路代表逃走，她担心这样会发生更不祥的事情。”

佳织对医生一副“我比较了解衿香”的口吻感到恼怒，她张口想反驳，但是猛然发现自己所在之处并不是教室，也不是客厅，更不是路边，而是诊疗室，于是闭上了嘴。来这里不是为了跟人竞争谁比较厉害，也不是为了得到好母亲的称赞。她是为了帮助衿香，才坐在这里的。

“所以衿香说，她不要去学校吗？”

“是的。”

半晌间，诊疗室里鸦雀无声。

衿香现在正利用寒假，和护一起到冲绳旅行。四天三夜的旅行，当初佳织当然也计划要一起去。

一直以为衿香乖乖回学校上课了，但去年佳织却从千花那里听说，她耗在四楼的茧子家里。她以为一定是茧子带她去的，便不管三七二十一地冲到茧子家破口大骂：“别带坏我们家的衿香，她不是来你们家玩的人！”她气得直发抖，声音都哑了。衿香的事居然是千花告诉她的，还有衿香在那种肮脏的房间打发时间，都让她怒不可遏。

茧子强摆出笑脸：“又不是我叫她来的，是小衿自己想来的呀。我还叫她要跟学校联系呢。话说在前头，我帮小姨看小孩，四小时是三千块。不过零食费和电费都算在内就是了。”茧子说着，露出只能用下流来形容的笑容。佳织愤怒得几乎连思考都停止，立即回六楼拿着钱包跑下楼梯，在茧子面前丢出一张万元钞。

“你想要钱就直说好了，别拿我女儿当理由。我家孩子纯洁又天真，怎么可能让她在这种地方学堕落。”她想到什么就骂什么，但茧子依然嬉皮笑脸的样子。就在佳织准备回六楼前，茧子撂下一句话：

“别笑死人了，什么纯洁又天真。夫人，你看过那孩子书桌的抽屉吗？那里藏了好多没头的娃娃哟。”

她没把茧子的话放在心上，但第二天，当她把衿香送到学校回家之后，悄悄走进孩子的房间。书桌只有一个抽屉上锁，她翻箱倒柜到处搜找，终于在笔筒里发现了钥匙。打开抽屉的刹那，佳织尖叫起来。演戏一般的尖叫声，听起来好陌生。她腰一软，坐在地上，久久站不起来。

这不是爱面子的时候，也没时间悠闲地等寒假再来调整心情。现在就必须想出解决办法才行，现在就必须作出处置。原因如何以后再说，现在要做的是把她从现在的处境里救出来。

但是，佳织可以依赖的人只有大介。她打电话给大介，问他知不知道哪家身心科比较好。手机的另一边，大介还是一派轻松，或许是想安慰佳织吧，他说他认为没那么严重。每年寒假不是会去旅行吗？回来之后观察情形再决定吧。没什么好担心的。然后大介说“对不起，现在开会，等下再打给你”，随即挂了电话。

握着断线的手机，佳织费了好一番工夫才把混乱的思绪整理起来。衿香出了什么事吗？那是现在发生的，还是已经出现很久了？然而，还是无法整理出完整的概念。就像水龙头下滴落的一滴水般，佳织掉进某个再理所当然不过的意念里：大介是个跟自己和自己家人完全无关的男人。

佳织耳边回响着大介一派轻松的声音。没什么好担心的——那是她一向依赖的声音，会说出护不会对她说的话的声音。

但是，这个男人跟车站里擦身而过的人没两样。他不可能为衿香的状况而担心，不会为她乱了方寸，更不可能为她牺牲自己。这很正常呀，因为大介有他自己的家人，那才是他会保护的家人。

那天，佳织没有告诉衿香，偷开她的抽屉。钥匙也确实锁好，放回原位。衿香回到家后，她尽可能像没事般对待她。但手一直在抖，无论如何也没办法正面面对衿香。不知道为什么，她突然想起千花的女儿桃子、未曾见面的大介女儿，还有茧子朋友带来的、比衿香年幼的孩子和那些在这客厅里说着要考还是不考、好学校并不一定会幸福的女人们。想起帮助女儿考进第一志愿的大介妻子，以及她们的孩子们。不知道什么原因，佳织对她们或是她们的孩子，涌起前所未有的感觉。他们都倒大霉多好！考试失败，母子痛哭多好。考试上榜，在学校早早被人欺负，而悔不当初多好。察觉到自己的想法，佳织心中一惊，然后许下一个愿望。她希望，那些人，所有人，最好都到她看不见的地方去。这样，她就不会有这么可怕的想法。

衿香入睡之后，她一五一十地对护说了。茧子的事、学校的事，抽屉里没头娃娃的事。护神情僵硬地说："带她去医院吧，明天就检查。"这时佳织的脑海里浮现出一个画面，一只简陋的小船在波涛汹涌的怒海上航行，小船是用木板随便钉的，船上只有护、自己和衿香相互依偎地坐着。

衿香顺从地跟着到身心科，但就诊了半年多，据说她从来不开口。快满一年的时候，她才跟这个女医生说起种种事情。于是今天，佳织预约了时间，想问问衿香最近的情形。

"她好像非常害怕失败。"悄无声息的诊疗室，女医生的声音轻轻响起。佳织抬起脸。"现在小衿需要的，不是服药，而是让整个身心了解，一点点失败不用放在心上。比如说事情过了一星期，就可以笑得出来之类的。她需要这种韧性。”

佳织把目光从医师脸上转开，凝视墙上贴的月历。如果不这么做，她就要哭出来了。一点点失败不用放在心上，我的确不曾对衿这么说。因为，连我自己都不这么认为。月历上的米飞面无表情地看着佳织。她想起从前读过这原色画的兔子绘本给衿香听。还不会说话的衿香，带着乳香的衿香，用手指挖蛋糕，舔奶油吃的衿香。用摇摇欲坠的步伐拼命想赶上自己的衿香。佳织注视着米飞，咬紧牙根，阻止自己在这种地方哭出来。

决定继续咨询一段时间再观察成果后，结束了那天的预约时间。走出诊疗室，候诊室和走廊空荡荡的，佳织似乎是最后一位门诊病患。亮晃晃的卤素灯照耀着乳黄色的墙和地板。

走出医院，佳织又打了个寒战。招了半天计程车，一部也没有。佳织开始往车站的方向走去。感觉背包里的手机在振动，她想应该是护，于是把手机拿出来。铃声断了，画面上出现的不是护，而是大介的名字。她按下按钮打回去，但又赶忙切断。

计划让父女俩单独去寒假旅行，是佳织提出来的。因为她担心，自己在身边的话，衿香会不会喘不过气来。刀叉别放错，杯子别翻倒，起床后要记得叠睡衣，对着镜头时要笑，别等人问你高不高兴，要主动说“妈妈，我好高兴”……她对护提出这个想法后，护笑着说：“偶尔跟小衿一同出去也不错。”两人商量之后编了个谎，就说外婆病了，妈妈要回去照顾。

“妈妈不去的话，衿也不想去。”衿香落寞地说。佳织表现出欣慰的样子，然而，她无法知道衿香说的是真心话，还是因为必须这么说才说的。

看到地铁的标志，夜色已经降临。接下来去吃饭吧？——年轻男女和一群人与她擦身而过。佳织在地铁入口停止，走到植栽底下打开手机盖，然后从通讯录中找出护而非大介的电话。

“喂，是我。怎么样，小衿好吗？玩得高兴吗？”听到护几乎立即接起电话，佳织问道。

“很好很好，接下来我们要去吃饭，你等等。”

一阵杂音之后，听到衿香的声音：“妈妈？”“小衿，怎么样？好玩吗？”她想这么问，可是声音哽住了，鼻子阵阵发酸。一点点小失败，不用放在心上。我何时才能教孩子这个道理？我自己学得会吗？

“妈妈，今天我们去水族馆了，有买礼物给妈妈哦。”

她听到衿香的声音，勉强挤出一个“嗯”。

“然后，现在我们要去吃拉面，啊！”衿香似乎发现说溜嘴，闭上了嘴。佳织立刻知道，那是因为每次在外面吃拉面，她都没有好脸色。“都是爸爸说要吃啦。”

“有什么关系？妈妈也想去呢。”佳织好不容易才想出这话。

“下次妈妈也一起来嘛。妈妈不在，小衿好无聊哦。”

一阵静默在两人之间流过。衿香声音的后面，听得见嘈杂的人声。佳织仿佛错觉地看见，小衿一个人独立在交错杂沓的人群中。我做了什么事啊？佳织想，我费尽苦心只为了让这孩子得到幸福，却反而从这孩子身上夺去了什么？

“给爸爸听。”因为佳织没说话，衿香有点尴尬地说。

“那就这样了，如果有什么事再联系吧。我们这里一切顺利，你不用担心。放自己一天假吧。”她听见护在说。

“那小衿就拜托你了，要注意她的安全。”

“别担心啦。”

“那就先挂了，我会再打电话的。”

电话挂断之际，还听得到衿香在说：“妈妈再见。”

按下通话键，佳织端详着手机。查阅来电显示，大介的名字出现其中。大介知道旅行只有护和衿香去，应该是打电话来问，晚饭打算如何吧。如果她打回去，一定会马上决定见面地点吧。两人常去的中国菜馆或意大利餐厅，距离这里只要十五分钟车程，搭地铁的话也能在三十分钟内到达。自己到场的模样，两人交谈的话语，鲜活地在佳织脑海里浮现。自己一定会一个劲地把刚才心理医生说的话告诉大介，大介也会尽力鼓励、安慰她吧。点心送来的时候，她应该已经释怀多了。回到家也没有人，所以可以在饭店里尽情缠绵，连肌肤接触的时间，她都像几分钟前的记忆一样历历在目。

按着脑中情景去做，要比不去做简单得多。佳织站在植株下没动，来回抚着通话键。想见他，想跟他说话，虽然心情不再像婚前那么急迫，但意念就像浸染开来的水一样湿透。佳织低头看着掌手的白光，打开通讯录，寻找大介的名字，然后按下删除键。

佳织知道，就算如此，他们的关系也不会像消失的数字那样瞬间消灭。对方会主动来电，听到他的声音也会不药可救地想见他吧。但是，但是，这个男人没在我的小船上。

佳织走下前往地铁月台的楼梯。

当佳织混在下班的人流中一起挤地铁，瞳正在便利商店，把购物车里的东西一件一件放回陈列架上。她是来买牛奶的，可一回神，购物篮里已塞满各种不需要的东西。夹心面包、御饭团、洋芋片、巧克力、方便面、速溶汤、维也纳香肠、锅烧面，多到她甚至担心没办法全部归位。最后，她把篮子放回原位，只拿了一盒牛奶走向收银机。

出了店外，邻近公司大楼出来的人群在傍晚的街上匆忙走着，其中也有母亲带着孩子的身影。一见她们向这里走来，瞳立即转身，回到刚才的便利商店里。在杂志区假意浏览，眼睛却紧盯着窗外。母子俩混在边走边聊的上班族中，从眼前经过。她以为会是千花，结果是一对不认识的人。母亲打扮得像杂志里一样，黑色短大衣配红色披肩，米色窄管长裤配高跟鞋，她牵的女孩则是格子大衣配同款帽子。就算那是千花和桃子，也没有必要躲起来，但瞳屏住气息注视着母子通过，在暖气十足的便利商店里，想把购物篮填满的冲动再次袭来。瞳按捺着走出店门，走了几步又回头，看到人群的远方，那位陌生母亲的红披肩摇晃着。

走进超市或便利店便脑中空白，等回神时手上的篮子里塞满东西，这对瞳来说已经不是第一次了。结婚、有了孩子之后，这习惯便戒了，但现在又持续开始这么做，而且已经一年了。如果集中注意力，专注于要买的东西还没问题，但就算她特别注意，空白还是会悄悄潜入。

现在是晚餐前，可能是肚子饿的关系吧。瞳给自己找了个理由，不愿想太多，便匆忙赶回家。最近为了预防这种事发生，钱包里都只摆了有限的额度。晚饭前购物放一千元，像今天这种状况，只放五百元。

“对不起，我回来晚了。”

打开玄关门，瞳发出轻快的语调走向厨房。荣吉坐在电视前跟孩子们玩，回应着说：“妈妈回来喽。”“买冰淇淋了吗？妈妈，你不是去买冰淇淋的吗？呃——可是茜茜想吃冰淇淋。”“茜茜，还没吃饭，你就想吃甜点了吗？”

听着背后的对话，瞳洗了手，开了火。在炒玉米的平底锅里撒进面粉，注入牛奶。想起电锅还没按，急忙按下，从冰箱保鲜盒拿出青菜打算做沙拉。

去年复发的暴食症，瞳相信在光太郎考完试后就能戒掉。现在回想起来，这一年体力上、精神上都太紧绷了，要她别太有压力根本是天方夜谭。所以瞳允许自己这一年偶尔吃太多和乱买东西。当然不能超过家计负担的程度。然而瞳还是胖了八公斤。

不堪回首的一年。事实上，每当她想努力回忆，大半也都笼罩着云雾，她着实记不起任何事。上大班后立刻就是春季亲子远足，暑假有宿营会、秋季远足。茜茜开始会说话了，母亲来电说父亲住院，但已经出院了。这些事她都记得。可是，那些记忆的场景中，自己在做什么？站在什么地方？什么姿势，还有对那些事有什么感想，瞳却想不出来。如今，曾经那么亲密的千花、容子和茧子都不再往来了，那是怎么回事呢？瞳的印象也很模糊。每次想回忆这一年的细节，就觉得自己独自徘徊在苍郁的森林里。不管是亲子远足、宿营的烟火大会、秋季远足的采葡萄，可以跟茜茜有意义地对话，或和母亲通电话的时候，都会感觉自己像在黑暗的地方默默注视着大家。

瞳热好味噌汤，把晚餐放在桌上。全家人都学荣吉双手合十，低头感谢。

“妈妈，开学典礼是什么时候？”

满嘴都是奶油鸡的光太郎问道。他几乎每天都要问这个问题，宛如盼望已久似的。学校指定的书包和运动鞋三天前送到后，他一天都要去摸好几次。

“还要很久。”

“还要睡十次觉以后。”

“茜茜也去吗？”

“茜茜不能去。你要挥挥手，在家里等我。”

“不要啦，茜茜也要去哥哥去的地方。”

“不行，茜茜还太小了。”光太郎装出大人的口吻说。瞳和荣吉同声笑了。

只是让他“试试看”，她对自己说。不行也没有损失，只是让他去试试国大附小而已，如此一来，学费也会省很多。荣吉答应了。然而，随着考试日期逼近，瞳不禁开始想，万一，只是万一，一俊和光太郎都录取了，那接下来的六年，她都必须跟容子见面来往吗？这实在难以忍受。于是瞳瞒着荣吉又向另一所私立小学提出申请表。那间私立学校是雄太考试的学校，比起跟容子一起，比起跟其他不认识的母亲一起，瞳宁愿和千花在一起。但后来，千花并没有让雄太去那里考试，瞳知道千花是为了瞒她，才说了另一所小学的名字。最后，光太郎没抽中国立，私立却录取了。

好说歹说才勉强去参加面试的荣吉，看到录取通知时好像傻掉了一般。心情上虽然高兴，但更担心是否付得出高中毕业前的所有学费和经费吧。瞳也一样感到不安，然而她还是很开心。雄太虽然没去考那所学校，可是，看到录取两个字时，她觉得比自己人生的任何事都更喜悦，再怎么样也想不到这种事会发生在自己身上。学费的事一定有办法克服的，她顿时涌出无比的自信。或许是被瞳的振奋所感染，荣吉不再唱反调。录取的事她只告诉幼儿园的老师，但不知不觉间光太郎那班的母亲们全都知道了。从前不熟的人特地过来恭贺，以前经常站着聊天的人现在不理她了，千花和容子也变得很疏远。但是跟录取比起来，这些都算不了什么。在瞳的印象中，那一年里宛如站在黑暗中仰望光明，只有那段时间，自己是站在阳光普照的大地上。

所以，所有问题一定能迎刃而解的。然而接到录取通知的第四天，瞳站在漆黑的厨房搜刮冰箱，虽然她心里也很纳闷，为什么要做这种事。

最近，瞳每天都去买求职杂志，也去职业辅导中心。凭荣吉一个人的薪水，不可能付得起光太郎的学费。这期间，她也很想认真地帮茜茜找幼儿园和小学，然而如果经济条件没有解决，未来的事根本没办法具体地考虑。

不会有问题的，未来一定是光明的。一年前她压根不敢想象这种侥幸会轮在她头上。镶着校徽的书包送到了，运动鞋送到了，教科书和笔记本送到了，量身定做的校服也即将做好。想到和穿校服的光太郎走在大街上、搭地铁，心情宛如童话里才会出现的幸福人物。雄太去了另一所小学，以后不会再跟千花见面，这令她不安，想到以后又要重头跟陌生的母亲慢慢成为朋友也觉得麻烦，但是那些都算不了什么。毕竟不用像幼儿园这样天天见面，也不用参加活动。

所以，为什么现在又饥饿得非吃不可呢？瞳不明白。自己在害怕什么？不满什么？受不了什么吗？自己心里有着什么样的负面元素，要非吃不可才能解决呢？瞳想不出来。

光太郎最先吃饱，跑到电视前。接下来荣吉也吃完，去浴室泡澡。她一面喂茜茜吃饭，一面慢吞吞地吃着自己碗里的饭。虽然感到饿，正餐的时候却吃不下，难怪夜里才会那么饿。她强迫自己把饭塞进嘴里。

一家人都熟睡后，瞳打开放在客厅的箱子。像光太郎一样，小心抚摸着闪闪发光的黑色书包。把书包放回原处后，走到厨房烧开水。她拿出威吉伍德（wedge wood）红茶杯，而不是平常用的马克杯。那是铃子他们为了祝贺光太郎录取，联合起来送她的。然后拆了一个茶包，注入热水。虽然她解释以后要找工作，没时间再继续当义工了，他们也没有一丝不悦之色，还叫她随时来玩。她很想问他们容子是否继续去，最后却没问出口。她怕一旦问了，她们可能会看穿她对容子的复杂情绪。

容子继续当义工也好，不当也好，都跟自己没有关系了。瞳对自己这么说，把问题吞了回去。

不会有问题的，什么问题都没有。人家说幸福的顶端，就是指这种心情吧，瞳想。听传言说，雄太没考上任何学校。容子可能极力隐瞒吧，或是没有其他交情好的母亲，一俊后来怎么样，瞳毫无所悉。但想到以后不用再这样见面，心里就爽朗起来。未来，她将要在新世界与新的母亲交往，支持光太郎走向新世界，不会有问题的，什么问题都没有。我正在幸福的顶端——然而，为什么我会这么饿呢？瞳搜刮着冰箱里的食物，心里思忖道。

保鲜膜包裹的火腿片、蟹肉鱼板、酱菜、晚饭剩下的马铃薯沙拉。抱着马铃薯沙拉的碗，瞳站在水槽边开始吃起来。理智叫她停下来、停下来，但握着叉子的手却停不下了。茶泡得太久，杯里的红茶变成暗红色。瞳低头看着茶，继续叉起沙拉。转眼间整个碗空了，但还是无法抑制饥饿感。她剥开保鲜膜，拿起火腿片生吃，喝了红茶。这本来是明天做火腿蛋要用的。瞳为了分散吃的意识，开始想象。想象开学典礼那天，自己和光太郎、荣吉和茜茜的模样。那天要穿的衣服，下个星期天要去买，因为幼儿园开学典礼的套装已经穿不下了。多么扬眉吐气的感觉。幼儿园里跟光太郎同班的孩子和他们的父母，看到穿校服的光太郎会多么羡慕、赞叹呀。千花、容子一定也是。打开流理台的橱柜，里面放了洋芋片。瞳不假思索地撕开包装，把洋芋片往嘴里塞。她想起刚才在便利店躲人的自己。那时候我为什么要躲呢？没考上的又不是我，应该抬头挺胸地走出去才对。这样下去，只要还生活在这个街区，我就得一直躲着吗？但是躲什么呢？我在逃避什么？

电话响了，瞳全身打了个寒战。她的动作停在半空中，数着铃声次数。响了十二声，断了。这铃声说不定会吵醒荣吉。瞳急忙把沙拉碗洗好，丢掉保鲜膜，用橡皮圈把零食袋绑紧。发现荣吉没有起来的迹象后，再次松开橡皮圈，伸手到皱巴巴的袋子里，再用沾了洋芋片渣的手拿起威吉伍德茶杯。红茶是苦的。

不准想太多，瞳命令自己。我不是逃走。接下来，不论是我、光太郎或茜茜，都有光明的未来在等着。校服就快做好了，星期天买套装去。瞳在心里描绘着开学典礼的情景，继续伸手到零食袋中。

当瞳在流理台旁吃零食，容子正把电话子机挂回去，窥看了一下卧室，确定真一和一俊还在熟睡。她走到洗脸台，把化妆水拍在脸上，接着刷牙。手则无意识地摸摸肚子。

瞳白天不在，到这种时间也不在，是不是到哪里旅行去了呢？她边刷牙边想。然而就算这么想，但自己总算不会再到瞳家楼下去看看她家的灯有没有亮。容子松了口气。

然而，她还是想告诉瞳一个人，好不容易终于又怀孕了。在稳定期之前，她一直忍着没说。算了，管他呢，明天再打电话好了，她在心里告诉自己。漱了口，容子走回卧室，钻进棉被里。听着真一微微的鼾声，一俊规律的鼻息，望着天花板。房里的电灯虽然都关上了，但马路上流泻进来的光，让天花板灰白的木纹浮突而出。

如果是女儿就好了。她觉得会是女儿，盼望是女儿。容子兴奋地想着。发现怀孕是在今年年初，下个月就要进入稳定期了。容子觉得这次怀孕救了她。

去年秋天，她觉得自己宛如变了个人，想法渐渐不像自己了。比如说，她认真地希望，光太郎和雄太得了什么重病就好了。认真地期望茜茜、桃子或怜奈都像自己未出世的孩子一般，突然间消失就好了。自己这种想法令她毛骨悚然，虽然脑中告诉自己，不能那么想，而且也没有理由这么想，但只要一松懈，这些念头就会充斥脑海。这么多年来，一向抱着别人是别人、自己是自己的想法活着，但这些日子，她却无法自拔地在乎起千花和瞳所做的任何事。担心她们两个人有没有私下碰面，有没有跟幼儿园的母亲们一起喝茶。事实上，为了确定瞳是否在家，也曾半夜出门。那时候的自己实在可怕。

一俊抽中国大附小的时候，她乐得几乎以为会晕过去。但面试落榜的时候，也认真地考虑去寻死。现在回想起来，当时自己怎么会这么傻。不过当时的情绪并不寻常。虽然真一说，落榜很正常，但过大的打击让她眼冒金星，路都走不直。成绩揭晓后，有几天甚至没法出门，一俊也向幼儿园请了假。因为不想听到别人问她“结果怎么样”。

但一直请假下去也不是办法，缩头缩脑地到了幼儿园，但谁也没问容子考试结果。虽然松了口气，但也觉得大家都跟她很疏远。她以为那些多嘴多舌的母亲一定会讨论谁在哪家上榜，谁又在哪里落榜。然而过了好几天，依旧平静无波。千花和平常一样和其他母亲为伴，瞳和平常一样躲着自己，早早消失踪影。

渐渐地，容子开始觉得，平静的只有自己周围，其他母亲们都在暗地里讨论升学的事吧。于是，看到在聊天的母亲时，她主动走过去，笑容满面地问：“你们在说什么？”可是没有人愿意告诉她。只是好像听人说光太郎考上私立小学了，是不是如此，容子也不太确定，只是当下感到一股烧灼般的嫉妒。最好她付不出学费，最好学校搞了乌龙，取消他的入学资格。不想去想的念头不知不觉占据了整个脑袋。她恨自己这样，所以每当一有这念头，就钻进棉被里小声地哭泣，然后用所有想得到的难听话骂自己：我肮脏、我丑陋、我卑鄙……

就在这段期间，她不卑不亢地要求真一跟她做爱。因为容子觉得，如果再不怀第二个孩子，她一定会发疯。

的确，怀孕之后，她便不再胡思乱想了。当医生宣布她怀孕时，以前种种烦忧全都烟消云散，真的消失了。不论是一俊升学受挫、对光太郎和雄太的嫉妒、对瞳和千花的怨恨，以及对茜茜和桃子难以言喻的心情，都不见了。宛如附身的魔鬼离去一般，容子豁然觉得，这一切根本没有关系嘛。

虽然，现在并不是事事如意，毕业典礼之后，她跟千花几乎碰不到面，几次打电话给瞳，也总是没人接。茧子更是不见人影。到了四月，如果在街上遇到穿着校服的雄太或光太郎，肯定会很尴尬吧？也担心完全没有主见的一俊，进了公立小学会不会适应得来。但再多的不安、担心和羡慕，都飘到很远的地方去，远到不可能再威胁自己的地方。

如果你早点来就好了，这样妈妈一定会更坚强的。容子对着肚里的孩子喃喃说着，闭上了眼睛。

那本书可以借我看看吗？

容子在妇产科候诊室，不自觉地开口说道。那个女人听到这话，吃惊地看着容子。容子推测她应该比自己年轻。

“哦，因为那本书我找了好久了……”

女子很快地轮流看着容子的脸和肚子，露出微笑把书递给她。胀大的肚子能解除别人的心防，容子早已知道这点。

那本书果然是橘由里的书，书名叫《母亲们的战场》，下方小小地印着没听过的出版社名字。容子把书名和出版社名在心里默念了几次后，把书还给女子。坐在一旁的一俊，看到母亲突然跟一位陌生人说话，不安地仰头看着。

从妇产科回家的路上，容子直接转进书店寻找橘由里的书，但一直找不到，于是请店员找给她。顺便帮一俊买了绘本，才出了书店。

回家之后没等多久，容子便又走进马路上的咖啡厅，帮一俊和自己点了果汁和咖啡后，打开了书。看得太入神，连一俊向她问话，她都随便敷衍过去。

橘由里的书以考试白热化的母亲和周围人士的交互发言，来描写她们的心态。用世代论来分析这些母亲非考不可的原因，并以小说风格写出几个人的实际体验。还夸张地以“见证”写出现有幼儿园儿的母亲心声，并举了几个孩子参加严苛考试的后续发展。橘由里称他们为“型录世代”，容子也算其中之一。书中所谓的“世代论”说得含糊不清，实际体验的片段又像午间连续剧一样过度戏剧化，但容子还是一字不漏地读完。尤其是幼儿园母亲心声的部分，她读了又读，想在其间寻找自己、千花或瞳的身影。

然而，字里行间却看不见任何自己的影子。

书里面讲到的是听了学前班理事长一席话，便塞了几百万给应试学校老师的家长，进学前班就得先赠与昂贵礼物的家长，一星期让孩子学九种才艺的家长，只表示要考试就被同班其他母亲漠视的家长，因为收集考试资料、累出胃溃疡的家长，若是别的孩子考上而自己孩子没考上不知该怎么见人的家长，还有家人中有人考上同一所学校，因而好奇对方假日都在做什么、连家事都没做的家长。

不经意间，她听到哭声。容子从书本中抬起头，一俊也抬头看着容子。哭的人并不是一俊，而是更小的孩子。容子环视整个咖啡厅，但在座的只有两名上班族打扮的男人和三名同行的中年妇人。然而，她又听到哭声。容子朝窗外看去，阳光中灰尘特别醒目的窗玻璃后头，有个仰面哭泣的小孩。他两脚跺地地哭着，泛红的脸颊流下透明的水滴。母亲到哪儿去了呢？容子俯向前朝窗口看去，看似母亲的人走在距离孩子有点远的前方。母亲停下脚步，掉头，走回来。她拉起孩子的手往前走，孩子弓着背哭，但仍随着母亲摇摇摆摆地走着。即使看不到母亲的身影了，那孩子的哭声还残留在容子的耳中，那声音仿佛自己会发光似的，一亮一亮地闪烁着。

她牵着一俊的手往家门走去，另一手拿着超市的购物袋。太阳西斜，四周景物披上撒了金粉般的色泽。从马道转弯上坡，柏油路映出一大一小的影子，容子的影子和一俊的影子都变得又瘦又长。

沿着长影子一边走，容子思索着回家后要做的事。回家后，得先把青菜和牛奶放进冰箱，再把衣服收进来，叫一俊帮忙叠。然后让一俊把玩具收起来，这段时间去打扫浴室，另外准备晚饭。洗了米，在锅里装满水。永远也做不完的家事，为什么要做的事这么多呢，容子暗忖。为什么每天都要做这么多事？

"小俊，你很快就要当哥哥了哟。"

容子对身旁沉默不语的一俊说道。隔了好一会儿，正当容子以为他不会回答时，一俊小声地说：

"什么时候？"

"嗯，我想想。应该在秋天的时候，你就会是哥哥了。"

"还要多久？"

"暑假结束、第二学期开始的时候吧。那时候小俊要跟很多新朋友一起学习哦。"

"嗯。"

容子大大摇晃起一俊的手，想象着不久之后的未来，但也想象不出什么特别的情景。大约是听到闹钟起床，在尚未天明的厨房准备早饭，把丈夫和孩子叫醒，大呼小叫地催他们吃饭，送他们出门，按下洗衣机，打开窗子吸尘。睡在婴儿床的宝宝号啕大哭，跑过去让小嘴含着乳头，再轻拍他的背直到打嗝，然后看着窗外哼起摇篮曲吧。

“快点快点出来吧！”容子抚着肚子，唱歌般说道。

“快出来。”一俊学着母亲对肚子说。容子一笑，一俊也仰头望着容子笑。容子睁大眼睛，看着面带笑容的一俊，立刻蹲下来紧紧拥住了他，尽管超市购物袋掉在地上，里面的东西滚出来她也不管，宛如怀里抱的是明天、后天、半年后、一年后仍会一如寻常的每一天。

图书在版编目（CIP）数据

沉睡在森林里的鱼 /（日）角田光代著；陈娴若译．
—长沙：湖南文艺出版社，2010. 11
ISBN 978-7-5404-4668-0

Ⅰ. ①沉…　Ⅱ. ①角…②陈…　Ⅲ. ①长篇小说－日本－现代
Ⅳ. ① I313.45

中国版本图书馆 CIP 数据核字 (2010) 第 205060 号

著作权合同登记号：图字 18-2010-238
上架建议：畅销书 · 外国文学

MORI NI NEMURU SAKANA
©Mitsuyo Kakuta 2007
All rights reserved.
First published in Japan in 2007 by Futabasha Publishers Co., Ltd.， Tokyo.
Chinese translation rights arranged with Futabasha Publishers Co., Ltd.
Through Beijing kareka consultation center.
本书中文译稿由野人文化同意授权

沉睡在森林里的鱼

作　　者：（日）角田光代
译　　者：陈娴若
出 版 人：刘清华
责任编辑：易　见
策划编辑：吴成玮
版权支持：李彩萍
营销支持：尚　蕾
版式设计：李　洁
封面设计：刘宇霞
出版发行：湖南文艺出版社
（长沙市雨花区东二环一段 508 号　邮编：410014）
网　　址：www.hnwy.net
印　　刷：北京京都六环印刷厂
经　　销：新华书店
开　　本：880 × 1230　1/32
字　　数：200 千字
印　　张：9
版　　次：2011年 1 月第 1版
印　　次：2011年 1 月第 1次印刷
书　　号：ISBN 978-7-5404-4668-0
定　　价：26.00 元
（若有质量问题，请直接与本社出版科联系调换）

《暗月传说之夜曲》

湖南文艺出版社/ ISBN：9787540446734/开本：32开/定价：29.80元

这是一部超自然的浪漫爱情小说，媲美于《暮光之城》。讲述了狼人的禁忌之恋爱，真爱的救赎。教区牧师的女儿“乖女孩”格蕾丝·迪万（“圣恩”之意）与三年前无故失踪的青梅竹马的伙伴丹尼尔·卡比（狼族）重逢，知道了三年前哥哥裘德遍体鲜血、丹尼尔不知所踪的秘密，然而，要拯救自己的爱人，必须搭上自己的灵魂。

作者探讨了救赎和原谅、爱与失落等主题，读者和评论家一致给予极高评价。

《失落的玫瑰》

湖南文艺出版社/ISBN：9787540446246/开本：32开/定价：26.80元

你过着自己想要的人生，还是别人期望中的？2010年度全球最畅销的心灵小说。热销全球40国版权，土耳其文学史上唯一超越诺贝尔文学奖得主的作品。半个欧洲的读者都在看，国际媒体盛誉土耳其版本的《小王子》。

《黑暗中的轻轻一吻》

江苏文艺出版社/ISBN：9787539939957/开本：32开/定价：25.00元

穿越战争硝烟，只为寻求家的温暖；羸弱少年，寻爱之旅，能否换来亲情慰藉？

著名作家安武林、毛尖、徐鲁联袂推荐！

2009年度“昆士兰总督文学奖”最佳青少年小说；

2010年“澳洲童书理事会”年度最佳图书；

美国图书馆协会、澳大利亚童书理事会、英国《卫报》推荐青少年必读图书！

《这一生再也不会有的奇遇》

江苏文艺出版社

ISBN：9787539939797/开本：32开/定价：24.00元

日本文部省、日本读书协会推荐高中生·大学生课外必读

一本教你重新检视人生梦想，为了追梦而燃烧自己的希望之书

每个人的年少时代，都会经历一段彷徨忧闷的时光

十七岁之夏的遇见，让一个寂寞灰暗的少年，从此灼灼闪耀，也让他的思索和思念，铭心刻骨一生……

《马背上的男孩》

江苏文艺出版社

ISBN：9787539930299/开本：32开，定价：29.80元

每个孩子都曾在孤独中挣扎，直到遇见你给的爱……

令一家人收获希望的奇迹之旅，让全世界心灵受洗！

在大自然不可思议的疗愈力里，执著的父亲终于走进了儿子的心灵世界。

亚马逊五星级图书，荣登英美畅销书榜，同名纪录片获多项国际大奖！

《就说你和他们一样》
江苏文艺出版社/ISBN：9787539937915/开本：32开/定价：26.00元
如果觉得生活太痛苦，是因为我们距离死亡还太远！奥普拉2009年至今唯一选书！全球数百位名人感动推荐！美国单月热卖650,000万册，空降《纽约时报》小说排行榜冠军！格莱美奖得主、2010世界杯开幕式主唱Angelique Kidjo专为本书谱写主题曲“Agbalagba”！
书名“就说你和他们一样”是小说里一位母亲为了保护她的孩子免受暴民所杀，而叮嘱女儿的话。面对暴戾争端，小女孩只记得母亲最后的嘱咐：无论任何人问起你的身份，记住，就说你和他们一样。

《44号孩子》
江苏文艺出版社
ISBN：9787539937946
开本：32开/定价：29.80元
前苏联的残酷往事，人性扭曲的“十年浩劫”
横扫欧美亚20国畅销小说榜
一个令人毛骨悚然的时代，关于爱情与家庭、希望与信仰的生死救赎

《沉默之心》
江苏文艺出版社
ISBN：9787539938318
开本：32开/定价：28.00元
加拿大ARTHUR ELLIS大奖得主、脑神经科医生挑战人性的颠覆之作。
无法言说之痛，无法理解之惑，让全世界都屏住呼吸而沉默。

《第八日的蝉》
江苏文艺出版社
ISBN：9787539934310
开本：32开/定价：24.80元
有“幸”活到第八日的蝉，是悲？是喜？如果我努力活着，上帝应该不会嫌弃我吧？

《空中庭园》
湖南文艺出版社
ISBN：9787540446253
开本：32开/定价：25.00元
直木奖得主角田光代扬名日本的家庭伦理小说
村上春树的同门师妹，渡边淳一、黑木瞳最为欣赏的日本女作家
本书改拍同名电影横扫了日本各大电影奖项，轰动日本

《承诺 一辈子做女孩Ⅱ》
湖南文艺出版社
ISBN：9787540446147
开本：16开/定价：29.80元
全球超级畅销书《一辈子做女孩》完美续篇
每个人都应该明白：承诺，是一种幸福的勇气，与婚姻无关”

《少年罗比的秘境之旅》
江苏文艺出版社
ISBN：9787539937328
开本：32开/定价：25.00元
“一个男孩要走多少路，才能被称为男人？
最冷酷的世界与最温暖的人性，最伟大的爱情与救赎。